燃やされた現ナマ

フィクションのエル・ドラード

燃やされた現ナマ

リカルド・ピグリア

大西 亮 訳

Colección Eldorado

水声社

本書は、寺尾隆吉の編集による
〈フィクションのエル・ドラード〉の
一冊として刊行された。

燃やされた現ナマ　★　目次

燃やされた現ナマ

銀行強盗など、銀行設立に比べれば子ども騙しの仕事に過ぎません。

ベルトルト・ブレヒト

1

一心同体のふたりは双子と呼ばれている。しかし本当は兄弟でもなければ似た者同士でもない。彼らほどかけ離れたふたりを見つけるのは難しいといってもいいほどだ。ふたりに共通しているのはその目つきだ。澄んだ静かな瞳は、猜疑心を宿したまなざしのなかでうつろに固定されている。ドルダは重々しい体つきの物静かな男で、赤ら顔にはたやすく笑顔が浮かんだ。ブリニョーネは痩せ型の敏捷な男で、髪が黒い。ひどく青ざめた肌の色は、実際よりも長く獄中生活を送った人間にみえる。

ふたりはブルネス駅で地下鉄を下り、写真屋のショーウインドーの前で立ち止まると、誰にもつけられていないことを確かめる。どちらも人目を引く風変わりな格好をしていた。ふたり組のボクサーか葬儀屋の従業員といった風情だ。黒っぽいダブルのスーツを優雅に着こなし、髪を短く刈りこみ、手入れの行き届いた手をしている。透き通った白い陽光が降りそそぐ春ののどかな昼下がり、オフィスをあとにした人々は、物思いにふけるような表情を浮かべて家路につく。

ふたりは信号が青に変わるのを待ってからサンタフェ通りを渡り、アレナレス通りへ向かう。ここへ来る途中、コンスティトゥシオン駅で地下鉄に乗り、誰にもつけられていないことを確かめながら何度か乗り換えた。迷信深いドルダは、いつも悪い兆候を見つけてはあれこれ臆測をめぐらせ、そのせいでやっかいな人生を歩むことになった。彼が好むのは、地下鉄に乗って駅のホームやトンネルの黄色い照明の下を移動することであり、がらんとした車両に乗りこんで目的地まで運ばれていくことだった。危険に身をさらしているときは（それはいつものことだったが）、都会の地中深くを移動していれば身の安全を確信することができた。警察の尾行を逃れるのは簡単なことだった。誰もいないホームに最後まで残り、電車が遠ざかっていくのを見送れば、自分が無事でいることを確かめることができる。

ブリニョーネはドルダをなだめようとする。

「すべてうまくいくさ。なにもかも計画どおりだ」

「いろんなやつがかかわっているのが気に食わねえんだ」

「何かが起きるとすれば、いろんなやつがかかわっていようがいまいが同じことだ。どえらい目に遭っちまったが最後、そのときはもうどうすることもできない。ちょっと寄り道をして煙草を買っている隙に万事休す、なんてことになりかねないからな」

「いったい何だって俺たちを呼び集めたりするんだろうな？」

襲撃を実行するには、まず計画を立て、漏洩を防ぐためにすばやく行動しなければならない。すばやく、というのは、第一報がもたらされてから国外の潜伏先が割れるまでの二日か三日のあいだに、ということだ。どんな場合であれ金を払うのを忘れてはいけない。しかし同時に、誰かが別のグループの連中に情報を売り渡す危険を覚悟しなければならない。

〈双子〉は、持ち場となっていたアレナレス通りのアパートを訪れる。安全な地区にあるこぎれいな建物で、ビール工場に面した小路を背にしている。作戦本部として借りられたものだ。

「高級住宅街のアパートだが、ひと仕事してチャンス到来を待つための隠れ家ってわけだ」ふたりを雇ったマリートはそう言った。〈双子〉は悪党集団の精鋭だった。マリートは彼らを信用してあらゆる情報を提供した。とはいえ、つねに用心を怠らないマリートは、身の安全の確保や作戦の統括については病的なまでに神経質で、人前に姿を現すことはけっしてなかった。透明人間でありながら有能なリーダーとしてグループを統率するマリートは、どこか遠くに身を置きながら、思いもよらない人脈やコネを利用する。気ちがいドルダに言わせれば、彼こそ〈気ちがいマーラ〉だった。自分ではただマリート〔悪党の意〕と称していたので、これが彼の通り名だったのだろう。彼はかつてデボート地区でベルドゥーゴ〔死刑執行人の意〕という名の警官に会ったことがあるが、こっちのほうがよっぽどひどい。ベルドゥーゴにエスクラーボ〔奴隷の意〕、なかにはデラトール〔密告者の意〕というのもいたが、それに比べれば〈マリート〉のほうがよっぽどましだ。ほかのメンバーにもそれぞれあだ名がついていた（〈坊や《ネネ》〉ことブリニョーネ、〈金髪ガウチョ〉ことドルダ）が、マリートというのは自分で選んだ偽名である。ネズミのような顔、鼻にひっついたような小さな目、ほとんどないに等しい下顎、赤みを帯びた髪、冷静沈着、女のような手、頭脳明晰、エンジンや銃器に精通し、二分もあれば時限爆弾を組み立てることができる。細い指をこんなふうに動かして、時限装置を調整し、火薬を詰める。まるで盲人のように、何も見ないでピアニストのごとく両手を器用に動かす。警察署だって吹っ飛ばすことができる。

リーダーのマリートは、計画を練り、政治家や警察に渡りをつけ、上がりの半分を提供するという約束のもと、彼らから詳しい情報や見取り図を入手した。この取引には大勢の人間がかかわっていたが、マリートの腹づもりでは、彼らに分け前を渡してさっさとずらかり、ウルグアイへ逃げのびるだけの時間がゆうに十時間か十二時間はあるはずだった。

その日の午後、メンバーはふたつのグループに分けられた。〈双子〉はアレナレス通りのアパートに顔を出し、作戦の細部をおさらいした。一方、マリートは、襲撃を予定している現場の正面に位置するホテルに部屋を借りた。そして、部屋の窓からサンフェルナンド広場とプロビンシア銀行の建物を眺め、襲撃の際の行動経路や時間配分、車列の流れ、通りを逆走しての逃走劇などを頭に思い描いた。

会計課のIKAランドクルーザーは、左手に発進して時計回りに進むはずだ。したがって、ランドクルーザーが役場の門を通過するまえに、正面から接近してその進路を絶たなければいけない。車列の流れに沿って広場を大きく一周しなければならないから、その途中でランドクルーザーを停止させるのだ。そして、反撃の隙を与えずに運転手もろとも警備員を皆殺しにする。不意打ちだけが頼りなのだ。

目撃者のなかには、マリートがホテルで女を同伴していたという者もいれば、ホテルにいたのはふたり組の男で、女はいなかったと主張する者もいる。ふたり組の男のうちのひとりは、神経質そうな痩せた男で、ひっきりなしに注射を打っていた〈がに股〉バサンだ。彼はその日の午後、マリートといっしょにサンフェルナンドのホテルの一室に閉じこもり、通りに面した窓から銀行の様子をうかがっていた。襲撃事件のあと警察がホテルの部屋に踏みこんでみると、浴室から数本の注射器とスプーン、放置されたガラス片が発見された。警察は、一階のバルに下りてアルコールランプを所望した若者が〈がに股〉

にちがいないとにらんだ。こういう場合の常として、目撃者たちの証言は互いに食い違っていたが、その若者が俳優のような風貌の持ち主で、焦点の定まらない目をしていたという点では全員の証言が一致していた。したがって、彼こそが襲撃の前にヘロインを注射し、麻薬を加熱するためのアルコールランプを借りた男にちがいないことが推察された。目撃者たちはまもなく彼のことを〈エル・ピベ〉〔若者、少年の意〕と呼ぶようになり、やがてバサンとブリニョーネが混同され、ふたりを同一人物とみなしてそれが〈エル・ピベ〉だと断言する者が現れた。ひどく興奮した痩せた男は、左手にピストルをもち、治安警備隊員のように銃口を空に向けていたという。あのような状況に置かれた人間なら誰しも、明々白々であると同時に混乱を極めた出来事を目の当たりにしたら、体内をアドレナリンがかけめぐり、気が動転し、冷静な判断力を失ってしまうものだ。ＩＫＡランドクルーザーの行く手を阻むように一台の車が停止するのを目撃した者もいた。大きな音が鳴り響いたかと思うと、地面に倒れた男が足をばたつかせながら死んでいったという。

おそらく犯人たちは、襲撃のあとで首尾よく逃走することができなかった場合は、ホテルに籠城するつもりだったのだろう。すべての証言を突き合わせると、ふたりの男がホテルから銀行の様子をうかがい、ほかの三人が〈特別仕様〉のシボレー４００に乗ってやってきたことは明らかだった。弾丸のように疾駆する車だ。グループのなかに自動車整備工がいて、五千回転を越える強力なエンジンを組みこみ、猛スピードで走れるように改造したのだろう。

サンフェルナンド地区は、ブエノスアイレスの郊外に位置する住宅街である。静かな通りには街路樹が立ち並び、二十世紀初頭に建てられた広壮な邸宅がいたるところに建っている。それらは学校の校舎に改築されたり、川に面した高い崖の上に打ち捨てられたりしている。

広場は、春の白い日射しと静寂に包まれている。

襲撃の前日、マリートと〈がに股〉バサンのふたりが昼過ぎから夜にかけてサンフェルナンド広場に面したホテルの一室に閉じこもっているあいだ、ほかのメンバーたちはアレナレス通りのアパートに身を潜めていた。彼らはブエノスアイレス州で盗んだ車を地下のガレージに隠していた。銃をはじめ必要な装備を携えて裏階段を上った彼らは、アパートの一室に閉じこもり、ブラインドを下ろしたまま、つぎの指令が来るのを待った。

犯行の前日ほど手に負えないものはない。準備は万端、あとは表に飛び出して行動を起こすばかりである。そんなときは、まるで予言者にでもなったかのように、未来の出来事が脳裏に浮かび、どんな些細なことでも悪い兆候にみえてしまうものだ。怪しげな動きに目を光らせているタレこみ屋が警察に通報すれば、待ち伏せに遭って一巻の終わりとなってしまう。だからドルダに言わせれば、「危険な匂い」を嗅ぎつけたらすべてを一からやり直し、しかるべき時が来るまでおとなしく待つべきなのだ。

現金の受け渡しが行なわれるのは毎月二十八日の午後三時と決まっていた。プロビンシア銀行から持ち出された現金は役場の建物まで運ばれる。およそ六十万ドルの現金を積みこんだIKAランドクルーザーが広場の外縁に沿って左から右に走り抜ける。銀行の入口でランドクルーザーに現金が積みこまれてから、役場の裏門を通ってなかへ運びこまれるまでの所要時間は七分だ。

「なあ兄弟」〈坊《ネネ》や〉ことブリニョーネは笑みを浮かべながらドルダに話しかける。「ここまで厳密に練られた作戦にかかわったことは、いままで一度もなかったはずだ。すべては計画どおりに進むはずだ」

ドルダは疑うような目つきで相手を見ながら、瓶に口をつけてビールを飲んでいる。靴を脱ぎ、シャツ姿でソファーに横たわった彼は、アレナレス通りに面したリビングで音もなく光を放ちつづけるテレビに顔を向けている。静まりかえったアパートは清潔で新しく、書類もきちんと整理されている。アパートの借主はグループの運転手役を務める〈カラス〉《クエルボ》ことメレレスで、本人の言によれば、恋人のために借りたとのことだった。界隈の人間はみな、ブエノスアイレス州で牧場を経営しているメレレスが、恋人の少女とその家族を養っているのだと考えていた。少女の家族はいま休暇を過ごすためにマル・デル・プラタに出かけており、アパートは、マリートの言う作戦本部となっていた。

その日の夜は慎重に行動しなければならなかった。人に見られたり誰かと話したりすることは禁物だ。アパートの地下二階に電話が置かれていて、二時間か三時間おきにサンフェルナンド広場のホテルの部屋に連絡を入れた。マリートから、「ガレージの電話を使うようにしろ。アパートの電話はだめだ」と言われていたからだ。

マリートは奇妙な強迫観念にとりつかれていた。電話もそのひとつだ。街の電話はすべて盗聴されていると信じこんでいた。しかし、気ちがいドルダに言わせると、〈気ちがいマーラ〉ことマリートの思いこみはそれだけではなかった。太陽の光を浴びたり、大勢の人間が集まっているのを目にしたりすることを嫌った。そして、純正アルコールで四六時中手を洗っていた。アルコールのひんやりした感触が好きだったのだ。噂によるとマリートの父親は医者で、往診が終わるたびに肘までアルコール消毒する習慣がいつしか息子にも受け継がれたらしい。

「ばい菌というのはな」マリートはよくこんなふうに言った。「手や爪からうつるものなんだ。握手の習慣さえなければ、ばい菌で死ぬやつの数はいまより十パーセントは減るはずだ」

マリートによると、暴力で命を落とす人間の数は、伝染性の病気が原因で死ぬ人間の半分にも満たない。それなのに医者が逮捕されるなんて話は聞いたことがない（そう言ってマリートは笑う）。彼はときおり、街を歩く男女が外科用の手袋をはめ、感染予防マスクで口を覆っているところを想像した。接触による感染を防ぐため、街じゅうの人間がマスクをつけているのだ。

ロサリオ出身のマリートは、四年生になるまで工学の勉強をつづけた。みずから〈技師〉を名乗ることもあったが、みんなはひそかに〈いかれ男《エル・ラジャード》〉と呼んでいた。文字どおりいかれていたからだが、体に刻まれた縫い目のような傷痕のせい《ラジャード》でもあった。かつてトゥルデラの警察署で、乱暴者の警官にベッドの帯金でこっぴどく殴られたことがあった。ある夜、マリートはそいつを探し出して借りを返した。バレラでバスを降りたところを捕まえ、排水溝で溺死させたのだ。警官をひざまずかせ、泥水に顔を押しつけた。もがき苦しむ警官のズボンを引きずりおろして犯したという噂もある。それはあくまでも噂であって、真偽のほどはわからない。いずれにしろマリートは人好きのする感じのいい男で、強情なところがあった。彼のような男にはそうそうお目にかかれるものではない。いつでも自分の思うように人を動かすことができたが、当の相手はみずからの意志でそうしているのだと思いこむのである。

それに、マリートのような強運の持ち主もめずらしい。彼は自分だけの守護神に守られていたのだ。完全無欠の後光が差していて、おかげで誰もが彼と行動を共にすることを望んだ。だからこそ彼は、サンフェルナンドの役場に現金を運びこむ輸送車の襲撃を思いつき、たったの二日で作戦計画を立てることができたのだった。これはでかい仕事《グロッツ》だ。遊びなんかじゃない（と〈がに股〉バサンは言う）。なにせ五十万ドル以上もの大金がかかっているのだ。

話を戻すと、アレナレス通りのアパートの地階にあるガレージには、木箱に入った電話が置かれていた。犯行の前日、連中はそれを使ってマリートに連絡を入れた。

現金輸送車への襲撃をある種の軍事作戦とみなしていたマリートは、アパートで待機している仲間たちに細かな指示を与えていた。仲間たちはいま、襲撃計画の最後のおさらいをしているところだ。

痩せていてぎょろ目の〈カラス〉《クエルボ》ことメレレスは、広場の見取り図が描かれた一枚の紙を手にしながら、襲撃計画の主要なポイントの最終確認を終えようとしていた。

「俺たちに残されている時間は四分だ。現金輸送車は銀行を出て、ここを通って広場を一周するわけだな?」

情報を提供した男はフォンタン・レジェスを名乗るタンゴ歌手で、アレナレス通りの根城にはいちばん最後に到着した。青白い顔をした彼は、そわそわと落ち着きがなく、仲間から少し離れたところに腰を下ろしていた。〈カラス〉《クエルボ》ことメレレスが問いかけると、メンバーはいっせいに押し黙り、フォンタン・レジェスの顔をうかがった。するとレジェスは立ち上がり、テーブルに近づいた。

「輸送車は窓を開けたままやってくるはずだ」

襲撃は午後三時十分、サンフェルナンドのど真ん中で白昼堂々と敢行することになる。役場の職員の給料として支払われるはずの現金は銀行から持ち出され、そこから二百メートル離れた役場まで運ばれる。車列の進行方向を考えると、現金輸送車は広場を一周しなければならないはずだ。

「道路の混み具合にもよるが、だいたい七分から十分といったところだ」

「で、警備員は何人だ？」〈坊や《ネネ》〉ことブリニョーネが訊ねる。

「ここところに警官がふたりつく。輸送車にもひとり乗っているはずだから、全部で三人だ」

レジェスは落ち着きがなかった。死ぬほどの恐怖に襲われていたのだ（のちに本人がそう供述している）。フォンタン・レジェスというのはいわば芸名で、本名はアティル・オマール・ノシートといい、年齢は三十九だ。かつてファン・サンチェス・ゴリオのバンドで歌ったことがあり、ラジオとテレビに出演したこともある。それればかりか、オスバルド・マンシのピアノ伴奏とともにタンゴを二曲――「今夜は酒を」と「狂熱の夜」――レコードに吹きこんだこともあった。歌手としてのキャリアの頂点は、アルヘンティーノ・レデスマの後継者としてエクトル・バレラとともにデビューを果たした一九六〇年のカーニバルのときに訪れた。ところが、それからまもなくドラッグに手を出した。六月にラウル・ラビエとデュオを組んでチリに出かけたが、ひと月も経たないうちに声が出なくなってしまった。コカインのやりすぎが原因だと誰もが考えた。帰国を余儀なくされてからはすっかり落ちぶれ、アルマグロの安酒場でギターの伴奏とともに歌うようになった。ここ最近は、音楽祭やクラブのダンスパーティー、ブエノスアイレスの郊外にある場末のダンスホールを転々とすることもあった。

運命とはじつに奇妙なものだ。重大な秘密はまったく予期せぬときに暴かれる。ある日の夜、酒場にいたフォンタン・レジェスのもとに内密の情報がもたらされ、まるで夢のなかの出来事のように、大金が絡む計画を知ることになった。これは大儲けできるかもしれない、そう考えた彼は、思いきって賭けに出ることに決め、マリートに電話を入れた。レジェスとしては、自分の思いどおりにアパートを出たり入ったりしたいところだったが、その日の午後、アレナレス通りのアパートのなかで、自分が次第に途方に暮れていくような、もはや逃げ出すすべを失ってしまったかのような、そんな気分に襲われた。彼は怖かった。何もかもが恐ろしかった（とりわけ――彼はのちに語った――頭のいかれた〈ガウチョ〉ことドルダ、気のふれたあのドルダが怖かった）。分け前をもらう前に殺されるのではないか、警察に売られるのではないか、あるいは、何も知らない自分はただ警察に都合よく利用されているだけなのではないか、そんな疑念が頭をよぎった。絶望感にとらわれていた彼は、ただ逃げ出したかった。彼の夢は、人生をやり直すこと、独り立ちして、どこか別の場所で（名前を変え、住む国を変えて）新規まき直しをはかることだった。分け前を元手に、ニューヨークでアルゼンチン料理のレストランを開き、ラティーノの客を相手に商売をするつもりだった。かつてファン・サンチェス・ゴリオといっしょにマンハッタンを訪れたとき、西五十三丁目の〈チャーリー〉という店で派手に騒いだことがあった。タンゴに夢中のキューバ人が経営するレストランだ。ニューヨークでやっていくには金が要る。キューバ人の男は、金を持ってニューヨークへ来るなら俺が手助けしてやろうと言ってくれた。ところが、雲行きはますます怪しくなっていくばかりである。正気を失った連中、コカイン漬けの毎日を送っている危険な連中との付き合いを余儀なくされるようになったからだ。彼らは些細なことでも笑った。そして、けっして眠らなかった。殺しのための殺しを何よりも好むいまわしい殺人鬼たち。まったく信用できない。

フォンタン・レジェスの叔父、ニノ・ノシートは、非合法化されたペロン主義の北部地区のリーダーにして人民連合の指導者、それに、サンフェルナンド郡の審議会議長代行を務めていた。数日前、ノシートは偶然、財務委員会の会議を目撃し、すべてを悟った。その日の夜、彼はさっそく甥が歌手として出演している安酒場、セラーノ通りとホンジュラス通りの角にある安酒場へ出かけた。そして、二本目のワインを開けるころには、甥を相手にまくしたてていた。

「フォンタン、五百万は下らないぞ」

まずは信頼できる実行部隊を雇う必要がある。襲撃を実行するプロの集団だ。フォンタン・レジェスは、叔父が一枚かんでいることが表沙汰になることはけっしてないと請け合わねばならなかった。

「わたしがかかわっていることは誰にも知られてはならない。誰にもな」ノシートは言った。そして、誰が実行部隊に選ばれるのかを知ろうとは思わなかった。彼はただ、分け前の半分のそのまた半分、すなわち七万五千ドル（本人の計算によれば）がもらえればそれでよかったのだ。

フォンタン・レジェスは、襲撃を終えた仲間たちが身を隠すことになっているマルティネス地区の家で待機することになっていた。襲撃から三十分以内には到着するはずだった。

「もし三十分以内に着かなかったら」〈カラス《クエルボ》〉ことメレレスが言った。「第二班のところに向かったということだ」

フォンタン・レジェスは、「第二班」がいったいどこで待機しているのかを知らなかったし、そもそもこの言葉が何を意味するのかすら理解できなかった。マリートはこうしたやり方をナンド・エギレインから学んだ。シエラ・チカの刑務所に収監されているときに、マリートは民族主義解放同盟の元メンバーであるこの男と懇意になったのだ。組織をあらかじめいくつかの細胞に分けておけば、メンバーが芋づる式に逮捕される事態をまぬかれることができるし、逃亡の時間を稼ぐこともできる（ナンドはそんなふうに言った）。要するに、退路を確保しておく必要があるということだ。

「それで？」フォンタン・レジェスが言う。「もし着かなかったら？」

「そのときは」〈金髪ガウチョ〉ことドルダが答える。「どこかに身を隠すことだな」

「つまりそのときは何か問題が起こったということだ」メレレスが言う。

フォンタン・レジェスは、テーブルの上に積み上げられた銃器を目にすると、自分がいよいよ一か八かの賭けに打って出たことをはじめて意識した。彼はかつて、仲間のいかがわしい仕事を隠蔽する役を買って出たことがあった。そして、強盗を働いた仲間たちをオリーボスの自宅にかくまい、ドラッグをモンテビデオに運び、場末の酒場で〈ラビオリ〉〔コカインを詰めた小袋〕を売りさばいた。簡単な仕事ばかりだ。でも今度はちがう。銃が使われることになるし、死人だって出るだろう。彼はまさに、まぎれもない共犯者として、金を手にするために危ない橋を渡ろうとしていたのだ。

「一人あたり百万ペソは下らないはずだ」叔父はそんなことを言った。

十万ドルもあればニューヨークで店を開くことができる。引退して平穏に暮らすにはもってこいの場所だ。

「今晩どこか行く当てはあるのか？」メレレスに訊かれたフォンタン・レジェスは、思わずぎょっとした。

誰も知らない場所で仲間たちを待ち、彼らに電話することになっていた。

「作戦に要する時間は六分だ」〈坊や《ネネ》〉ことブリニョーネが力説する。「それ以上かかるとまずい。半径二十ブロック以内に警察署がふたつあるからな」

「肝心なのは」フォンタン・レジェスが言う。「漏洩に気をつけることだ」

「まるで水道工事人みたいな口のきき方だな」ドルダが言う。

そのとき扉が開き、金髪の少女、まだ子どもと言ってもいい年ごろの少女が姿を現した。ミニスカートをはき、花柄のブラウスを着ている。そして、裸足のままメレレスに抱きついた。

「ねえ、パパ、あれもってる?」

メレレスがコカイン入りのガラス容器を手渡すと、少女は脇へ行って剃刀を手にもち、手鏡の上でコカインを砕きはじめた。そしてポール・マッカートニーの〈イエスタデイ〉をハミングしながらライターでコカインを熱し、円錐形に丸めた五十ペソ紙幣を鼻に当て、軽く音を立てて吸いこんだ。横目でその様子をうかがっていたドルダは、ブラジャーをつけていない彼女の小さな乳房が薄手のブラウス越しに透けて見えることに気づいた。

「道路の状況にもよるが、だいたい十分だ」

「警備員がふたりに警官がひとりだ」ブリニョーネが言う。

「皆殺しだ」ドルダが不意に言う。「目撃者を生かしておいたら、こっちが牢獄送りになっちまう。どいつもこいつもつるんでやがるからな」

人生に劇的な変化が訪れてからというもの、少女は悪の道を突き進んできた。こんなチャンスは二度とないだろうと確信したからである。ブランカ・ガレアーノという名の少女は、一月に友だちに会うためにひとりでマル・デル・プラタへ向かった。中学三年の十二月の試験が終わったので気晴らしをしようと思ったのである。ある日の昼下がり、ランブラス通りを歩いているときにメレレスと知り合った。しゃれ者のこの痩せた男は、プロビンシア・ホテルに泊まっていた。メレレスは、ブエノスアイレス州の牧場主の息子だと自己紹介し、ブランカはそれを信じた。彼女はようやく十五歳になったばかりで、

〈カラス《クエルボ》〉ことメレレスが実際はどんな人間でどんな仕事をしているのかを知ったときは、もうそんなことはどうでもよくなっていた（むしろ反対に、彼のことがますます好きになり、たくさんの贈り物をくれたり、自分の望むことを何でもしてくれる殺し屋に、気も狂わんばかりに夢中になった）。

少女はやがてメレレスと同棲をはじめた。メレレスの仲間たちは、腹をすかせた野良犬のような目つきで彼女を眺めた。彼女はかつて、原っぱに群がる野犬を見たときのことを思い出した。鎖につながれ、腹をすかせた野犬たちは、動くものなら何にでも飛びかかり、くんずほぐれつの乱闘を繰り広げた。男たちもそれと同じだった。メレレスが仲間たちを鎖から解き放てば、たちまち彼女に襲いかかることだろう。遅かれ早かれ、いつかかならず起こるはずだ。少女は、ハイヒールの靴を履いて全裸姿で歩きまわる自分が男たちの熱い視線を浴びているところを想像した。そして、メレレスにしばしば唆《そそのか》されているように、〈坊や《ネネ》〉ことブリニョーネとベッドを共にしている自分の姿を思い浮かべた。「あいつを連れてきてやろうか?」倒錯的な快楽に促されたメレレスがそう口走ると、少女は興奮のあまり体がほてってくるのだった。青白い肌の〈坊や《ネネ》〉が好きだったからである。彼は自分と同じくらいの年ごろにみえた。ところが、メレレスの話によると〈坊や《ネネ》〉はホモだった。それともお前はでかい方が好きなのか?メレレスが少女に訊ねる。あいつは手に負えないガウチョ〔南米の牧童のこと〕だぜ。ブランカは笑い声をあげながらメレレスに覆いかぶさり、「ねえ、早くちょうだい、パパ」と口走る。ハイヒールの靴を履いた彼女は、全裸姿で歩きまわる。メレレスは少女の体を鏡に押しつける。少女はスツールにもたれかかり、オーガズムに身をゆだねる。

男たちが何を企んでいるのかにまったく興味がなかった少女は、やがて部屋に閉じこもった。きっと何かヤバいことを考えているにちがいない（男たちが何日も家に閉じこもったまま部屋のなかでひそひそ話し合っているときは、かならず何かを企んでいるものだ）。少女は試験があとふたつ残っているので勉強しなければならなかった。中学はちゃんと卒業するつもりだった。長期休暇のつもりでメレレスと何カ月か過ごしたあとは、すべてが元どおりになるだろう。「あんたはまだ若いんだから、せいぜい楽しまなくちゃだめよ」家に金を入れるようになっていた娘にむかって母親が言った。父親のアントニオ・ガレアーノはぼんやりしていて何も知らなかった。公衆衛生局の職員だった彼は、リオバンバ通りとコルドバ通りの角に立っている宮殿のような建物で働いていた。娘の秘密を嗅ぎつけたのは母親のほうだった。ぎりぎりの稼ぎしかない夫への不満をつねづね口にしていた彼女は、娘の秘密を知るや、ふたりきりになって根掘り葉掘り訊ねた。世の中の娘というものは、母親の欲することをするようになるものである。母親は、メレレスを娘に紹介されたとき、彼のみだらな視線が自分の胸に注がれていることを見てとり、笑い声をあげた。そして、少女の視線を感じると、娘が実の母親に嫉妬することもあるのだということを知った。「まるで姉妹みたいですね」メレレスが言った。「ご挨拶のキスをさせてください」

「もちろんよ」母親が答えた。「ブランカをくれぐれもよろしく頼むわね。夫に知られたらそれこそ大変だから」

「知られるって、何をです？」

母親は、娘の恋人であるメレレスが妻帯者であることを知られたらそれこそ大変だと言いたかったのである。妻と別居中だったメレレスは、場末のキャバレーで働く安っぽい田舎女たちといつも出歩いていた。

少女は数学の教科書を手にしてベッドに横たわると、とりとめのないことを考えはじめた。カーニバルを観るためにブラジルへ連れて行ってやるとメレレスは約束してくれた。ドアの向こうでは、男たちの話し声が小さくなり、しばらく何も聞こえなかったが、やがて笑い声が響いた。

少々いかれているドルダは、悲観主義者でもあり、何事であれ悪いことばかりを考えては自分たちの破滅を予告するような冗談を口にするので、しまいには誰もが彼の言うことを楽しむようになった。

「広場を出たところで進路をふさがれて捕まっちまうさ。そして小鳥みたいに撃たれるんだ」

「縁起でもないことを言うなよ、ガウチョ」〈カラス《クエルボ》〉ことメレレスが言う。「パパがきっとうまくやるさ。警察の追跡をかわしながら、お前を歩道から救い出してくれるよ」

ドルダはそれを聞いて笑い出す。死体と銃弾のあいだを縫うようにして歩道を逆走しながら広場へ抜けていくところを想像すると、思わず笑いがこみあげてくるのだった。

2

襲撃の日は、すがすがしい夜明けとともにはじまった。一九六五年九月二十七日水曜日の午後三時二分、役場の経理係、アルベルト・マルティネス・トバールは、ブエノスアイレス州立銀行サンフェルナンド支店の金庫室に入った。背が高く、赤ら顔でぎょろ目の彼は、四十歳になったばかりだったが、死を迎えるまであと二時間しか残されていなかった。会計課の女性行員に冗談を飛ばし、そのまま地下室へ下りていったが、そこには金庫と、現金を詰めこんだ袋が載せられた黒いテーブルがあった。ワイシャツ姿の従業員たちが、天井から降り注ぐ人工的な光を浴びながら、扇風機がうなり声をあげるなか札束を数えていた。まるで地下墳墓か、現金で一杯になった監獄といったところだな、経理係のアルベルトはそう考えた。彼は生まれてからこの方ずっとサンフェルナンドに暮らし、父親もかつて役場に勤めていた。娘がひとりいたが、神経を病んでいたせいで世話をするのに莫大な金がかかった。毎月銀行から運びこまれる現金を横取りすることだってできるんだ、そう思うこともたびたびあった。妻にむかってそれを口にしたことさえあった。

ときにはこんなことも考えた。同じ形のブリーフケースを銀行に持っていき、それに贋金を詰める。そして本物のブリーフケースと入れ替え、何食わぬ顔をして外に出る。銀行の会計課の男とは幼なじみで、あらかじめ彼と示し合わせておけばよい。ふたりで金を山分けして、あとはいつもどおりの生活を送るのだ。手に入れた大金は子どもたちのためのものだ。アルベルトは、洋服ダンスの引き出しやマットレスのなかに隠してある現金、偽名を使ってスイスの銀行に預けてある現金を想像し、シーツの下に忍ばせた何枚もの紙幣の上に横たわり、眠れない夜、寝返りを打つたびにカサカサ音を立てるところを想像した。そんな夜は、これからどうやって人生をやり直すつもりか妻に語って聞かせるのだ。暗闇のなかで話しつづける彼の声に妻はうっとり耳を傾ける。こうした想像が彼に生きる力を与え、銀行で毎月受け取る現金を役場まで運ぶというお決まりの仕事も、冒険的な色彩を加えられることによって興味を引くものとなるのだった。

その日の午後、アルベルトがテーブルの上にブリーフケースを置くと、緑のひさしの帽子をかぶった従業員が印紙の貼られた署名入りの支払伝票に目をやり、一万ペソの札束をいくつかの山に分けはじめた。積み上げられた現金は全部で七二〇万三九六〇ペソあり、役場の職員の給料と郡の排水工事の支払いにあてられることになっていた。新札の束が次々と、使いこまれてよれよれになった黒革のブリーフケース、側面のポケットと蛇腹のついたブリーフケースのなかに詰めこまれていった。

銀行を出る前に、アルベルト・マルティネス・トバールは、安全対策と称してブリーフケースを左の手首に引っかけ、そこに鎖を巻きつけて南京錠で固定した。事件のあと、そうした用心が取り返しのつかない悲劇を招いてしまったのだと口にする者もいた。

通りへ出たアルベルトの目に、変わったことは何も映らなかった。襲撃に先立つ瞬間というのはたいていそういうものである。一陣の風が巻き起こったかと思うと、つぎの瞬間にはもう人が倒れている。いったい何が起こったのかわからないまま、頭部を鈍器で殴られる。怪しい気配を敏感に察知することができるのは、かつて何らかの事件に巻きこまれ、また同じような目に遭うのではないかとびくびくしている人間だけだ。

マルティネス・トバールは、普段から何気なく目にしているいつもの光景に目をやった。定期市のカートを押す女、犬といっしょに走っている子ども、午睡《シエスタ》のあとの店開きの準備をしている食料雑貨店の主人。しかし、バルのなかから外の様子をうかがっている〈がに股〉バサンの姿にはまったく気づかなかった。カウンターにもたれて少量のジンを飲みながら、隣の店から出てくる若い妊婦の両足をじろじろ眺めている。妊娠している女を見ると興奮する質《たち》のバサンは、徴兵されている時分に肉体関係のあったひとりの女を思い出した。夫が仕事で留守のあいだ、サアベドラの彼女の家を訪れては事におよんでいたのである。女をひっかけたのは地下鉄に乗っているときだった。バサンが席を譲ってやると、女が礼を口にしながら話しかけてきた。年は彼と同じ二十歳だった。妊娠六カ月の身重で、張りのある肌は透き通っていた。女を屈服させるために、彼は奇妙な体位をいろいろと試みた。立ったまま片足をベッドに載せた女は、後ろを振り向いてほほ笑んだものだ。バサンは、そのグラシエラだかドーラだかいう名前のサアベドラの妊婦のことをぼんやり考えていたが、ふとわれに返ると全身を緊張させた。男がひとり、現金の入ったブリーフケースを提げて銀行から出てくるところが見えたからである。バサンは時計に目をやった。かねて打ち合わせのとおりだ。

ふたりの警官が歩道で何やら話しこんでいる。マルティネス・トバールと同じく役場に勤めている巨漢のアブラハム・スペクトールがIKAランドクルーザーの泥除けに寄りかかり、靴ひもを結ぶのに手間取っている。広場はしんと静まりかえっている。

「よお、太っちょ、何してるんだい？」経理係のマルティネス・トバールはそう言うと、警官たちに挨拶し、ランドクルーザーに乗りこんだ。

後部座席には警備員が座っている。重量級の体格の持ち主である彼らは、眠そうな顔をして膝の上に銃を載せている。警官や刑事、軍曹出身の警備員たちは、赤の他人の現金や女、輸入車や豪壮な邸宅などの警護を仕事にしている。ボディビルダーのように屈強で忠犬のような働きぶりを見せる彼らは、社会秩序を守るために武装している。ひとりはフアン・ホセ・バラッコという名の男で六十歳、元警察署長である。もうひとりはサンフェルナンド郡第一管区の現役警官で、十八歳のこの大柄な若者はフランシスコ・オテロという名前だったが、周囲からはリンゴ・ボナベナ〔おもに六〇年代に活躍したアルゼンチンのヘビー級プロボクサー。本名はオスカル・ボナベナだが、ビ

〔ートルズのリンゴ・スターに風貌が似ていることから〈リンゴ〉という愛称で親しまれた。モハメド・アリとの死闘はあまりにも有名〕と呼ばれていた。というのも、この男はボクサーになるのが夢で、毎晩エスクルシオニスタ・クラブのジムに通っては、お前をかならず世界チャンピオンにしてやると請け合ってくれた日本人トレーナーのもとで練習していたからである。

彼らが乗りこんだランドクルーザーは、広場の角にある銀行からもう一方の角にある役場まで、二百メートルの道のりを進むことになっていた。

「予定より少し遅れているな」スペクトールが言う。

経理係のマルティネス・トバールがエンジンをかける。ランドクルーザーは二月三日通りを、人が歩くほどのスピードでゆっくり進んだが、角を曲がると、タイヤのスリップ音が鳴り響き、加速するエンジンがうなりをあげた。

そのとき、前方から一台の車が逆走してきた。蛇行しながら近づいてきた車は、ランドクルーザーの正面で急停止した。

「何やってんだ、こいつ」マルティネス・トバールは、愉快そうな口ぶりでそう言った。

すると、ふたりの男が車から歩道に飛び出してきた。そのうちのひとりが女物のストッキングを頭からかぶった（これについては複数の目撃者が証言している）。男はストッキングを指先でつまんで引っ張ると、鋏で両目のあたりに穴を開けた。

不安げな表情を浮かべた巨漢のスペクトールが着ているストライプのシャツには汗染みができていた。IKAランドクルーザーに乗っていた四人のうち、助かったのは彼ひとりである。とっさに身を伏せると、上方から撃ちこまれた弾丸が懐中時計の金属製のふたに命中し、そのおかげで命拾いした。父の懐中時計を携帯していたことは、まさに奇跡といってよかった。スペクトールは銀行の前の歩道に腰を下ろし、あえぐように息をしながら、人々が走りまわったり、救急車が行き来したりするのを眺めていた。早くも新聞記者たちが現場周辺をうろつき、警察はすでに規制線を張っていた。そのとき一台のパトカーが停車し、捜査官のシルバが降りてきた。ブエノスアイレス都市圏の北部地区を管轄する警察に所属していた彼は、捜査の陣頭指揮を任されたのだった。私服姿のシルバは、左手にもったピストルの引き金に指をかけ、命令や数字を伝えるあわただしい声が聞こえてくるトランシーバーを右手にもち、スペクトールに近づいた。

「ご同行願います」シルバが言った。

しばらく躊躇したあと、スペクトールはおどおどした様子でゆっくり立ち上がり、シルバのあとにつづいた。

スペクトールの前に、暗黒街を根城にしている強盗犯や殺し屋——事件の性質から考えて、今回の強奪事件の犯人である可能性が否定できない面々——の写真が示された。ところが、気が動転していたスペクトールは、写真を提示されても、見覚えのある顔を見つけることはできなかった（これは新聞が報じていることである）。

犯人たちの車が行く手を遮ったとき、スペクトールは役場の時計がちょうど午後三時十一分を指しているのを目にした。

車から降りてきたスーツ姿の長身の男は、両手で女性用ストッキングを頭からかぶると、舞台の幕を下ろすように下へ引っぱった。そして車の座席に身をかがめたかと思うと、ふたたび上体を起こした。

その手にはマシンガンが握られていた。男の顔はまるでゴムの塊のようだった。あるいは蝋の塊か、ミツバチ飼育用のパネルが肌にぴったり貼りついているようにも見えた。そのせいで、男の息づかいはふいごのように荒く、声は途切れがちで、作りものめいた不自然な響きを帯びていた。その様子はどことなく木の人形か亡霊を思わせた。

「行くぞ、ネネ」いかにも苦しそうに息を吸いこみながらドルダが言う。そして、運転席の男にむかって「すぐ戻る」と言い残す。するとメレレスがアクセルを踏みこむ。レース用のエンジンを取りつけ、八つの点火プラグを仕込み、車体を低くした特別仕様のシボレーが、サンフェルナンドのインテンデンシア広場を包みこむ午後の静寂のなかでうなりを発した。

〈坊や《ネネ》〉ことブリニョーネは、聖母像が刻まれた小さな護符に手をやってわが身の幸運を祈り、通りに飛び出す。華奢で弱々しく、ドラッグのやりすぎで病人のようにみえる彼は、かつての強盗犯が「肺病患者のようだ」と言われたことがあったように、肺結核でも患っているような印象を与えた。ところが、ベレッタ45を両手で力強く握りしめた彼は、警備員が動くそぶりを見せるや、すかさずその顔に弾丸をお見舞いした。まるで枝が折れるときのような、この世のものとも思えない乾いた音が鳴り響いた。

ストッキングをかぶったドルダは、口の中に入りこんでくる生地を通して息をしていた。そして、ランドクルーザーを降りる男の姿を横目でとらえると、すかさず撃ちはじめた。

広場のベンチで日向ぼっこをしていたふたりの老人と、広場に面したバルのテーブル席で、窓に顔を向けて新聞を読んでいた常連客のひとりは、ブエノスアイレス州のナンバープレートをつけたシボレー400の三人組の男のうち、ふたりが武器を手に車から飛び出すところを目撃した。

シボレー400を飛び出したふたりの男は、まるで逆上したかのように、銃で半円を描きながらめくらめっぽうに撃ちまくり、映画のスローモーションのような動きでランドクルーザーに近づいていった。ふたりのうち背の高いほうは（目撃者の証言によると）女物のストッキングを頭からかぶっていたが、もうひとりは素顔のままだった。やせ細ったこの男は天使のようなあどけない顔をしていて、目撃者たちはいつしか彼のことを〈ピベ〉〔子どもの意〕と呼ぶようになった。車から降りた〈ピベ〉は、笑みを浮かべながらマシンガンを構えると、ランドクルーザーの後部めがけて乱射した。

近くの広場では、退職した年配の男たちがのんびり日向ぼっこをしていたが、そのなかのひとりは、ランドクルーザーに乗った男たちの体が銃弾を浴びて座席に跳ね返され、窓ガラスに血が飛び散るのを目撃した。「銃撃がやんだとき、太った男はまだ生きていたよ」彼らのひとりが言った。「ドアを開けて逃げようとしたんだが、ストッキングをかぶった男が道路の真ん中を歩いてくるのを見ると、あわてて歩道に飛び出したんだ」「太った男」というのは巨漢のスペクトールのことで、彼は車にしがみつくようにして歩道に身を伏せたのである。

きっと殺されるにちがいない、スペクトールは何度かそう思った。皮肉のきらめきを宿したまなざしを向けてきた黒髪の若者の顔が彼の記憶に刻まれた。スペクトールは目を閉じ、死を覚悟した。ところが、胸を蹴られたような衝撃を感じただけだった。父かもらった金属製の懐中時計のおかげで命拾いしたのだ。

スペクトールが目にした襲撃犯がふたりの若い男で、ともに青い服を身につけ、軍人のように髪を短く刈っていた。銃撃がやむと、スペクトールは助けを求めに銀行へ駆けこむのがやっとだった。

スペクトールはそわそわと落ち着きがなかった。犯行グループに情報を漏らしたと疑われるのではないかという不安に襲われたからだ。

「するとあなたは、至近距離から犯人を見たわけだ」

それは質問ではなかったが、スペクトールは答えた。

「ひとりは黒髪で、もうひとりは金髪でした。ふたりとも若い男で、軍人のように髪を短く刈りそろえていました」

「もっと詳しく説明してください」

スペクトールは言われたとおりにした。そして、〈がに股〉バサンについて話しはじめた。

「その男はバルにいたんですが、ピストルを片手に広場を横切ったんです」

「つまり、車を運転していた男、ストッキングをかぶった男、金髪の男のほかに、もうひとりいたというわけですね」

スペクトールは素直にうなずいた。まるで、人に言われたことをそのまま受け入れているだけのようだった。

ストッキングをかぶった男は、通りの真ん中を悠然と歩き、ほほ笑んでいるように見えた。おそらく頭の上のところに結び目をこしらえた絹のストッキングのせいで顔が歪んでいたせいだろう。銃弾を浴びて負傷したマルティネス・トバールは、手首にブリーフケースを結びつけたまま、上体を折り曲げるように、左の脇腹を下にして地面に倒れこんだ。すると、ネネがワイヤーカッターを取り出してマルティネス・トバールの手首に巻きつけられた鎖を切断し、現金を詰めこんだブリーフケースを奪い取ると、後ろへ下がりながら相手の胸めがけてとどめの一撃を浴びせた。マルティネス・トバールがそれを目にすることはなかった。ストッキングをかぶった〈金髪ガウチョ〉ことドルダが警官のうなじに発砲して息の根を止めるところも、やはりその目に映ることはなかった。

ドルダが警官を殺《あや》めたのは、相手に脅威を感じたからではなく、ただそうしたかったからである。この世で警察ほど憎むべきものはなかったからこそ殺したのだ。ドルダは、殺された警官の穴埋めに別の警官が補充されることはないという根拠のない思いこみにとらわれていた。「ひとりでも少なく」というのが〈金髪ガウチョ〉のモットーだった。まるで、戦力の補充がかなわない敵の部隊をひとりずつ消していくことをもくろんでいるかのようだった。手当たり次第に警官を殺していけば、合図のラッパと同時に、不愉快な思いに悩まされることもなく、まるでスズメを撃ち落とすみたいに平然と殺しつづけていけば、サツ根性に骨まで毒されたろくでなしども（卑劣なサツ根性に生まれつき染まったろくでなしども）は、冷酷な死刑執行人の性《さが》に従う前に、慎重に行動するようになるだろうし、死の恐怖を感じることにもなるだろう。そうすれば（とドルダは結論を導き出した）、警察は日に日に戦力を奪われて弱体化していくにちがいない、彼はそんなふうに考えた。とはいえ、実際はもっとまとまりのない、夢想のような考えであり、まるで夢のなかの出来事のようにぼんやりしていた。猟銃を手に、原っぱで警官を撃ち殺していくような夢である。〈金髪ガウチョ〉ことドルダが考えるところの、警察に対する個人的な戦いとは、およそ以上のようなものだった。

襲撃犯たちの冷酷な殺しの手口、殺しのための殺しの手口は、一方で、向こう見ずな愚連隊のあいだの暗黙のルールを彼らが歯牙にもかけていないことを、彼らが根っからの悪人にして狂人、元囚人にして歴戦の犯罪者であることを、そして、ブエノスアイレス州のすべての警官を相手にすることをもいとわない殺人鬼であることを如実に物語っていた。少なくとも警察はそのようにみていた。

このたびの計画的な犯行がもたらした名状しがたい混乱のなかで、事件の本質を正確に見極めることは簡単ではなかった（新聞各紙はそう報じていた）。それはまさに、すさまじい暴力の爆発、無分別な暴力の爆発だった。信号の色が変わるわずかな時間のあいだに起きた集中砲火だった。ほんの一瞬の出来事であり、気がつけば通りには死体が散乱していたのである。

至近距離からの銃の乱射によって警官のオテロが即死、役場の経理係のマルティネス・トバールが胸を撃たれて重傷を負った。右足を撃たれた警備員のバラッコは、犯人のひとりによって無慈悲にとどめを刺された。一方、スペクトールは、混乱のあまり呆然としたまま、助けを求めに銀行へ駆けこんだ。のちに（警察署長のシルバの声明によると）、警官のオテロがたとえ無傷のまま銃撃戦を生き延びたとしても、護身用のピストルを使うことはできなかっただろうということが明らかになった。というのも、犯人たちが放った銃弾の一発がピストルに命中して使い物にならなくなってしまったからである。また、警護用に準備されていた自動小銃は、ランドクルーザーの車内の棚の上に置かれていたため、銃撃がはじまったときにそれを手にとることができた者はひとりもいなかった。

事件の目撃者たちは、夢遊病者のような足どりで現場周辺をうろつき、自分が無事であることを喜ぶと同時に、たったいま目にしたばかりの光景に震えあがっていた。平穏な午後のひとときが一瞬にして悪夢に変わってしまうこともあるのだ。

襲撃犯たちが放った銃弾は、現場近くのバルから出てきたディエゴ・ガルシアにも命中した。病院に担ぎこまれたが、じきに帰らぬ人となった。のちに明らかになった情報によると、彼はアエドに住んでいて、家具職人の募集広告を見てサンフェルナンドにやってきたのだった。そして、広場のバルに立ち寄ってジンを飲み、製材所に行こうと店を出た矢先、流れ弾に当たって事切れたのである。まだ二十三歳の若者で、ポケットのなかには十二ペソと電車の切符が入っていた。

役場の警備にあたっていた数名の警官が犯人たちと銃撃戦を繰り広げたという話もあったが、真偽のほどは定かでなかった。

犯人のひとりが車に乗りこむときに仲間に手助けされるところが目撃されたが、おそらく（警察の発表によると）負傷したものと思われる。また、ストッキングをかぶった男が、走りはじめた車の後部座席のドアから白いカンバス地の袋を投げ入れるや、銃で半円を描くように乱射するところが目撃された。犯人たちを乗せたシボレーは、マデロ通りを全速力で逆走しながらマルティネス通りのほうへ、ということはつまり、ブエノスアイレスの都心部にむけて走り去った。

シボレーは猛スピードで蛇行を繰り返し、クラクションをけたたましく鳴らしながら前進した。ふたりの若者が車の窓から身を乗り出し、後方にむけてマシンガンを乱射した。

「飛ばせ、飛ばすんだ」ネネが叫ぶ。メレレスは全神経を集中し、前方に顔を突き出すようにしてハンドルにしがみついている。車道を走る車や学校の門から出てくる子どもたちには目もくれず（目撃者のひとりがそう語っている）、赤信号など見向きもせず、自由を約束してくれる場所へとつづいているはずの想像上のルート、ベッドに寝ころびながら数学の勉強をしている少女が自分たちの帰りを待っているアレナレス通りのアパートへとつづいているはずの想像上のルートだけを見据えながら、前かがみになってハンドルを操作している。車道を走る車は脇によけ、〈カラス《クエルボ》〉ことメレレスが運転する車をやりすごす。

　付近の住民は、半開きになった窓から、黒い車が疾風のように駆け抜けていくのを目撃した。恐怖のあまり凍りついたようになった彼らは、床に伏せたり、木陰に身を隠したりしていた。歩道を行く母親は子どもの手をしっかりと握っていた。葬列に加わっている人間ならば、車の窓から、通行人が帽子を脱いだり（帽子をかぶっていればの話だが）、無言のままゆっくりと十字を切ったりする様子を目にすることだろう。そして、遺族たちは、壁に貼りつくようにして歩道に並んでいる人たちが軽く頭を下げて一礼するところを目にするだろう。ところがいま、猛スピードで走り去る車の窓から見えるのは、散りぢりになって逃げまどう人々であり（ネネはその様子を見ていた）、それを眺めているのは愉快だった。間抜けなやつらが地面に伏せ、玄関に身を隠し、まるで小さな人形のように、疾走する車をやりすごそうと急いで道をあけている。

「全部あるか？」午後の光のなかで青白くみえるメレレスが叫ぶ。シボレーを運転している彼は、アクセルを踏みこんで大通りを横切り、すぐ横に置いてある袋をまさぐる。「金は全部あるか？」そう言いながら笑っている。

　犯人たちは現金を数えてはいなかったが、カンバス地の袋はまるで石を詰めこんだようにずっしりと重かった。まるで薄く引き伸ばしたセメントの板が何枚も入っているかのようだった。札束が詰まったカンバス地の袋の口は、帆綱のようなもので縛られている。

「腐るほど金があるぞ」ドルダのシャツは赤い血に染まっている。銃弾が首をかすめた痕がひりひり痛む。「とにかく助かったんだ。ネネ、あとは無事に目的地まで行くだけだ」〈金髪ガウチョ〉ことドルダは、シボレーのリアウィンドーに目をやりながら言う。「世界中の金を手に入れたんだ」そしてコカインに手を突っこむ。彼らはみなコカインを歯茎にすりこんでいた。これだけスピードが出ていれば、吸引することは不可能だ。座席にぶら下げた小袋に鉤爪のような手を差しこみ、曲げた二本の指でコカインをつまみ出し、歯茎へ、舌へすりこむ。現ナマはドラッグと同じだった。肝心なのは、それをもっていること、まちがいなくそこにあること、それにじかに触れること、そして、洋服ダンスのなかをあさってカンバス地の袋をあらため、半キロもの現ナマが、十万ペソもの現ナマが入っていることを自分の目で確かめて安心することだ。そうやってはじめて生きていくことができる。

排気量を倍に改造した車のアクセルを踏みこみ、ハンドルに全神経を集中し、マイアミかカラカスで贅沢に暮らしていけるだけの金を積みこんで突っ走る。これにまさる喜びはない。

「ウルグアイ行きのフェリーがある。川〔ラプラタ川のこと〕を渡るのに二時間、いや二時間十分か」ネネが言う。問いかけだろうか？　答える者は誰もいない。コカインのせいでみな頭がぼんやりしていて、早口でまくしたてる。まるで野原のなかの線路を電車に追われながら、たったひとりで走っているようだ。「コロニア経由で行こう。あそこまでなら二時間だ。ティグレから行けばいい。ランチを手に入れて、フェリーを借り切って、飛行機を買うんだ。どうだ？」ネネは笑いながら、鉤爪のように曲げた指をマニラ紙の袋に差し入れ、コカインをつかみ出す。舌と口蓋がしびれたようになり、奇妙な声になっている。

「俺みたいに度胸がある人間はな」ドルダが言う。「泳いで川を渡るんだ、泳いで……」

「おい、線路だ。踏切番がいるぞ」

「任せろ」

〈坊や〉《ネネ》ことブリニョーネはそう言うと、窓から身を乗り出す。すると、ドルダも反対側の窓から身を乗り出す。

ふたりはマシンガンを連射して遮断機を打ち砕く。

粉々に砕けた木片が飛び散る。

「あんなにもろいなんて知らなかったぜ」ネネが笑いながら言う。

「連中は窓から身を乗り出して、遮断機を吹き飛ばしたんです」踏切番はそう証言した。

踏切番はもちろん、踏切番の友人で、そのときたまたまいっしょにいた二十歳の若者も、取り乱していたせいか、犯人たちの様子を正確に、首尾一貫した言葉で説明することができなかった。

〈逃亡犯たちは、マデロ通りの踏切の遮断機が下りているのを見ると、走行中の車からマシンガンを乱射し、遮断機を破壊した〉(新聞ではそのように報じられた)。

「後ろにふたり、運転席にひとりが乗っていて、ラジオのボリュームをいっぱいにして、クラクションを鳴らしていたよ」

「パトカーが五十メートルあとから追っかけていたよ」

「やつらが無事に逃げおおせたとは思えないね。車の両側にぶら下がるようにしていたふたりの男たちはマシンガンを抱えていた」

シボレーに乗った若者たちのなかにはけが人がいたらしく、仲間たちに支えられるような格好で座っていたと証言する者もいた。シボレーのリアウィンドーは銃撃を浴びたせいで粉々に砕けていたという。

リベルタドール通りを疾走するシボレーがクラクションを鳴らすと、ほかの車はいっせいに道をあけた。ところが、リベルタドール通りとアルベアール通りの交差点に差しかかると、通報を受けて検問にあたっていた交通警察隊に出くわした。

警官のフランシスコ・ヌニェスは逃走車を停止させようと道路に飛び出したが、マシンガンの乱射を浴びて壁に吹き飛ばされた。逃走車はスピードを緩めずに警察署の建物の正面めがけてマシンガンを連射した。

シボレーが全速力で走り去るのを見ると、三人の警官がパトカーに乗りこみ、サイレンを鳴らして追跡をはじめた。

〈カラス《クエルボ》〉ことメレレスはハンドルに全神経を集中している。彼はフロリノールの常習者だ。一日に一瓶近く服用し、そのおかげで穏やかな人生観を手にすることができた。フロリノールは一種の鎮静剤で、大量に服用するとアヘンのような効き目をあらわす。バタンの刑務所にいるころ常用するようになり、そこでは合法的な薬として流通していた。医師が処方することもできるし、金や女と引き換えに看護師が融通してくれることもあった。手続きはいたって簡単、看守の妻たちに比べると、四人が付き合っている女たちのほうがはるかに上物というわけで、取引がめでたく成立することになる。メレレスが言うように、刑務所での面会は、まるで若い牝馬の品評会といった様相を呈した。四人の恋人や女友だちは、いい気分を味わわせてくれる悪党としばらく付き合ってみたいと思っているものだが、必要とあらば、警察官や看守の相手を務めることもいとわない。そこで、当直室で立ったまま一戦まじえることになる。ある日の午後、メレレスは、当時かわいがっていたいかした女、ドラッグにいかれた愉快な女、ビンバに言い含めて、刑務所長の気を引くことに成功した。この太っちょの冷血漢は、囚人たちをこっぴどい目に遭わせることで知られていたが、面会に訪れるビンバの金髪、ぴったり張りついたジーンズの下で盛り上がっている引き締まった尻、刺しゅう入りのシャツを目にするや、すっかりのぼせ上がってしまうのだった。こうしてメレレスは、フロリノールやコカインを手に入れた。そのあとのことはよく覚えていなかった。おそらくビンバは、それからしばらくのあいだ所長とよろしくやっていたのだろう。おかげでメレレスは半年後に釈放された。娑婆《しゃば》に戻ったばかりのメレレスの頭はからっぽ、まるで抜け殻のようで、自分の身に何が起こったのかすらわかっていないありさまだった。でも、だからこそ彼は並外れた運転手だったのであり、頭のなかは空白、その冷血ぶりは他の追随を許さなかった。ハンドルを握るときは、フロリノールで気分を落ち着かせ、トレーラーに車ごと体当たりして路肩に突き落とすことも辞さなかった。恋人の少女とその母親を盗難車に乗せてマル・デル・プラタまで逃走したこともあった。国道二号線を逆走し、対向車はあわててクラクションを鳴らして路肩へ突っこんだ。少女は笑いながらバスコレット印のココアジュースを飲んでいた。ブランカはこの飲み物に目がなかった（「竹食う虫も好き好きってやつさ」と、メレレスは不可解なことを口走っていた）。彼は奇妙な話し方をする男で、ことばが形になる仕組みを理解するのに時間がかかった。ことばは音を通じて形になる。ことばはつねに澄んだ音を響かせるが、感じられることはない。バスコレットだなんて、また何という竹なんだ。

　リベルタドール通りとアリストブロ・デル・バリェ通りの交差点に差しかかった瞬間、犯行グループに寄り添っていた幸運は不意に断ち切られたかにみえた。新たな銃撃戦で警官をひとり負傷させると、マルティネス交通警察署から一五〇メートルほど離れたところでシボレーは何かにぶつかった。車は（警察発表によると）派手にスピンし、もう少しでひっくり返るところだった。道をふさぐように停止した車は、うしろ向きになったまま下水溝にはまりこんだ。リアウィンドーは完全に破壊され、左後部座席には大きな血の染みが広がっていた。数分が経過しても車から人が降りてくる気配はなかった。

近所で商店を営むブッシュという男は、ハンドルを握りながら犯人たちとは反対の方向にリベルタドール通りを進んでいたが、エンジンがかかったままの状態で道の真ん中に停車しているシボレーから男がひとり降りてくるのを目撃した。打撲でも負ったように首をさすっている男を見て、おそらく事故に遭ったのだろうと考えた。

エドゥアルド・ブッシュ氏の日常生活は、彼が経営する店で売られている布地の白い水玉模様のように規則正しかった。しかしその日は、入浴中に水が出なくなるというトラブルに見舞われたせいで、いつもより二分遅れていた。シャワー室に取り残された彼は、誰かが故意に自分を困らせようとしているのではないかという思いにとらわれたが、ようやくシャワー室を出ると体を拭いた。すると妻が、水道を止められてしまったことを告げた。エドゥアルドは、いま住んでいる家で生まれ育ち、ほかの街で暮らしたことは一度もなかった。さまざまな物音や時が移り変わる様子を知りつくしていた彼は、その日、なにか奇妙な物音（遠い雷鳴やささやきのような物音）が聞こえたように思ったが、気にとめることはなかった。ここ最近の彼は、物事があまりうまくいっていないこともあって機嫌が悪かった。いつもは午後二時半に家を出て三時十分前には店を開けていたが、その日は少しばかり定刻を過ぎていた。その遅れ（偶然によるごくわずかな遅れ）がすべてを変えてしまったのである。おかげで彼は、死ぬまで人に語り聞かせることになる物語を手に入れることになった。マデロ通りを曲がったとき、これはきっと衝突事故が起こったにちがいないと考えた彼は、エンジンがかかったままの車から片手に袋をぶら下げた男が降りてくるのを目にした。

エドゥアルドは車を停めた。なんといっても彼は善良な市民だったのである。ところがつぎの瞬間、ベレッタ45を左手で取り出し、彼のほうを向いてにやりと笑う〈坊や《ネネ》〉ことブリニョーネの姿を目にすることになった。

「男はこっちに近づいてきました。これはきっと殺されるにちがいないと思いました。ずいぶん時間をかけて私の車まで歩いてきました。まだ少年といった感じの若者で、絶望した人間のような顔をしていました」

ネネが車のドアを開けると、ブッシュは両手を挙げながら車を降りた。シボレーからさらにふたりの若者が降りてきて、ブッシュが運転していたランブラーに乗りこんだ。カンバス地の袋を引きずって、おまけにたくさんの武器を抱えていましたよ、でもすべては夢のなかの出来事のようにとりとめがなく、あっという間のことでした、ブッシュはそう語った。不幸な出来事というのはそんなふうにして起こるものなんですね、それはわれわれの想像を越えたものなんです、と彼は哲学者みたいな台詞を口にする。

「たとえあのときのように肝をつぶす目に遭ったとしても、われわれは隣人を助けなければいけない、その考えを捨てるつもりはありません」

「犯人たちのうちひとりは黒髪で、もうひとりは金髪だった。ふたりともまだ若く、軍人のように髪を短く刈りそろえていた。三人目の男はストッキングをかぶっていた」すべての証言はこの点で一致していたが、なんら役に立つものではなかった。

こうしてブッシュ氏は、前の年に買った明るい色のランブラーを強奪されてしまった。犯人たちはそれに乗って逃走をつづけたのである。

逃走車はリベルタドール通りを猛スピードで走り抜けてサンタフェ通りに入り、ワゴン車との衝突を危機一髪でかわすと、赤信号を無視して都心から郊外へ抜けるパナメリカーナ通りを疾走した。

そのころになると、交通警察をはじめ首都の入口を警戒していた分遣隊にも現金強奪事件のニュースが伝えられていた。連邦警察の無線班にも警戒命令が届いていた。

ところが、ブエノスアイレス近郊の北部地区を巡回しているパトカーも検問所も、犯行グループを乗せたランブラーの足取りをつかむことはできなかった。同じ日の夜、州警察から動員された多くの捜査員たちがブエノスアイレス首都圏を広域にわたってパトロールした。

3

事件を報じる夕刊には衝撃的な見出しが躍《おど》った。事件直後、ゲリラによる襲撃を示唆する仮説が乱れ飛んだ。捜査員たちは、今回の事件について、民族主義を標榜するグループが銀行付属の総合病院で数カ月前に引き起こした襲撃事件と関連があるとにらんでいた。両者のあいだには共通する点がいくつかあるとささやかれていた。〈タクアラ〉〔ペロン派のなかでもとりわけ過激な活動によって知られていた組織〕や〈ペロニスタ抵抗運動〉のメンバー、あるいは、かつてアルジェリアのゲリラ組織の訓練を受けていたという噂の退役下士官たちが関与しているというのである。組織のなかで〈アルジェリア人グループ〉と呼ばれ、ホセ・ルイス・ネルとジョー・バクステルに率いられた者たちは、マシンガンで武装して総合病院を襲撃、三十万ドルもの現金を奪ったのだった。警察の捜査は、ペロニズムの流れをくむ民族主義組織が街の犯罪者たちの協力を得て、当局を悩ませていた爆発物の製造にも手を染めていた、との線で進められた。

実際のところ、そうした推測を裏づけるような動きがあったことは事実である。ペロン統治時代に突撃部隊として知られた〈民族主義解放同盟〉の元構成員である〈ナンド〉ことエルナンド・エギレインは、アレナレス通りの隠れ家でマリートと落ち合い、襲撃にともなう撤退作戦を練り上げた。〈ナンド〉はなによりもまず行動の人であり、ある者に言わせれば愛国者、別の者に言わせれば情報屋であり、警察組織によると血に飢えたルンペンだった。

新聞では、言外の意味を匂わせる情報が乱れ飛び、対敵情報活動《コントラインテリヘンシア》を暗にねらった報道も枚挙にいとまがなかった。

たとえばこんな具合だ。乗り捨てられたシボレーを検分した警察は、犯人たちのひとりが負傷しているとの推測を裏づける証拠を得た。車内からは、グレーの長袖プルオーバー、血に染まったタオルと上着が見つかった。車の床には薬物と数個の注射器、抗凝結剤の入った小瓶が転がっていた。また、六十四発の弾丸を装填できる二重弾倉式四十五口径ハルコンライフルが二丁と、未使用の弾丸を収めた箱がひとつ発見された。ライフルにはボルトで安全装置が取りつけられていたが、これがじつは、五十発の弾丸を連射するための仕掛けであることが判明した。新聞報道によると、これは襲撃犯たちの凶暴性を如実に物語るものである。車体の後部左側には、衝突の痕が四カ所見つかった。逃走車が事故を起こした現場近くには、道具袋のようなものが落ちており、なかには一万八千ペソの現金が入っていた。

最新の情報によると、残虐きわまりない強奪事件の捜査にあたっている警察は、逃走中の犯人たちが残していった袋（そのうちのいくつかは事故を起こしたシボレーの車内に残されていたものであり、それ以外は逃走中に落としていったものである）をとりわけ重要な証拠物件とみなしていた。それらはいずれもカンバス地の道具袋のようなもので、強奪した現金を運搬するためにわざわざ用意されたものと思われた。この種の袋は軍隊で用いられるものであり、警察は目下、海軍局の関係者との接触を試みているところである。また、衝突事故の際に犯人たちがシボレーの車内に残していった武器を調べた結果、九ミリマシンガンの弾倉が、ドイツのベルグマン社製、あるいはパラグアイのピリピピ社製の銃に装着される弾倉と同一のものである可能性が浮上した。また、四十五口径のハルコンライフルは、おもに軍隊で使用されるものであることが明らかになった。以上の理由から、警察は、犯行グループと軍とのつながりを視野に入れながら捜査を進めている模様である。

科学警察監察局鑑識課の課員たちは、銃器はもちろん車内のいたるところに残されていた犯人たちのものと思われる指紋を採取したが、それによって逃亡犯たちの身元が明らかになるかもしれなかった。

本日付の新聞のための取材が打ち切られようとしていた昨夜、強盗および窃盗課の捜査員たちが、犯行グループの所在を突きとめるべく、首都ブエノスアイレスとその近郊で家宅捜索を進めていた。

複数の新聞に目を通したマリートは、こんなにも早く捜査の手が伸びてきたことに驚きを禁じえなかった。マリートに言わせると、新聞はいつもの不愉快かつ卑劣な調子で、微に入り細をうがって事件を報じていたが、それは、事実を扱う際の新聞報道の乱暴かつ厚顔無恥なやり方を物語るものだった。たとえばこんな具合だ。〈六歳の少女アンドレア・クララ・フォンセカは、母親の手から離れ、犯行グループによるマシンガンの連射を浴びて顔面が血の空洞と化してしまった……〉血の空洞。マリートはその言葉をゆっくりと読み返した。何も考えずに文字を一つひとつ拾いながら、そして、教会のなかに飾られた裸の天使を思わせる金髪の女の子のイメージをぼんやりと思い浮かべながら。彼は、さまざまな事件を伝える新聞記事に目を通しては残酷な愉悦をおぼえたが、その愉悦はしばしば、みずからの人生のなかの数々の出来事の倫理的な根源を究明することが彼にはどうしてもできないことを証するものだった。というのも、自分が引き起こした事件を報じる記事を読むと、犯人の素性が明かされていないことに満足をおぼえるからだった。とはいえ、自分の顔写真が載っていないことを残念に思い、不幸な出来事があっという間に拡散して何千、何万もの人間によって貪欲に読まれることにひそかな感嘆をおぼえることもたしかだった。

マリートはそのころ、プロの殺し屋の例に洩れず、新聞の事件欄の熱心な読者だったが、それは彼の弱点のひとつでもあった。というのも、新しい事件（金髪の少女の小さな顔を破壊した乱射事件）が起きるたびに生々しい興奮が全身を駆けめぐるのを感じていた彼は、自分の心が、恐怖や大惨事にえもいわれぬ悦びを感じる堕落したサディストのそれとあまり変わらないのではないかと考えずにはいられなかったからであり、また、みずからの精神構造が、新聞に掲載されるような事件を引き起こす連中のそれとなんら変わるところがないのではないかという思いにとらわれるからだった。誰もが彼のことを、計算高く冷静な男、まるで外科医のように正確無比な手並みによってみずからの行動を律することができる男とみなしていたが、当人は心のなかで、自分もそういった犯罪者たちの同類にほかならないと考えていた。もちろん外科医といえども（たとえば彼の父のように）、両手を血に染め、無防備のまま全裸で横たわる患者の肉を切り裂き、洗練された医療器具や電動のこぎりを使っていとしい犠牲者の頭蓋骨に穴をうがつのを生業にしていることは否定できないのだが。

シボレーを乗り捨てたことは明らかに失敗だった。おかげで警察は、一連の逮捕劇につながる可能性のある複数の手がかりを得ることができた。マリートは、犯行の前夜に〈がに股〉バサンといっしょに身を潜めていたサンフェルナンドのホテルが家宅捜索されたことを知っていた。警察は当然のことながら、入手した情報のすべてを公表しているわけではなかった。

警察は、冷静でありながら威嚇するような調子で、犯行グループのうち少なくともふたりについてすでにモンタージュ写真を作成していることを明らかにした。報道機関にむけてその事実を明かしたのは、ブエノスアイレス州の北部地区を管轄する警察の強盗・窃盗課で副課長を務める捜査官カジェタノ・シルバである。

「市役所の内部の人間が犯行にかかわっていることは考えられません」シルバは断言した。

警察は、重要な情報の漏洩を防ぐために煙幕を張っていた。マリートは、警察が間近に迫りつつあることを予感していた。物事はけっして思惑どおりにいかないものであり、運命というものは、度胸や頭脳、安全対策よりもはるかに重要な働きをするものなのだ。逆説的だが、偶然とはすなわち、すでに確立された秩序に属するものであり、それはまた（密告や拷問と同じように）都会のジャングルのなかに身を隠そうとする犯人を追いこんで捕らえるために警察が用いる主要な手段なのである。

警察幹部の沈黙にもかかわらず、犯行グループの政治的な背景をうかがわせる有力な手がかりが得られたことが明るみに出た。犯人たちが別の大きな組織に雇われ、その手先として動いている可能性も否定できなかった。また、非公式の見解として、〈ペロニスタ抵抗運動〉と称される組織の地下ネットワークが今回の襲撃事件にかかわっているとの噂がささやかれていた。警察は、マルセロ・ケラルトーとパトリシオ・ケリーの両名が率いる組織の元メンバーたちが足繁く出入りする場所を重点的に捜査していた。

〈ナンド〉ことエルナンド・エギレインは、ペロン派の民族主義者グループとはすでに関係を断ち、武器の取引や隠れ家の確保、パスポートなどの重要文書の偽造（あるいは武装蜂起を呼びかけるペロンの手紙の偽造）を行なうための秘密の作業場の提供など、さまざまな仕事にかかわる元戦闘員や労働組合員たちと時おり接触するくらいだった。彼はいま、きちんと整理された書類をすべてヴァリアント〔アメリカのクライスラー社が製造した自動車の一種〕に積みこみ、アレナレス通りのアパートに向かってボエド通りを走っている。目的地に到着する前に何度か迂回することを忘れなかった。電話を使うことも、約束の時間より前に到着することも避けたかった。警察に尾行されながら都会を動きまわることを余儀なくされている人間の例に洩れず、アパートに張りこんでいる刑事の待ち伏せに遭って豚箱送りになったり、まんまと罠にはめられたりすることを何よりも恐れていたからだ。これまでナンドは、本能だけを頼りに、危機一髪のところで逃げおおせたことが何度かあった。約束の場所に向かうときは、怪しげな兆候をけっして見逃さないという行動原理を身につけていたのである。

彼はサンタフェ通りを下ってブルネス通りに入り、つぎのブロックの中ほどまで進んだ。木陰で戯れているカップルが見え、ベルッティ通りに停車しているタクシーのなかでは運転手が新聞を広げている。

めざすアパートの建物の入口は静寂に包まれ、管理人の男が歩道にバケツの水をまいている。これはいい兆候だ。管理人というのは、警察が建物に出入りしているときはどこかへ姿をくらますものだ。ブエノスアイレスの管理人のおよそ半数は共産党に加入していて、残りの半数は警察への密告者と相場が決まっていたが、警察が張りこんでいるときはかならず姿を消すのだ。もっとも、歩道に水をまいている管理人は、エレベーターに足を踏み入れるナンドを捕らえようと待ち構えている変装した警官なのかもしれない。

ナンドは落ち着いた足どりでアパートの玄関ホールに入ると、ガレージに面した地下室へ降りていく。そこには誰もいない。そして廊下を横切ると、裏階段に足を踏み入れる。彼は台所から入るのを好んだ。万が一警察が潜んでいたとしても、焼却炉の窪みに身を隠して銃で応戦するチャンス（たとえわずかなチャンスといえども）が残されているからだ。

幸い警察の姿は見当たらなかった。万事オーケー、台所を横切ってリビングに入ると、最初に目に飛びこんできたのはソファーに寝そべる〈金髪ガウチョ〉ことドルダの姿で、血のにじんだ包帯を首に巻いて絵入り雑誌を読んでいる。つぎが〈坊や《ネネ》〉ことブリニョーネで、リビングテーブルの上で細心の注意を払いながら銃の撃鉄にやすりをかけている。何よりも愉快なのは、鏡のはめこまれた戸棚の上に、強奪した現ナマが積み上げられていることだ。白いゴム製マットに積まれた大量の現金は、澄んだ水を思わせる鏡面に映し出されて増殖し、幻のように浮かんでいる。

ネネはナンドの顔を見ると、共犯者のような表情を浮かべながら寝室の扉を指さす。扉の向こうからは、押し殺したようなあえぎ声やささやき声が聞こえてくる。四六時中ベッドの上でいちゃついている

〈カラス《クエルボ》〉ことメレレスと少女の声だ。

「マリートはあそこさ」ネネはそう言うと、いちばん奥の部屋を頭で示した。そして、引き金が蝶のようになめらかに動くように、指の動きに敏感に反応するように、ベレッタにやすりをかけた。彼はナンドが好きではなかった。小さな口ひげを切りそろえ、死んだような目をしたナンドは、いわば別世界に生きる人間で、どことなく警官のような雰囲気をかもしだしていた。でも実際はそうではない。かつては、ある意味において警察の人間といえなくもないことを、つまり〈同盟〉のために情報を提供していたこともあり、ネネに言わせると、ある種の政治屋だった。要するに、〈ご老体〉〔ペロンのこと〕のために命を投げ出す愚かな人間のひとりというわけである。そんな使命に骨の髄まで毒された連中は、噂によると、普通の人間とグルになって、武器販売店を襲ったり銀行強盗を働いたりした。すべてはペロン将軍の帰還に備えた資金集めという口実のもとに行なわれたのである。「帰還なんて、ばかなやつらだ」ネネは考えた。「俺たちに共通しているのは、ＣＧＴ〔ペロン政権下に置かれていた〈労働総同盟〉のこと〕の手先かどうか調べるためにピカーナで拷問されることくらいだ」

「何か変わったことは？」

「万事オーケーだ」ナンドが言う。「サツの連中は街じゅうにデマをふりまいているが、本当は何が何だかわかっちゃいないのさ。ブタ野郎のシルバが捜査官に任命されたらしいが、隅に置けないタヌキだから油断は禁物だ。いまごろはきっとしらみつぶしにタレこみ屋に当たっているだろうから、なにか手がかりをつかんだかもしれないな。もう新聞は読んだか？　車を乗り捨てたのはまずかったな。お前が盗んだ車か？」

「〈カラス《クエルボ》〉だよ。ラヌスでね。たいした話じゃない。警察が車屋に売り飛ばした盗難車だったんだ。改造車だ」

ナンドは仲間たちに、二、三日はアパートから出てはいけない、ラプラタ川を渡る手はずが整うまではここからけっして動いてはいけないと命じた。ドルダが読みかけの雑誌を下ろして目を上げた。

「あんたウルグアイ人か？」

ふたりは黙ったまましばらく見つめ合った。ナンドが首をふった。

「俺はウルグアイの人間じゃないが、お前たちがウルグアイへ渡るのを手助けするつもりだ」

「そんなことはわかってるが、あんた、ウルグアイ人みたいだな。だけど、あんた、なんとなく……」

〈ガウチョ〉ことドルダが言う。「ウルグアイ人ってのはみんなやもめみたいにみえるな。実際のところ、ウルグアイ人はみんなペロン主義者《ペロニスタ》みたいだ。ペロン将軍に先立たれたやもめだ」

「ご機嫌だな、ガウチョ。どうしたんだ？」ナンドが訊ねる。「傷が治ったんで話したくなったのか？」

ドルダはふたたび雑誌を持ち上げて読みはじめる。ナンドがそんな質問を投げかけたのも、ドルダが普段は口数の少ない男だったからだ。ネネとは言葉を交わさなくてもわかり合うことができた。雑誌を手にしたドルダは、それから何時間も押し黙ったまま、考え事をしたり、物音に耳を傾けたりしていた。頭のなかからささやき声らしきものが聞こえてきたが、それは頭蓋骨に浸透しようとしているラジオの短波放送、脳のなかにメッセージを送りこもうとしている短波放送のようなものだった。時には混信することもあり、そんなときは奇妙な物音や未知の言語を話す人間の声が聞こえてきたりする。日本やロシアあたりから届く電波かもしれない。ドルダはそんなことをいちいち気にしなかった。子どものころから何度も経験してきたからである。そのせいでなかなか寝つけないこともあったし、あるフレーズが不意に頭に浮かぶこともあり、そんなときは声に出して言ってみる必要があった。たとえばついさっき、ナンドに向かってウルグアイ人のやもめと言ったときがそうだ。彼は頭蓋骨のなかから聞こえてきたその言葉を声に出してみたのであり、だからこそナンドは変な顔をしてドルダを見返したのだった。ドルダは面倒なことに巻きこまれるのはごめんだったが、あんたはウルグアイ人みたいな顔つきをしているなと言われたときのナンドのぽかんとした顔を思い出すと愉快だった。「顔つき《アスペクト》」という言葉も彼にはおかしかった。ナンドに向かって「虫《インセクト》」とか「薬の説明書き《プロスペクト》」と口にしたも同然だった。薬。そういえばアンフェタミンかアクテミンを服用するつもりだった。ネネとナンドはまだ話しつづけている。ところがドルダはふたりの存在をほとんど感じることがなかった。まるで風の音のようだった。そこでベッドに座って耳を傾けた。

「なあ」ナンドはそう言うとネネに目をやり、閉ざされた扉を見た。「マリートは相変わらず部屋のなかか?」

　マリートは相変わらず部屋のなかだった。太陽の光を避けようとブラインドを下げ、薄暗がりのなかに身をひそめていた。とはいえ、二十五ワットの電灯はつけっぱなしだった。暗闇のなかで眠ることができないのだ。監獄で数年間を過ごしてからというもの、夜も明かりを消さずに眠るのを習慣にしていた。

　ナンドがマリートと知り合ったのは、シエラ・チカの監獄に収容されていた五六年か五七年のことだった。ナンドの記憶によると、当時のマリートはまだ若く、寡黙な男で、何かのまちがいで政治犯の仲間に加えられてしまったかのようだった。四人たちの誰もが、あたかも身元調査を受けるみたいにして頻繁に拷問されていた。あのころは〈ペロニスタ抵抗運動〉にとって受難の時期で、マリートが投げこまれた四角い牢獄のなかには、共産主義者やトロツキスト、〈民族主義復興警備隊〉に属するナチスの信奉者らが押しこまれていた。マリートは彼らといっしょに臭い飯を食べた。UOM〔「冶金労働者組合」の略称〕の組合員も何人かいたし、軍の元下士官が二、三人、それに〈タクアラ〉のメンバーも交じっていた。マリートとナンドはそこで知り合い、親しくなった。監獄の死んだような夜のなか、何時間も語り合うなかで育まれた奇妙な友情は、まさにこの時期に生まれたのである。頭の回転の速いふたりは、すぐに相手から多くを学び合う関係になり、さっそく犯罪の計画を練りはじめた。

「腹のすわった人間が徒党を組めば、この国ではいろんなことができる」ナンドはいつもそんなふうに言っていた。「世間一般の窃盗犯たちはまるで規律がなっちゃいない。秩序と規律に支えられた集団、しかるべく武装した集団なら何だってやれるはずだ」そしていま、ふたりはそんな集団のなかにいた。ナンドは、街のごろつき連中のなかから実行部隊を駆り集めるのがいちばんいいと考えていた。そうすれば訓練に時間と労力を費やす必要がない。ナンドの夢は、彼らを〈組織〉に加入させることだった。パイプ爆弾を仕掛け、銀行を襲撃し、電線を切断し、建物に火を放ち、街を混乱に陥れる。ところが実際は、当初のもくろみとは反対に、ごろつき連中のほうがナンドをオルガナイザーに担ぎ上げたのだった。状況を見通す力、戦略的に物事を判断する能力がナンドには備わっていた。彼が中心になって襲撃作戦が練られたのである。

あちこちにコネをもっていたナンドは、襲撃後の退却と逃亡に備えてさまざまな方面に渡りをつけていた。あらゆる方面に通じていた彼は、いかに行動すべきかを心得ていた。偽造書類の入手や船の手配、ウルグアイとのコネクション、賄賂、麻薬の密売などはお手のものだった。ウルグアイへの密航をたくらむ人間にとって、彼はいわば核となる人物だった。とはいえ、行動を起こす前に数々の問題を解決しておかなければならなかった。ナンドは、警察はもちろんのこと、襲撃の手引きを買って出た連中の分け前をごまかすことには反対だった。

マリートはベッドに腰をかけ、煙草に火をつけた。テーブルの上には武器が積まれ、床の上には新聞が散らばっている。彼は、襲撃の協力者や警察に分け前を渡すことに反対だった。

「お前、頭いかれてるのか？　儲けを渡さないと告発されちまうぞ」

「ナンド、危ない橋を渡った俺たちとちがって、あいつらは何もしていないんだぞ。そんなやつらに分け前をくれてやるなんて、それこそ狂気の沙汰だ」マリートは薄笑いを浮かべながら言う。

状況は混沌としていた。警察は手に入れた情報を隠そうとしていた。方向を見失った捜査員たちは、今回の襲撃事件について、ペロン主義者のなかでも右派グループの仕業と考えようとしているようだった。実際にその線で捜査が進められているのかどうか、ナンドには確信がもてなかった。彼には、ブタ野郎《チャンチヨ》ことシルバがどういう人間かよくわかっていた。強盗・窃盗課に所属するシルバは、捜査などにいちいち手を煩わせることなく、もっぱら拷問に頼るだけの男で、密告やタレこみを重んじるのが常だった（ギャングたちは逮捕された瞬間、高電圧の棒《ピカーナ》による拷問を逃れるために自分の腕や足をカミソリで傷つける。「血が出ていればピカーナを食らう心配はない。電流を流されればたちまちクソを漏らしちまうからな」）。シルバは、ブラジルの警察の例にならって、死の部隊を組織した。とはいえ、あくまでも合法的な活動に従事していた彼は、〈調整委員会〉の後ろ盾を得ていた。というのも、シルバに言わせると、いまやあらゆる犯罪は政治的な背景をもっていたからだ。「平凡な犯罪の時代は終わったんだ」シルバはそう口にしていた。「犯罪者たちはどいつもこいつもイデオロギーに染まっている。ペロン主義の置き土産というやつさ。どんなかっぱらいだろうと、逮捕の瞬間には決まって〈ペロン万歳！〉とか〈エビータは生きている！〉なんて叫ぶ始末だ。連中は社会に害をおよぼす犯罪者、テロリストにほかならない。夜中にそっと起き出して、ベッドで寝ている妻を部屋に残したまま六十番のバスに乗りこみ、踏切の近くで下車して爆弾を投げつけ、電車を吹っ飛ばす。アルジェリアのゲリラと同じだよ。社会を敵に回して私たちを皆殺しにしようとしているんだ」したがって（シルバに言わせると）国家情報部と協力しながら捜査を進め、その手のごろつきを街から一掃しなければいけない。

冷血漢のプロの刑事《でか》、用意周到にして頭脳明晰だが、根っからの狂信者、それがシルバという男だ。詳しいことは誰も知らなかったが、いっぷう変わった過去の持ち主だった。学校の正門前で発生したテロに娘が巻きこまれて殺されたとか、エレベーターの隙間から突き落とされた妻が半身不随になったとか、睾丸に弾丸を撃ちこまれたせいで不能になったとか、さまざまな噂がささやかれていた。強迫観念にとりつかれていた彼は、けっして眠らず、この国の政治や共産主義者、労働者階級の行く末について一連の常軌を逸した考えにとりつかれていた。それを周囲の人間にも吹きこむべく、四六時中演説をぶっては自説を開陳した。〈ペロニスタ抵抗運動〉に属する連中は（シルバが手短に述べたところによると）英雄的な政治活動にも飽きがきてちょっとした犯罪に手を染めるようになった。ゆえに、その手のコネクションを断ち切らねばならない。さもないと、盗人と政治家の区別もつかなくなってしまったアナーキストの時代に逆戻りしかねない。手荒なことで知られるブエノスアイレス州の警察は、かねて殲滅作戦を展開していた。武器を所持している人間を見つけては、囚人など願い下げだとばかりに片っ端から殺していった。そして、ストライキのたびにやっかいな目に遭わされていた〈連邦調整委員会〉の幹部から支援を取りつけていた。

「シルバは事件についていろいろ邪推している。確信が得られるまではおとなしくしているだろうが、最新情報をもたらすタレこみ屋を何人も使っているはずだ」

「あんたたちは奴と話したのか？」

「警察本部には俺たちに協力している人間もいるし、おかげでやつらの様子を知ることもできる。しかしシルバはたったひとりで行動する男だ。自分の母親だって簡単には信用しない。わかるか？」ナンドが言う。

「ああ」マリートが答える。彼は不安を抱えていた。「メレレスを呼んでくれ」

メレレスは少女と寝ていた粗末なベッドを抜け出すと、マリートとナンドのいる部屋に閉じこもった。しばらくすると、退屈した表情を浮かべながら部屋を出てきた。

「ネネ、なかへ入れよ」そう言うと、今度はドルダを見やった。「マリートがな、聞き耳を立てて、通りに面した小窓からときどき外の様子を観察しろだとよ」

ドルダは首を怪我していたが、たいしたことはなかった。警察が撃ちこんだ弾が銃床に跳ね返って首をかすったのだ。血が流れ出すのを見て、ドルダの命が危ないと誰もが思ったが、数時間後には傷口がふさがり、かなり元気になったようだった。それでも多量の出血のせいで衰弱していた。そこでネネが傷の手当てをしてやった。

「何があったんだ？」

「何でもないさ。何かあれば俺が知らせてやる」

ドルダは動かなかった。そして腰にピストルを差したネネが部屋に入るのを見ていた。

「ガウチョ、起きるんだ」メレレスが部屋のドアから声をかける。「愛の巣を見張っててくれよ」

ドルダは部屋のなかにひとり残された。相変わらずソファーに寝そべったまま、床に転がったアンフェタミンの小瓶を拾い上げ、二、三錠を口に放りこんだ。仲間たちは別の部屋で行動計画を練っていた。ドルダと言葉を交わすこともなかったし、何かを訊ねることもなかった。計画を練るのはおもにネネの役目だった。ドルダとネネのふたりは、ドルダにとってはたったひとりの人間も同然だった。一心同体の〈双子〉の兄弟である彼らは（ドルダはそのあたりのことを言葉で説明しようと努めた）、たとえ目が見えなくても互いに理解し、記憶を頼りに動きまわることができる。そう信じていたドルダは、ネネが感じていることを自分も同じように感じることができると思いこんでいた。そして、日々の行動を決める役をネネにゆだねていた。強奪した現ナマもその時々の決断も、ドルダにとってはどうでもいい問題といってよかった。彼の唯一の関心事はドラッグであり、その（ブンへ博士が作成した精神鑑定書の表現を借りれば）「闇に閉ざされた病的な心」のなかに、ドラッグや頭のなかから聞こえてくる声よりほかのことが浮かぶのはまれだった。ブンへ博士によると、ドルダがさまざまな決断をネネにゆだねているのはごく自然なことだった。博士の鑑定書には以下のように書かれている。〈ゲシュタルト的結合を示すきわめて興味深い事例にほかならない。彼らは別々の人間だが、一体化した人間のようにふるまう。身体を構成するのはドルダで、彼はもっぱら行動する人間として、つまり精神を病んだ殺人者として行動する。かたやネネは、一個の頭脳として、相棒のかわりに思考する〉

（ブンへによると）〈金髪ガウチョ〉ことドルダはさまざまな声を聞いていた。絶えまなくというわけではないものの、時折、脳の内側から、頭蓋骨の隙間から声が聞こえてくるのだった。それは、彼にむかって話しかける女たちの声、命令を下す女たちの声だった。それこそドルダの抱えている秘密であり、この内なる音楽の正体を明らかにするためには、催眠術を用いた医学的実験を何度か試みる必要があった。刑務所の常勤医として働いていた精神科医のブンへ博士は、ドルダの症例に取りつかれたようになり、彼がじっと耳を傾けている声にすっかり心を奪われてしまった。「女の声がこんなことを言うんだ。カルウエ〔ブエノスアイレス州の町〕の近くに小さな湖がある、そこへ飛びこむと、塩気をたっぷり含んだ水のなかで体が浮く。その湖で、ランケル族のホモの首長《カシーケ》が溺れ死んだ。粉挽きに使う臼を首にゆわえつけられて溺れ死んだんだってね。コリケオという名のその首長は、足に鎖を巻かれて柱に縛りつけられた白人の子どもの捕虜を犯したんだ。湖の底に沈められて殺された首長は、全身を鳥の羽に覆われた姿で浮かびあがって、水草やホウライチク、トトラのあいだを幽霊のように流れていくこともあるらしい」つづけてドルダは、深い眠りの底から聞こえてくるような声で聖書の一節（『マタイによる福音書』十八章六節）を繰り返した。それは（ドルダによると）、彼の頭のなかで司祭が唱えている一節だった。〈白人の少年をつまずかせる者は、その首に臼をぶら下げ、カルウエの湖の底に沈められるがよい〉

　頭のなかから聞こえてくる女の声を別にすれば、ドルダはいたって普通の若者だった。ブンへ博士はときどき、ドルダが故意に気のふれた人間を演じることによって、法の裁きをまぬかれようとしているのではないかと考えることさえあった。いずれにせよ博士は、鑑定書のなかでドルダの〈性格異常〉に言及し、それが分裂病患者特有の〈性格異常〉であるとしたうえで、失語症の傾向が認められる点を指摘した。というのもドルダは、声を耳にするばかりでほとんどしゃべらず、終始無口だったからだ。言葉を発することのない人間、自閉症の人間は、誰かがしゃべっている声をつねに耳にしているものである。健常人とは異なる周波数を感知しながら生きている彼らは、延々と繰り返されるささやき声にとりつかれ、命令を下す声や叫び声、押し殺した笑い声を耳にする（頭のなかの声はしばしばドルダに「淫売女《グアチャ》」と呼びかける。女の声がそう呼びかけるのだ。こっちへ来なさいよ、ねえ、グアチャ。すると彼はじっと動かなくなる。自分に語りかけてくる声を誰にも聞かせまいとするかのように。悲しそうな顔で、宙を見つめながら、ときには泣きたい気持ちに襲われる。でも泣くことはない。自分が女であることを誰にも知られたくないからだ）。彼のいちばんの誇りは、冷酷さと決断力だった。彼が何を考えているのかがわかる人間はひとりもいなかったし、彼に語りかける女たちの声を耳にすることができる者もいなかった。彼はクリッパーのサングラスを使っていた。ある日の午後、パレルモの近くで金持ちの男から盗んだ車のなかに、ミラーサングラスが放置されていたのだ。彼はそのサングラスが気に入っていた。しゃれたデザインで、いかにも上流階級の人間といった印象を与えた。彼は時おり浴室の鏡やショーウインドーに自分の横顔を映してみた。

クリッパーのサングラスをはずした彼は、船外モーターの縮尺図面を仔細に眺めはじめる。ソファーに寝転びながら『メカニカ・ポプラール』誌に目を走らせ、ときどきモーターの絵を描く。そしてソファーから身を起こし、リビングテーブルの上にキャンソン紙を広げて鉛筆を削りはじめた。

すると、少女が姿を現した。男物のシャツを着て、裸足でキッチンへ歩いていく。

「はすっぱちゃん、何を探してるんだ?」ドルダが訊ねる。

「何でもないわ」ドルダは、尻を上げて爪先立ちになり、キッチンの上の棚に手を伸ばしてコカインを取り出そうとしている少女を眺める。

「キスをしてくれないか?」ドルダが言った。

少女はドアの脇に立ってほほ笑みかけた。まるで相手の姿が見えないような、木の人形でも見るような態度だった。ドルダは、メレレスの絹のシャツの裾からのぞいている少女の恥毛を眺めている。両足のあいだで絹が柔らかくこすれる様子を想像すると、彼女から目が離せなくなるのだった。

「なに見てんの? パパに言いつけちゃうわよ」少女はそう言うと、ふたたび部屋に入った。

ドルダはソファーから立ち上がって少女を追いかけるそぶりを見せたが、笑みのようなものを浮かべてクッションに身を投げ出した。怒ると子どものような笑みを浮かべるのだった。

彼は、やぶにらみの小さな目を閉ざされたドアに向けた。いまは亡き母親が言っていたように、生まれつきの寄り目、いわゆる内斜視だった。そのせいで、偏執狂、危険きわまりない男、要するに(ブンへ博士の所見によると)実際の彼がそうであるような人間にふさわしい風貌を帯びることになった。

ドルダの顔つきは、神経質でありながら天使のようにあどけない笑みを浮かべて平然と犯罪に手を染める冷酷無比な、狂気にとりつかれた人間(ブンへ博士はそうつけ加えている)のそれだった。幼いころ、剪毛用のはさみを使ってひよこを生きたまま切断するところを母親に見とがめられたことがあった。母親は息子を革ひもで鞭打つと、鶏舎から引きずり出し、ロングチャンプの監獄に放りこんでもらうために警察に突き出した。

「実の母親がだぜ」彼はどもりながら、悪態をつくべきか、それとも自分を更生させようとしてくれた母に感謝すべきかわからぬままそう言った。「悪事というのはな」アンフェタミンとコカインの併用でひどく興奮していたドルダはまくしたてた。「やろうと思ってやるもんじゃない。それは閃光のようにやってきて、俺たちをひっさらっていくんだ」

少年時代に何度か警察の厄介になったことのあるドルダは、十五歳のときにラプラタ市近傍のメルチョール・ロメロにある精神病院に送られた。病院はじまって以来の最年少患者だったな、ドルダは自慢げにそう語った。ほかの精神病患者といっしょに白い病室に入れられたが、彼はようやくテーブルに届くくらいの背丈しかなかった。とはいえ、悪事にかけては一人前で、立派な少年犯罪者だった。スズメバチの巣に猫を投げ入れて殺すこともあった。それは手の込んだ悪事だった。

「自慢するつもりはないが」ドルダはそんなふうに語った。「針金で結び目をこしらえるんだ。猫のやつ、動けなくなって、牝鶏みたいに鳴くだけだったな。憐れな猫ちゃんさ」

それから間もなく、今度は懐中電灯を盗もうとして浮浪者を刺し殺した。そして、警察に連行されて棒でさんざん殴られたあと、精神病院に送られたのだった。

病院の当直医は眼鏡をかけた禿頭の男で、帳面にメモをつけていた。彼はドルダを、比較的おとなしい狂人が収容されている病棟へ送りこんだ。最初の晩、ドルダはそこで三人の看護師に犯された。ひとりがドルダに一物をしゃぶらせ、もうひとりがドルダの体を押さえつけ、三人目の男が尻の穴に深々と挿入した。

「こんなにばかでかいチンコだぜ」ドルダは手ぶりを交えながら言う。「自慢じゃないがな」

ドルダはやがて精神病院の常連となった。病院を逃げ出しては連れ戻され、ふたたび抜け出してはレティーロやオンセ地区界隈、駅の周辺をうろつき、はした金を手に入れようとすりを働いたり、廃屋を荒らしたりした。カーマニアだった彼は、やがてプロの車泥棒になった。これぞという車に目をつけてから盗み出すまでに二分、いや二分三十秒もあれば十分だった。西部地区でいちばんの早業と自慢していた。いつもモロンやアエド界隈をうろついていたからだ。地方から出てきてブエノスアイレス近郊へ足を延ばすのが常だった。血の気の多い田舎者のような顔に、麦わら色の髪と空色の目をしていた。根っからの田舎者で、ピエモンテ出身の移民としてアルゼンチンに渡ってきた家族は、サンタフェ州のマリア・フアナに住みついた。家族の誰もが働き者で、ドルダと同じく無口だったが、頭のなかの声に悩まされることはなかった。母親に言わせると、ドルダの兄弟や父親が土を耕すときの頑固さと粘り強さをもって、悪はドルダにとりついたのだった。

「田舎じゃ、焼けつくような日射しで脳味噌が溶けちまう。夏になるとあんまり暑いんで小鳥たちが木から落っこちてくるんだ。働いてもいっこうに稼げやしない」ドルダはそんなふうに語っていた。「働けば働くほど貧乏になる。いちばん下の弟なんか、妻が病気になると家を売り払わなければならなかった。それまでずっと働きづめの人生だったっていうのに」

「当たり前じゃないか」ネネが笑いながら言う。「いいか、働けば働くほど人間ってのは奴隷の身分に落ちぶれていくんだ」

一心同体のネネとドルダはバタンの監獄で知り合った。まるでごみためのようなところで、ふたりして性的倒錯者の監房に押しこめられた。ホモ、服装倒錯者、おかま、とにかくいろんな人間が集まっていた。

「初めて男にやられたときは妊娠するんじゃないかと思ったもんさ」ドルダは言う。「まったく馬鹿だよな。まだ子どもだったんだ。そいつのばかでかい一物を見たときはうれしくて気を失いそうだったぜ」そう言って笑った。馬鹿な人間を演じたがるところがドルダにはあった。そのことが仕事一筋のマリートを苛立たせた。粗野な言動もホモもマリートは好きではなかった。彼に言わせると、そういう連中はとにかくしゃべりすぎるからだった。

でもそれはちがう、とネネが反論する。口を割らずに高電圧《ピカーナ》の棒を耐え抜いたおかまだっているし、普段は勇敢な男を気取っているくせに、いざ拷問用のゴムひもを目の前にするといとも簡単に口を割ってしまう連中もいる。

「女装趣味のあるマルガリータなんか、カミソリを口のなかに詰めこんで一気にかみ砕いたもんだから、すさまじいことになってしまった。警官にむかって舌を出しながらこう言ったんだ。『この口でしゃぶってやろうか？　あたしに口を割らせようなんて土台無理な話よ』」

マルガリータは結局殺され、ブレスレットとイヤリングを身につけた全裸姿でキルメスの町を流れる川に投げこまれた。その口を割ることはついにできなかったのである。

男にやられるためには男らしくあらねばならない、ドルダはそんなことを口にしていた。そして少女のようにほほ笑み、猫よりも冷淡な表情を浮かべた。ある男の胸に編み棒を突き刺したこともある。風船がしぼむように、男の胸からシューという音とともに空気が抜け、ついにぺちゃんこになってしまった。男がドルダにむかって知恵遅《オ》れ《パ》と呼んだのだ。ドルダは、知恵遅《オ》れ《パ》とかゲス野郎と呼ばれるのが気に食わなかった。もっとちゃんと扱ってほしいんだ、ドルダはそう言った。俺は生まれながらにして道を踏みはずした人間なんだよ、そう言うと少女のような笑みを浮かべた。

ネネはすぐに、ドルダがきわめて頭脳明晰な男であること、とはいえ気がふれていることを見てとった。

「精神異常ですよ」メルチョール・ロメロの監獄で精神科医のブンへ博士は言った。

だからこそドルダは、頭のなかから聞こえてくる話し声に悩まされていたのだ。殺しのための殺しをやる人間は、いろいろな話し声が聞こえてくるからこそ、そうしたことに手を染めるのだ。彼らは秘密の通信局から発せられる死者や不在の人間、身を持ち崩した女たちの声をキャッチする。それはうなり声のようなもの、頭のなかでカチッと音を立てる電気のようなもので――ドルダはそんなふうに言っていた――、それが聞こえてくると眠れなくなってしまう。

「まさに地獄だ。頭のなかでラジオが鳴っているようなものなんだ。それがどういうものかお前にはわかるだろう。どうでもいいようなくだらないことをしゃべりかけてくるんだ」

〈金髪ガウチョ〉に同情していたネネは、いわば後見役となって彼の面倒を見ていた。サンフェルナンドの現金強奪事件に彼を巻きこんだのもネネである。ネネを信用していたリーダーのマリートは、さっそくドルダを呼び寄せた。新しいタイプの向こう見ずな若者を探していたマリートは、メンバーを一新したいと思っていた。年寄りはもう用なしだと考えていたのだ（「年寄りはこの俺だけで十分だ」四十歳になっていたマリートはそんなことを口にしていた）。マリートに仕事をまかされたネネは言った。

「警察に儲けの半分を渡すとなると、俺たちの取り分は？」

「最低でも五十万ドルだ。それを四人で山分けする」

「残りの五十万ドルは？」

「やつらの取り分だ」

その「やつら」こそマリートに現金強奪の大仕事を持ちかけてきたのだった。そのなかには、警察官はもちろん地元議員まで含まれていた。ネネは考えこんだ。決心がつくまでに時間がかかった。なにせ仮釈放の身分である。ふたたび警察に捕まれば、もう二度と娑婆には戻れないだろう。

「ガウチョと一緒じゃなけりゃ嫌だぜ」

「お前たちはいったいどういう関係なんだ？」マリートが訊ねる。「夫婦か？」

「当たり前さ」ネネが答える。

夜の相手に事欠くと、ネネとドルダのふたりは同じベッドで寝たものだが、それも次第に間遠になっていった。ドルダには不可解なところがあり、異常なほど迷信深いところがあった。セックスやマスターベーションを避けるようになっていた彼は、精液がなくなると、かろうじて自分の頭を照らしてくれているわずかな光までが失われ、体が干上がってしまう、そしてついには何の考えも浮かばなくなってしまう、そんなふうに思いこんでいた。

「先生よ、マスをかきすぎたせいで俺はこんな人間になっちまったんだ。本当だぜ」ドルダは挑発するような口調で医師に語りかけた。「刑務所にぶちこまれた人間はいったい何をすりゃいいんだい？　サルみたいに三十分ごとにマスをかくしかない。あそこを舐める犬みたいにね。先生は見たことないかい？　デボートにいたころ、エントレリオス出身の男がいてね、そいつは自分で自分のアレをしゃぶることができたんだ。針金みたいに体を折り曲げてね、舌をペロっと出してアレをくわえるんだ」そう言うとガウチョは笑った。

「もうけっこう、ドルダ」ブンヘ博士が言う。「今日のところはこれでおしまいにしよう」そう言うと鑑定書にペンを走らせる。性的妄想、多形倒錯、リビドー過多。危険人物、精神異常者、性的倒錯者。パーキンソン病。

ドルダには、体のかすかな震え、電流のような震えの症状があった。ところが当人は、体液と空気ですべてを説明しようとした。

「人間の体は空気でできている。皮と空気だ。体内では何もかもが湿っている。皮と空気のあいだには」ドルダは科学的な説明を試みる。「細い管が何本か通っている」

人間の体は風船に等しいとの考えがガウチョのなかに根づいたのは、編み針を突き刺した相手の体から空気が抜け、床に投げ捨てられたぼろ雑巾みたいにぺしゃんこになってしまったのを目にしたときだった。横たわる男の姿は、まるで薄汚れた服のようだった。

「俺たちは精液と空気、それに血からできているんだ」ある日の夜、コカインがもたらした幻覚症状のなかでドルダは饒舌に語りだした。

「あのときのドルダはとにかくよくしゃべったよ」ネネが思い出しながら言う。「なにせ代議士の車のグローブボックスから盗み出したとびきり上等のコカインをやってたからな」

「細い管が何本か走ってるんだ」ドルダはそう言うと自分の胸を触った。「このへんをね」そして、肋骨のあいだを指で探る。「管はプラスチックのようなものでできていて、空っぽになったり満杯になったりする。満杯のときにはものを考えることができるが、空っぽになると眠っちまう。過去の思い出がそうだ。たとえば子どものころのことを思い出してみればいい。いろいろな思い出が管のなかを通り、空気のなかを滑っていく。そうだろ、ネネ？」

「そのとおりだ」ネネがうなずく。

ドルダはとても頭がいい。失語症という問題を抱えているせいで、かなり内向的な性格だ。まる一カ月のあいだ口を利かないこともある。そんなときは、目をこんなふうに動かしたり唇をすぼめたり、手ぶりや身ぶりで言いたいことを伝えようとする。それをしっかりと受けとめて理解することができるのはネネだけだ。ドルダは心底いかれている。とはいえ、（〈坊や《ネネ》〉ことブリニョーネに言わせると）これまでついぞお目にかかったことがないほどの勇気の持ち主であり、肝のすわった男だ。いつだったか、九ミリの拳銃を手に警察とにらみあったことがあった。ネネが車をバックさせて救い出してくれるまで、一歩もあとへ引かずにたったひとりで敵と渡り合ったのだ。ラヌスでのことだ。まったく信じがたい光景だった。両手で銃を握り、仁王立ちの姿で、どこまでも冷静にバン、バン、バン、優雅な身のこなしで応戦し、警官たちは恐怖に震えていた。何ものをも恐れないドルダのような人間には、誰もが一目置くようになる。かりに戦争でも起こっていれば、あるいはサン・マルティン将軍〔アルゼンチンの軍人。シモン・ボリバルと並ぶ南アメリカ独立の指導者〕の時代に生まれていたとしたら、いまごろはきっと――ネネはよくそう言っていた――あいつの記念碑ができているだろう。いまごろは、そうだな、英雄扱いされているはずだ。生まれる時代をまちがえたんだ。ドルダは言葉でうまく説明できないという問題を抱えている。そのせいで自分の殻に閉じこもってしまう。特別な仕事をやり遂げることにかけてはまったく非の打ちどころがない。誰であろうと狙った相手を一瞬にして殺すことができる。銀行に押し入ったときなど、会計係の男は目の前の光景が信じられず、これはきっと悪い冗談にちがいないと思いこんだ。そして何もわからないふりをした。というのも、ドルダは武器を取り出して脅すことさえしなかったからだ。ただこんなふうに言っただけだった。

「銀行強盗だ」

まぬけな会計係は、知恵遅れのような表情を浮かべて相手の顔を見ると、これはきっと冗談か何かだろう、この男はふざけているにちがいないと考えた。「さっさと出ていけ」会計係はそう言った。あるいは、「この気ちがい野郎、ふざけるのもいい加減にしろ」とでも言ったのだろう。ドルダはすかさず、こんな具合に、上っぱりのポケットに突っこんでいた手をわずかに動かすと(ドルダは、医者が身につけるような白い上っぱりを着ていた)、一発で相手の顔面を打ち砕いた。

銀行員たちは、会計係を撃ち殺したドルダが不気味な笑みを浮かべているのを見ると、ドルダが差し出した袋に急いで現金を詰めこんだ。とにかくドルダというのはめっぽうやっかいな、危険きわまりない男、完全にいかれた男だった。警察はもはや彼を痛めつけようとも、高電圧の棒《ピカーナ》を使って拷問しようとも思わなかった。どのみち吐かなきゃ殺しちまえというわけである。

「お前を見ていると、レティーロの便所で引っかけた男を思い出すよ、ガウチョ。前にも話したことがあるが、そいつはお前に似ていた。俺が小便をしていると、そいつは俺につきまとって一物を覗いてくるんだ。あまりにもしつこいんで、俺はそいつに話しかけた。するとやつは、〈わたしは聾唖者です〉

と書かれた紙きれを見せた。俺はかまわずに相手をしてやった。そいつは俺に百五十ペソ払った。一物をしゃぶりながらふうふう息をするんだ。なにせ話すことができないからな。でも息をしながら喜んでいる。わたしは聾唖者です、だとよ」ネネはそう言いながら笑う。ドルダは満足そうにネネの顔を見ると、困惑したように笑う。

ドルダは昔のことを思い出していた。そしてネネを愛していた。言葉で表現することはできなかったが、ネネのためなら命だって惜しくはなかった。ドルダは大儀そうに体を起こした。考えるのに骨が折れたが、とにかく考えていたし、(ブンヘ博士によると)頭はまるで翻訳機のように働いていた。何もかもが自分を(あるいはネネを)傷つけようとしているようにみえた。頭のなかから語りかけてくる声が聞こえると、彼はそれを翻訳するのだった。たとえば彼は、子どものころ教区の映画館に通っていた。ドルダは田舎で生まれ育った。たいていの田舎町がそうであるように、映画は宗教的な娯楽だったのだ。ミサに行くと(ドルダは言った)、教会を出るときに神父さんが入場券をくれるんだ(聖体拝領に参加すると入場券を二枚くれることになっている)。それをもっていけば、教区の映画館に入れてくれるってわけだ。そうやってドルダは、朝のミサが終わったあとで続き物の映画を観ることができた。彼はいつも、自分がスクリーンのなかに入りこんでしまったかのように、映画のシーンをことごとく生きているかのように、映画を翻訳していた。(「あるときドルダは映画館から追い出されたんです。いきなりペニスを取り出したかと思うと、小便をはじめたからです。映画のなかではちょうど、夜の野原に立った少年が、カメラに背を向けて小便をしていました……」ブンヘ博士が作成した精神鑑定書のなかの聖具保管係の証言からの引用)。ドルダはきわめて信心深かった。神の恩寵に浴したいといつも思っていたし、母親の証言によると、聖心会の修道士たちが暮らしているデル・バジェ（彼が家族と住んでいた家から五キロ離れた隣町）で神父になることを望んでいたという。ところが、その町へ出かける途中でドルダは浮浪者に強姦された。彼に襲いかかることになる一連の不幸はそのときにはじまったのである。

メレレスが部屋から出てきた。

「おい、そこで何してるんだ？」夢見心地のドルダにむかって話しかける。「来いよ。地下室へ下りて電話をかけるんだ」

犯行グループは誰にも分け前を渡さずにドロンすることに決めた。そのためにマリートは計画のすべてを変更し、〈がに股〉バサンに電話を入れることにしたのだ。木曜日の朝六時だった。マリートは、自分たちがいまどこに潜伏しているのかを〈がに股〉バサンには伏せておくように指示した。そして、カルロス・ペレグリーニ通りとラバージェ通りの角にあるバルでフォンタン・レジェスと落ち合い、自分たちが別の隠れ家に移るあいだフォンタン・レジェスをそこに引きとめておくよう〈がに股〉バサンに言い含めておいてくれと言った。つづけて、バラカスにあるナンドの家へ移るよう仲間たちを促した。こうして、ウルグアイへ渡るための手はずが整うまで、おとなしく待機していることになったのである。

背が高く痩せていて、人を見下すような笑みを唇に浮かべた〈がに股〉バサン、ハゲタカのような目をした〈がに股〉バサンは、仲間からの電話を受け取った三時間後に逮捕された。その事実を伏せておくために、捜査官のシルバは、バサンは現金強奪事件が起きた広場の近くをうろついているところを逮捕されたとの声明を発表した。バサンは武器を携行していたが、「ウルリンガムにうようよしている野良犬を殺すため」にピストルを肌身離さずもっていたのだと供述した。じつのところ彼は、警察へ情報を提供するタレこみ屋だった。シルバは一年前から、女やドラッグに手を出したりバホ地区の界隈をうろついたりするのを黙認するかわりに、バサンを情報屋として利用していたのである。

4

翌日、新聞記者たちは、港近くのバルで〈がに股〉バサンの死体を検分するシルバの写真を撮った。シルバの声明は、警察発表が往々にしてそうであるように、もったいぶった調子の、つじつまの合わないもの（のみならず、細部にわたって互いに相いれないもの）だった。

「この国では、司直の手を逃れるために犯人同士が殺し合いを演じるのです。警察は現在、サンフェルナンドの銀行を襲撃した犯行グループを追っています。逮捕も時間の問題でしょう」

シルバの服は皺だらけで、片手には包帯が巻かれていた。二日間というもの徹夜つづきで、供述を拒んだメレレスの情婦を殴ったときに手を骨折したのだった。尋問のあいだじゅうシルバは口汚くののしったり唾を吐きかけたりした。情婦はまだ幼い少女で、自分がまるで悲劇のヒロインにでもなったかのようにふるまう小生意気な娘だった。シルバは結局、ほとんど何も吐かせることができないまま、少女の身柄を判事に預けるしかなかった。少女に加えた最初の一撃と同時に指の関節を痛め、いまやその手は腫れあがり、ずきずきと痛んだ。バルで氷をもらった彼は、白いナプキンにそれを包んで患部に押し当てた。そして新聞記者たちを眺めた。

「あなたのお考えによると……」『エル・ムンド』紙の事件欄を担当している若い記者が口を開いた。

「わたしは考えるのではなく、捜査をするのです」シルバは相手の言葉をさえぎった。「被害者の男性は警察に情報を提供していたということですが」記者は縮れ毛の若者で、取材許可証に記されたエミリオ・レンシあるいはエミリオ・リエンシという名前が、コーデュロイのジャケットの襟の上でくっきりと浮かびあがっていた。「それにバサンは逮捕されていたという話ですが、いったい誰が彼の釈放を命じたのですか？」

シルバは若い記者の顔を見ると、骨折した手を胸に押し当てた。おとりに使うために〈がに股〉バサンを泳がせたことは明白だった。

「被害者には前科がありますが、逮捕されていたというのは正しくありません」

「その手はいったいどうされたんですか？」

シルバは、若い記者が納得するようなもっともらしい言い訳を探した。

「いまいましいブン屋連中を追い払おうとして指の関節を脱臼したんですよ」

シルバは太り肉《じし》の男で、インディオのようなその顔には、頬を横切る白い傷跡があった。毎朝自分の顔を鏡に映すたびに、傷を負ったときの記憶がよみがえった。ある日の午後、家を出たときにいきなり気のふれた男に襲われたのである。男はシルバの背後にぴったり張りつき、相手が警察官であることを知らずにナイフを出して脅迫した。犯人がそのことを知ると、事態はさらに悪化した。何よりもやっかいなのは、犯人が抱く恐怖心、完全に追いつめられ、逃げ道がないことを悟った犯人が陥るパニックである。ふたりはそのまま通りへ出たが、ナイフを握りしめた男は車を盗む前にシルバの顔を切り裂いたのだ。やけどのような痛み、あごを引き裂くような、氷のように熱い痛みが走った。こうして一線の傷痕が刻印されたのである。

シルバはひとり暮らしをしていた。妻には数年前に逃げられた。別れた夫に子どもたちを会わせるために時おり訪ねてくることもあったが、もはや彼女に以前の面影はなかった。シルバは子どもたちの成長を、まるで赤の他人のように無関心に眺めた。いまの彼は、仕事以外のことから完全に遠ざかっていたのだ。刑事である以上、逃げ口上や言い逃れが許されないことはよくわかっていた。それに今回の事件では、全面的な指揮をゆだねられていた。

「迅速な解決を望んでいるよ」シルバの上司が言った。「裁判所で何を言われようと、いちいち熱くならないことだね」

何はともあれ逮捕しなければならないという周囲からの圧力は相当なものだった。

「記者たちにうるさくつきまとわれていましてね。いずれ記者会見を開かざるをえないでしょう」

「何か手がかりはあるのかね?」

非番の日、シルバは車でモレノからエントレリオス方面に向かった。夜の九時ごろだった。穏やかな気持ちでハンドルを握った。街は静寂に包まれていた。どこかで犯罪や不倫、窃盗が行われているにもかかわらず、人々は平然と通りを歩いている。いつもどおりの光景だ。通行人たちがかもし出す偽りの平穏がそこには感じられた。

眠れぬ夜を過ごすことも少なくなかった。そんなときシルバは、自宅の窓から暗闇に包まれた街を眺める。誰もが悪事を隠蔽しようとしている。それにもかかわらず、悪は街角や家のなかで息をひそめている。ボエド地区の高層アパートに暮らす彼は、早朝に明かりがついている家々やアパートを眺めながら、翌日の新聞の一面を飾るはずのさまざまな事件に思いをめぐらせるのだった。
〈がに股〉バサンの処刑は、犯行グループの退却を決定づけるエピソードとなった。連中は、邪魔者を容赦なく消すつもりらしい。見せしめのために中途半端なことはしないのだ。ナンド・エギレインは最後まで踏みとどまって仲間たちの逃亡を手助けし、ウルグアイへ渡る手段を確保するために、分け前を関係者に渡す役目を買って出た。状況は思わしくなく、犯行グループは追いつめられていた。アレナレス通りの隠れ家は警察に踏みこまれ、部屋のなかにいたブランカが捕まったことで、メレレスは気が狂いそうになった。ブエノスアイレスにとどまって、シルバをはじめとする警察のためにあちこち嗅ぎまわっているタレこみ屋たちと一戦交えることさえ考えた。しかしマリートが彼をたしなめた。いまは巧みに立ちまわるべきときであり、けっして挑発に乗ってはならないというのである。

シルバがフォンタン・レジェスを逮捕したのは、〈エスメラルダ〉という名のバルでのことだった。カルロス・ペレグリーニ通りに面したその店は、タンゴ関係者がよく立ち寄ることで知られている。SADAIC〔アルゼンチン作詞家作曲家協会〕の近くにあり、若きスター歌手やかつて一世を風靡した歌手たちのたまり場だった。シルバが部下を引き連れて店に入ると、まるでガラスのカプセルに閉じこめられたかのように、店内の客はいっせいに動きを止めた。こういう場所にシルバが足を踏み入れると、かならず張りつめた空気が流れるのだった。沈黙、スローモーション、恐怖にひきつった顔……。

フォンタン・レジェスは、エレガントな雰囲気を漂わせた、余分な肉がついた恰幅のいい男で、麻薬常習者に特有の、白昼夢にふけっているような表情を浮かべていた。シルバは彼に近寄り、その隣に腰を下ろした。

「やつはそわそわしていました。それも当然でしょう。わたしに話しかけられた人間は誰だってそうなるんです」シルバが言った。

こうして（新聞報道によると）サンフェルナンド郡の経理担当者を標的にした襲撃事件がどのように計画されたのかが明らかになった。現金輸送の日時をめぐる情報は、郡の審議会から漏れていた。カルロス・A・ノシート――三十五歳、既婚、アティル・オマール・ノシート（またの名をフォンタン・レジェス）のいとこ――は、サンフェルナンド郡の公共事業課の監査官を務めていた。方々に顔がきく彼は、地元の人間にさまざまな便宜をはかり、もろもろの犯罪の黒幕にして典型的な顔役ともいうべき男だった。この仕事をしていなければきっとマフィアの人間になっていただろう。いまは、賭けの胴元や非合法の売春宿の庇護、賄賂が絡むちょっとした取引にかかわっていた。オリーボスの賭場の常連でもあり、海岸部の土地の利権もいくつか手にしていた。さらにいえば、彼は、サンフェルナンド郡の審議会議長を務めるドン・マクシモ・ノシート（またの名をニノ）――この人物は、人民連合によって議長に選出されたのだった――の息子でもあった。逮捕後に警察の事情聴取を受けたノシートは、いとこのフォンタン・レジェスの紹介で牧場主《アセンダード》たちと顔を合わせ、郡の経理課への襲撃をそそのかしたことを認めた。顔合わせはアレナレス通りの高級アパートで行われたとのことだった。

メレレスの情婦ブランカ・ガレアーノは、（新聞報道によると）中流家庭の少女で、カセーロス地区の住民からも好感をもたれていた健全な家に育った。十五歳のころまでは、友だちの家に行って遊んだり、ダンスに興じたりするごく普通の女の子だった。ところが去年の夏、マル・デル・プラタにひとりで旅行に出かけたことがあった。すらりと背が高く、金髪で美人、おしゃれな服装をした彼女は、この幸福な街で贅沢な暮らしをしていた牧場主の息子、カルロス・アルベルト・メレレスの目を引いた。ふたりのロマンスの誕生を証言している高価なカラー写真が何枚か残っている。少女はその後、マル・デル・プラタから帰宅した。メレレスが犯罪者であることに彼女が気づいたのはいつだったのか？　知り合ってからひと月後か、ふた月後か？　いずれにせよ、彼女が真相を知ったときにはもう手遅れだった。八月の末にふたりは結婚した。少なくとも彼女はそう信じた。というのも、婚姻証明書が偽造されたものであり、したがって結婚式も完全なる茶番《ファルサ》であったことが警察の調査により明らかになったからである。十六歳の少女ブランカはいま、マルティネス捜査班に身柄を拘束されている。

少女が最終的に自白したところによると、警察が踏みこむ数時間前、メレレスと三人の仲間たちは、自動小銃などの武器のほかに、強奪した現金の大部分を携えてアレナレス通りのアパートを後にしたという。しかし彼女は、彼らがどこへ向かったのかについては何も知らなかった（あるいは明かそうとしなかった）。少女の供述から推測すると、追いつめられた犯人たちは、人々から恐れられていたために誰からも手を貸してもらえず、リーダーのマリートは危険を顧みず思いきった手段に訴えるしかなかったということなのだろう。

「彼はティグレのほうへ行ったわ」さんざん殴られた少女は、ハンカチで血をぬぐいながらそう言った。「ポーランド人の男が協力してくれることになっているの。あたしが知ってるのはこれだけよ」

少女の言うポーランド人というのはミツキー伯爵という男で、ラプラタ川の密輸業者たちのコネクションを取り仕切っていた。密輸業者たちは税関や水上警察を買収しており、対岸への密航にも目をつぶってもらっていたのである。

シルバはさっそく、〈死島《イスラ・ムエルタ》〉まで川をさかのぼってデルタ地帯を捜索するよう指示を出した。そして、〈がに股〉バサンの死体が見つかった港のバルへ戻った。手がかりは何も得られなかった。マリートはすでに二時間ほど前に行動を開始していたのである。

アレナレス通り三三〇〇番地のハム・ソーセージ店の店主らは、新聞記者たちを前に、向かいの建物に住む若者たちが毎日のように買いこむ大量の食料に驚かされていたと語った。子豚の肉を丸ごと数頭分、ひな鶏の串焼き、何本もの高級ワイン。日に数千ペソの買い物をすべて即金で払っていたという。付近の住民は、彼らがパタゴニア地方およびベナド・トゥエルト地区にそれぞれ利権と土地を所有している牧畜業者だと噂していた。音響機器を扱うサンタフェ通りの有名店の主人も同じことを口にした。主人によると、アレナレス通り三三〇〇番地に住むふたりの男が数カ月前に大きな買い物をしたという。録音機やポータブルラジオ、ステレオ、レコードキャビネットなど多額の買い物だったため、店主の注意を引いたのである。機器を設置するためアパートを訪れた主人が新聞記者たちに語ったところによると、「それまで目にしたことがないほど豪華なアパート」だったという。

「金持ちのようでしたね。礼儀正しく、上品で控えめな人たちでした。パレルモで開催されるポロの試合を観るためにブエノスアイレスへ出てきたんだと思いますよ」

強奪事件の二日後、捜査当局は、犯行はめでたく解明されたものと判断した。実行犯たちは依然として逃亡中だったが、七人の共犯者および犯行を手引きした者たちが逮捕されたからである。そのなかには、役人や著名なタンゴ歌手、サンフェルナンド郡の審議会議長の息子と甥、犯行に用いられた武器の売却にかかわった軍の下士官などが含まれていた。こうして、一見まっとうな人間たちが殺し屋を雇って残虐な事件を引き起こすという前代未聞の出来事が、ひとつの締めくくりを迎えた。

消息筋のあいだでは、アルゼンチンの犯行グループがすでにウルグアイへ逃亡したものと警察がみなしているとの憶測がささやかれていた。

「逃亡犯たちは（シルバはオフレコで語った）反社会的な危険人物であり、ホモ、麻薬中毒者です」捜査官のシルバはさらに、「連中は〈タクアラ〉のメンバーでもなければ〈ペロニスタ抵抗運動〉のメンバーでもなく、ありきたりの犯罪者であり、精神異常者にして前科者の殺人犯です」とつけ加えた。

ヒューブリス。『エル・ムンド』紙で事件欄を担当している若い記者は、この言葉の意味を辞書で調べた。「神々に挑戦しておのれの破滅を招き寄せる人間の傲慢さ」若者は記事の見出しにこの言葉を掲げることができるかどうか上層部に尋ねてみようと決心し、さっそく執筆に着手した。

現金強奪事件で冷酷無惨にも警備員を射殺したのはフランコ・ブリニョーネ、またの名を〈坊や《ネネ》〉、あるいは〈天使の顔《カラ・デ・アンヘル》〉と呼ばれる男である。彼は、建設会社の社長を務めている裕福な人物の長男で、ベルグラーノ在住、犯歴は一九六一年、十七歳のときにさかのぼる。セント・ジョージ校中等科に在籍していたころ、殺人にまで発展した強盗事件の共犯者として警察に逮捕された。彼は、経営の世界で誰からも一目置かれていた父親が特別に目をかけていた息子で、何をしても許される絶対的な放任主義のもと、父はもとより弟たちを自由自在に操っていた。ある夜、車で外出した彼は、ハイキング同好会の施設で知り合った仲間たちを迎えに行った。ステレオコンポを受け取りに行くので車で送ってほしいと頼まれたのである。ブリニョーネは、運転席に座ったまま、仲間たちが戻ってくるのを待っていた。手ぶらで戻ってきた仲間たちはブリニョーネに、ステレオコンポの貸し出しを渋った持ち主といさかいを起こしたことを告げた。翌朝、グループ最年少者であるブリニョーネは、前日の夜に訪れた家で強盗事件が発生し、男がひとり殺されたことを新聞で知った。被害者の男性は、ネネの車の座席の下に備えつけられていたかなてこで殴打されたらしい。こうしてネネは、生まれて初めての刑務所暮らしを経験することになった。そのことを知った父親は、ショックのあまり心臓発作を起こして息絶えた。裁判官はネネに、君が犯したのはたんなる共犯罪だが、尊属殺人にも等しいと告げた。

獄中生活を終えて釈放されたネネは、父親の遺産があったにもかかわらず、監獄のなかの人間関係に引きずられ、まっとうな職業についていた尊敬すべき兄弟や母親の絶望を尻目に、犯罪の道に進んだ。

ムショのなかで俺は(彼はしばしばそんなふうに語った)人生を学んだんだ。あそこでさんざんな目に遭わされていると、嘘をついたり、恨みをためこんだりするようになる。ホモやヤク中、盗っ人、ペロン主義者、博徒にもなったし、人を裏切ることを覚えたり、横目でちらっと見ただけで殴りかかってくるような連中に頭突きを食わせて鼻っ柱を折ったり、キンタマのあいだに武器を隠したり、コカインを詰めたティーバッグをケツの穴に差しこんだり、とにかくいろいろなことを学んだ。図書室に行って歴史の本をかたっぱしから読むこともした。ほかにやることがないからな。試しに適当な数字をあげて、その年に起こった戦いで誰が勝ったのか聞いてみな。答えを言ってやるから。なにせムショに閉じこめられていると何もすることがないから、本を読んだり、宙をぼんやり眺めたり、ろくでもないやつらが立てる物音に悩まされたりすることになる。ガスでも吸いこんだみたいに、全身に毒がまわったみたいになっちまう。くだらない連中が延々と繰り返す馬鹿な話を黙って聞いたり、まだ月曜の午後なのに、今日は木曜日だなんて考えたりしてね。チェスも覚えたし、タバコの銀紙で飾りを作ったりすることも覚えた。恋人が面会にやってくると、シーツで即席のテントみたいなものを中庭の隅にこしらえて、そのなかで立ったままやることも覚えた。ムショの仲間たちが手助けしてくれるんだ。やつらはやつらで、女房と子どもが会いに来ると、やっぱりどこかに隠れてかみさんとよろしくやるんだよ。それにしても、若い女ってのはまったくたいしたもんだ。自分からパンティーを下ろして馬乗りになるんだからな。始末に負えない看守たちはその様子をこっそり見て楽しんだり、ばかみたいに熱くなってる連中を見て笑ったりしている。図体ばかりでかい看守たちは、なにせ女とやるチャンスがない。だから俺たちをしょっぴいて監獄にぶちこむってわけだ。そうすりゃ俺たちも女とやれないだろう、いい気味だってね。そうやって俺たちは全身に毒が回ったみたいになって、まるで冷蔵庫に放りこまれるみたいに、野郎ばかりがひしめいている檻に閉じこめられるんだ。女とやれるやつなんかひとりもいない。そんなことをしたいなんて思ったりすれば嫌がらせをされるだけだし、最悪の場合、乞食か役立たずの人間みたいな、みじめな思いを味わう羽目になる。しまいには独り言をぶつぶつ呟いたり、幻覚に悩まされたりする始末さ（ドルダは黙って彼の話に耳を傾けながら、「そうだな」と言ったり、ときには手を握ってやることもある。暗闇のなか、ふたりとも目を覚ましたまま、あおむけになって煙草を吸っている。どこかの町の、どこかのホテルの、どこかの部屋のベッドに寝転びながら。手を取り合っている双子のような彼らは、安全な場所に身を隠している。ふたりして刑務所を逃げ出してきたのだ。タオルにくるまれたピストルが床に投げ出され、逃走に使った車が木陰に隠されている。しばらく休んで気分を落ち着かせ、せめて一晩だけでも逃亡の苦労を忘れて、ベッドでゆっくり眠るつもりだった）。ネネの意識が次第に混濁してくる。ムショ暮らしをしているうちに、看守たちの悪意を感じるようになったんだ。俺はそのころ、まだかわいらしい若者だったし、連中よりも立派な一物をもっていたからな（ネネはそんなふうに語った）。俺は憎しみを内に抱えることを覚えた。煮えくり返るような憎しみだ。憎しみがあるおかげで生きていける。監房で眠れぬ夜を過ごす。天井のちんけな裸電球を眺めながらね。いまにも消えそうにちらちら瞬《またた》いている。その黄ばんだ光は二十四時間消えることがない。囚人を監視するためだ。両手をきちんと毛布の外に出しているか、隠れてマスをかいていないか、いつも目を光らせている。通りすがりに看守がのぞき窓のふたを持ち上げる。すると、まんじりともしないで考え事をしている俺の姿を目にするってわけだ。ムショに閉じこめられていると、なにはともあれ考えることを学ぶんだ。囚人ってのは要するに一日中考え事をしている人間のことだ。ガウチョ、覚えてるか？　頭のなかに入りこんで、別の人生をこしらえるんだ。頭のなかで、あっちへ行ったりこっちへ来たり、まるで自分専用のテレビみたいだ。自分のチャンネルに合わせて、ひょっとしたら自分が生きていたかもしれない人生を映し出す。そうだろ、兄弟？　ムショでさんざん痛めつけられると、頭のなかにもぐりこんで、手に入れたほんのちょっとのヤクを使って旅に出る。するとどうだ、あばよって言ったと思ったら、もう別の世界にいるんだ。タクシーをつかまえて、お袋の家の角で降りて、リバダビア通りとメドラーノ通りの交差点にあるバルに入って窓の外を眺める。すると歩道に水を撒いている男たちとか、どうでもいいような景色が見える。俺は一度、三日くらいかけて家を建てたことがあるんだ。本当さ。土台から作りはじめて、記憶に頼りながら床や壁、階段、天井、家具って具合に、少しずつ家を建てていく。家が完成したら、今度は爆弾を仕掛けて吹っ飛ばす。連中は俺を気ちがいにするつもりだ、そんなことをずっと考えるんだ。あいつらはそのためにあそこにいるんだってね。で、遅かれ早かれ本当に気ちがいにされちまう。とにかく四六時中考え事をしている。一日が終わるまで、ほとんどじっとしたまま、本当にいろんなことを考えるんだ。山に登って六年だか七年、瞑想三昧の生活を送った人間がいただろう？　洞窟のなかに閉じこもってさ。たしか隠者っていうんだよな？　神さまとか聖母マリアさまのことをいろいろ考える連中のことさ。そうやって誓いを立てて、何も食わずにひたすら祈りをささげる。ムショに閉じこめられた人間も似たようなもんさ。考え事ばかりしていて本当の世界に触れることがないから、最後は頭蓋骨だけに、植物の生えた植木鉢みたいになっちまう。まるで糞にわく蛆虫みたいに、考え事がうようよわき出てくるんだ。ムショのなかで考えたことを全部話したら、それこそムショにいたのと同じくらいの時間がかかる。たとえば俺は、小学生のころにいっしょに遊んだ八歳か十歳の女の子たちのことを思い出して、彼女たちが成長していくのを頭のなかで想像するんだ。白いソックスをはいて、すらっとした足を見せて、膨らみかけた胸を揺らしながら、昼休みの時間に縄跳びをしている姿をね。そうやって一週間もたたないうちに、もう彼女たちとやれるってわけだ。ただし、成長しすぎないように気をつけなくちゃいけない。線路脇の土手でやるんだ。線路の向こうに野原と葦が広がっているのが見える。俺は彼女たちの処女膜を破ってやるのさ。あおむけに寝かせて、両手で抱きかかえるようにして足を開かせる。そしていよいよ挿入だ。一時間くらいかけてゆっくりと処女を奪ってやったよ。ある女の子——おそらく三年生のときの同級生だったと思う——とやったときは、彼女をアドロゲ〔ブエノスアイレス郊外の町〕の線路脇の土手に連れて行くところを想像した。ブルサコ行きの電車がカーブを描きながら通り過ぎるところだ。その子は、恋人が医者なもんだから、結婚するまで処女を失いたくなかったんだ。たとえば金持ちの男を想像してみればいい。だから俺は彼女のケツに入れてやった。こうすりゃお前の未来の花婿さんにもばれないさ、お前の処女膜は手つかずのままだから安心しなってね。彼女は野原でうつぶせになっている。一物がケツの穴に深々と突き刺さる。彼女はまだ十五歳だ。えらくふしだらだが、えらく落ち着いている。なぜって、処女のまま結婚できるからな。また別の日には、ちがう女を想像して独房の窓枠に座らせ、クリトリスを舐めてやった。女は誰だっていい。妹だってかまわない。とはいえ、最悪なのは女じゃない。女ってやつは、よかれあしかれ目で見ることができるからな。最悪なのは、ムショに閉じこめられていると、まるで死人も同然、生きているなんてとても言えないような状態になっちまうことだ。看守たちは、自分たちが望むことを俺たちにやらせるだけだ。そんなむなしい生活をつづけていると、いつかはきっと駄目になる。恨みを腹いっぱい抱えたろくでもない人間になっちまう。だから、一度捕まった人間はムショから逃れられなくなる。出ては入り、出ては入りの繰り返し。それもこれも、ムショに充満する強烈な毒にやられちまうからだ。ネネは心に誓った。もう二度と捕まらない、警察は俺を捕まえるために寝込みを襲うかもしれないが、そうなったとしても、この俺をムショ送りにすることは絶対にできないぞ。

ネネはいま、モンテビデオの中心部にある隠れ家に潜んでいた。だがじっとしていることに耐えられない。ブエノスアイレスにいたときと同じように、閉じこめられてしまったような気分だった。俺たちはいつだって待つことを強いられる。どこにいようと、とにかく待たなくてはいけない。ネネは、マリートやメレレス、それに、自分たちをかくまってくれているふたりのウルグアイ人がもう何時間も前からポーカーをしているのを眺めている。これ以上じっとしていることには我慢できない。外に出て新鮮な空気を吸いたい。ドルダは数時間前から眠っている。マリファナ、アヘン、モルヒネ、そんなものをすでに手に入れたようだ。ドルダはどんなときでも薬局に押し入ったり、合成麻薬や幻覚剤、メタンフェタミンを扱う運び屋を見つけたりしてドラッグを調達してくる。モンテビデオに着いたばかりのころ、彼はベッドに横たわってぼんやりしたまま、（メレレスの言葉を借りれば）あの狂った声に周波数を合わせていた。

一方、ネネは、部屋のなかでじっとしていることができない。虫の知らせを感じていた彼は、外に出て新鮮な空気を吸いたいと思う。だから、日が暮れると街をぶらつきはじめる。彼に言わせれば、警察がすぐそこまで迫っているなら、どんなに用心しても無駄だし、反対に、その心配がないようなら、見つかる可能性はきわめて低いということになる。マリートは、ネネの好きなようにやらせていた。彼らは、ある種の宿命論に支配されていた。状況が思いがけない展開を見せるなどと予想する者はひとりもいなかった。警察に追われ、危険きわまりない状況に身をさらし、心理的に追いつめられた日々を過ごしている人間は、戦いのなかでは勇気よりも偶然が物をいうことをよく知っているものである。しかしこれは戦いではなく、先延ばしと待機からなる複雑な作戦行動だった。グループの若者たちは、嵐が過ぎ去り、陸路でブラジルへ渡るための指示がナンドから届くのを待っていた。

ネネは、サランディ通りとコロン通りを歩いて旧市街へ入った。彼はモンテビデオが気に入った。静かな街で、低い建物が連なっている。待つことにうんざりしていた彼は、獲物を求めて夕暮れの街へと繰り出したのである。彼がどこへ行くのかを知っていたドルダは、何も訊かず、何も言わず、その後ろ姿を見送った。ドルダは、建物の隅の階段を上ったところにある屋根裏部屋に陣取り、そこに寝そべって物思いにふけったり、『メカニカ・ポプラール』誌に載っているエンジンをスケッチしたりした。

いっしょに行かないかとネネにたびたび誘われたが、ドルダは外の世界を知りたいとは思わなかった。
「俺はこのむさくるしい穴蔵に残るよ」そう言ってほほ笑んだ。クリッパーのサングラスをかけたドルダは、どことなくパイロットのような雰囲気をただよわせ（彼はそう信じていた）、薄明かりがさす部屋に閉じこもっている世慣れた男といった印象を与えた。ネネは、じゃあ行ってくるよと言うと、階段を下りて通りへ出た。坂を上り、すえた匂いのただよってくる港にむかって歩きながら、冒険に乗り出していくような興奮をおぼえた。

　モンテビデオのサバラ広場をうろつくホモたちのなかに、身持ちの悪い少女がまざっていることがある。彼女たちはとても若く、年齢に不釣り合いなたくましさを感じさせた。そして、肉体関係のある少年たち、ときには同棲することもある少年たちについて、彼らが男漁りをしていることや、相手の男に金を払うこともあれば、金を払わせることもあるなど、何でも知っていた。とはいえ、彼女たちがそれをいちいち気にすることはなかった。そんな少女がホモの少年といっしょに公園へ行き、並んでベンチに腰かける。すると少年が通りすがりの男をひっかける。暗黙の了解でもあるのか、少年は少女と別れると、客となった男といっしょにどこかへ消える。ひとりになった少女は角のカフェテリアで少年の帰りを待つ。そういうことも珍しくなかった。

　あるとき、ひとりの少女がネネの興味を引いた。仲間のなかでいちばん目立つ少女だった。十九歳くらいだろうか、長い黒髪の持ち主で、催眠術にかかったような目をしていた。男たちを見るときに浮かべるほほ笑みのようなものが、物思いにふけっているような雰囲気を彼女に与えていた。まるで、この世界は彼女にとって、悲しみと堕落に満ちているものの、とにかく楽しみを与えてくれるものであり、生きる意欲をかきたててくれるものである、といった感じだった。あたかも彼女という人間がどこにも存在しないかのような、何事であれ遠くからそれを眺めているような、そんな風変わりなところがあった。

街では警察がひとりの少年を拘束していた。女装していた少年は、あどけない顔をごてごてと塗りたくり、金髪のかつらをかぶっていた。少女はほほ笑みながら言った。

「また夜のオカマちゃんが捕まったのね。通行マナー違反よ」

ネネは自分の席を離れると、少女の隣の席へ腰を下ろし、しばし気ままな会話を楽しんだ。ふたりはやがてカフェテリアを出て公園に入り、ベンチに座った。目の前ではひとりの老人が、書見台に聖書を載せ、拡声器を口にあてて説教をしていた。

「兄弟姉妹よ、神の言葉はわれら自身のうちにあるのです」

老人は独白するように話していた。そして、片手で宙に十字を描きながら祝福を与えた。暗色のコートを身につけたその姿は威厳に満ち、おそらく聖職者だろうと思われた。多少気がふれているのかもしれない。あるいは元アルコール中毒者、救世軍からの離脱者、悔い改めた罪人かもしれなかった。

「キリストは二度拒まれ、裏切り者は二度罰せられたのです」

老人の声は、風にそよぐ木々の葉ずれと重なった。ネネは、ここ何カ月かで初めて心地よい穏やかな気分を味わった（おそらく、マリートの一味に加わって以来初めて、安心感に浸ることができた）。いま彼は公園のベンチの少女の隣に腰かけている。前の晩、あるいはその前の晩に映画館〈レックス〉のトイレで自分の客となった男たちに、彼女といっしょにいるところを見られるのは気分がよかった。

少女はほほ笑みながらネネの顔を見ると、こう言って彼を驚かせた。

「あんたには何かあたしを戸惑わせるものがあるのよね。あんたのことを映画館で見かけたり、あのあたりで体を売っているところを見たりしたけれど、ほかの男の子たちと似ているようでやっぱりどこかちがうのよね。あんたには何かがあるのよ。男らしさというか……」

少女は考えていることを素直に、ストレートに口にした。ネネは、何かを装ったり、誰もが嘘をついたりすることに慣れっこになっていたせいで、少女の態度に驚かされると同時に怖くなった。彼は、女に面と向かって話しかけられるのも、ホモと言われるのも好きではなかった。

「おねえちゃん」ネネは言った。「あんたの言うことはちょっと支離滅裂だな。やたらとしゃべるところなんか、まるでウルグアイの雌鶏みたいだ。それともあんた、警察の人間か?」今度はネネが笑みを浮かべる。「ポシートスを管轄する警察署の婦人警官か? それとも男漁りでもしているのか?」

少女はネネの顔を愛撫すると、ぴったり寄り添った。

「落ち着きなさいよ。こっちへ来て。あんたがこのへんに現れたときからあたし、あんたのこと見てたのよ。この前の金曜日、そのビロードのジャケットを着ていたわね」そう言って彼の腕をとると、けばけばしい生地の光沢となめらかな肌触りを手のひらに感じた。「あんたはほかの連中と似ているようでどこかちがうのよね。誰ともしゃべらないし。あんたアルゼンチン人よね。ブエノスアイレス生まれでしょ?」ブエノスアイレス出身で、いまもそこに住んでいる。商売でモンテビデオにやってきて、密輸品の生地を売っている。つぎの日の朝までは持ちそうな、もっともらしいストーリーだ。モンテビデオの街を歩くアルゼンチン人といえば密輸業者と相場が決まっている。笑みを浮かべた少女は、さらに幼く見えた。そして彼の口にキスすると、（ネネが恐れていたとおり）身の上話をはじめた。あるいは（彼女もまた）もっともらしい作り話をはじめた。

彼女はキャバレーで働いていて、ネグロ川の向こうの生まれだった。金をためて、いつの日かモンテビデオの別の界隈、たとえば市場の近くで商売をはじめたいと思っていた。そのあたりにはまともなダンスホールがあり、性的倒錯者や同性愛者もいなければ、丘から下りてくる低賃金の労働者たちもいなかった。彼女はアルゼンチン人が好きだった。礼儀をわきまえているし、話し方にも品がある。それにひきかえ、思ったことをすぐ口に出す彼女は、内陸部の出身ということもあり、昔ふうの話し方をする娘だった。素直な性格の持ち主だった。あるいはそのように見えた。もちろん、一昔前の貴婦人のように、多少もったいぶったところがあった（まるで自分が想像する一昔前の貴婦人を気取っているようなところがあった）。ネネは覚えていないだろうか、子どものころ『ビリケン』という雑誌で、いろいろな衣装の挿絵を見たことを？　彼女はよく覚えていた。〈フランスの勇士〉、〈オランダの婦人〉、〈いにしえの貴婦人〉といった挿絵を。彼女は黒髪の、飾り気のない田舎出の少女だったが、どことなく気高い雰囲気をただよわせていた。それは正真正銘の気高さであると同時に、芝居がかってもいた。ネネは、彼女のそういうところが好きだった。ネネにとって彼女はいわば妹であり、身を持ち崩した女でもあった。彼はいつも妹がほしいと思っていた。若くて美しく、信頼できる女の子、ふだんは遠くに住んでいる女の子。自分と同じくらいの年ごろで、かわいらしく、これ見よがしにいっしょに歩いているところを人に見られても、まさか自分の妹だとは誰も思わないような女の子。彼はそうした気持ちを口に出して言ってみた。

「あんたの妹ねえ。あたしがあんたの妹だったら、なんて思ってるの？」少女は驚いた顔でほほ笑んだ。

ネネはぶっきらぼうに答えた。

「おかしいか？」

男役を演ずるホモの例に洩れず（のちに少女が語ったところによると）、ネネは自分の男らしさにかかわる問題についてとても神経質なところがあった。

ホモの男と出歩くことにネネは飽き飽きしていた。もううんざりといった気分だった。広場をうろつくホモたちにじろじろ見られるのも嫌だった。彼らとの関係は、偶然の、その場かぎりのものにすぎなかった。話が決まると、消毒剤のにおいが充満するトイレに入っていく。壁には卑猥な落書きがあり、愛のメッセージが書かれている。まるで神の名か何かのようにさまざまな名前が記され、愛のこもった下手くそなハートの絵や巨大な生殖器の絵が、あたかも聖なる鳥のように、駅の男性用トイレの壁や映画館〈エル・インドゥ〉の座席、クラブの更衣室などに描かれている。ネネは不意に、自分で自分を辱めたいという衝動に駆られることがあった。それはいわば病気のようなもの、あるいは恩寵のようなもので、心に吹きこんでくる風、抑えることのできない何かだった。抗いがたい力に引き寄せられて教会に入り、告解する信者と同じである。ネネは見知らぬ男の前にかがみこむ。まるで神の前にひざまずく信者のように（「このほうがうまい言い方だ」、少女によると、ネネはそう言った）。ネネにはわかっている、相手の男が不真面目な表情やあざけりの笑みをほんの一瞬でも浮かべようものなら、すかさずそいつを殺してもかまわないということが。そんな態度を見せたり、余計な言葉をひと言でも口にしたら、相手の男はたちまち腹にナイフを突き立てられ、驚愕の表情を浮かべながら死ぬことになるのだ。男たちは服を脱ぎ、王様のように立ちはだかる。相手の男が何者なのか知りもしないし、想像しようとすらしない。自分がどんな危険に身をさらしているのか感じることもできないのだ。腕に覚えのあるネネだったが、その彼がいま、消毒液のにおいに頭をくらくらさせながら床にひざまずいている。一方、見知らぬ男は彼に話しかけ、金を払う。それとも、金を払うのはネネのほうなのか？　ネネは、前日の夜、あるいはその前の夜に自分が何をしたのかはっきり思い出すことができない。港のバルを渡り歩き、〈エル・インドゥ〉の薄闇のなかで男漁りをしながら自分がやったことを思い出すことができない。覚えているのはただ、抗いがたい力に促されてベッドを抜け出し、外へ出たことだけだ。それは、押しとどめようのない幸福感のようなものだ。おかげでネネは、ようやく（少女の供述によると、ネネは彼女にむかってそう言った）頭のなかがからっぽで、完全に自由になり、たったひとつの考えに支配されることになる。しかし、そんなことを考えることすらできない。それはいわば、失われたものを探し求めるようなものである。それは突然、通りの真ん中で、燦々と輝く光の下で見つかるのだ。それに抗うことはできない。そして、まるで夢から覚めたばかりのように、なかば混乱した頭でアパートに帰りつく。部屋のなかでは、マリートが彼の帰りを待っている。仲間たちはみな、ナンドがブラジルへ渡る手はずを整えてくれるのを待っている。アパートへ帰り着くといつもガウチョがじっと動かずに黙りこんでいる。激しい怒りを感じているのだろう。階段の突き当たりにある屋根裏部屋、〈むさくるしい穴蔵〉とガウチョが呼ぶ屋根裏部屋に閉じこもっている。しかし、こうしたことを語ったのは少女ではない（ガウチョが語ったのだ）。というのも、彼女は、ネネがイギリス産のカシミアをコロニア〔ブエノスアイレスの対岸に位置するウルグアイ南西部の街〕からブエノスアイレスへ密輸する仕事に携わっていることを、国境を越える密輸の仕事で生計を立てていることを、そして、彼女がモンテビデオに出てきてから知り合ったすべての男たちと同じように、男漁りの悪習に染まっていることを信じて疑わなかったからである。

一方、ネネは（彼女にむかって口にしたように）少女のそばにいると安心できたし、危険な目に遭う心配もなかった。彼女の行くところに自分もついていって、しばらく行動を共にするだけでよかったのだ。ドルダからもメレレスからも離れ、普通の人間として行動すればそれでよかった。

いずれにせよ、運命の女神はドラマの筋書きをすでに練りはじめ、古代ギリシア人がミュートスと呼んだもののほつれた糸を（これは『エル・ムンド』紙の若い記者が用いた表現である）一点で結び合わせつつあった。

「この近くにいいところがあるわ。キャバレーの男友だちが貸してくれているのよ。あの人たちがそこに来ることはないわ」少女が言った。

少女の言うアパートには部屋がふたつとリビングがあり、恐ろしく散らかっていた。洗っていない皿が台所に山積みになり、床にはマテ茶の葉や残飯などが散らばっている。開けっぱなしの旅行鞄には少女の服が詰めこまれている。一方の部屋にはベッドがふたつとソファーが置いてあり、床の上にマットレスが投げ出されている。

「女の人が掃除に来るんだけど、月曜だけなの」

「誰がここを使ってるんだ？　秘密のねぐらっていうやつだな」ネネが言う。

「さっきも言ったけど、あたしの働いているキャバレーの男友だちのアパートなのよ。一週間ずっと貸してくれているの。土曜日にはあたし、下宿に戻るんだけど」

ネネはアパートのなかを歩きまわる。そして、中庭に面した窓や階段につながる廊下に目をやる。

「上には何があるんだ？」

「部屋と屋上よ」少女はベッドの後ろを探っていたが、やがて四十五回転のレコードを取り出してきた。

「あんた、ヘッド・アンド・ボディ好きでしょ……？」

「おまえ、超能力者か？　そのとおりだ。ローリングよりも好きだな」

「そうよね」彼女が言う。「かっこいいし、最高よね」

「俺は小さいころ予知能力があったんだ」ネネはそう言いながらほほ笑む。「でも、あるとき問題が起こって、それもきれいに失われてしまった」

きっと自分をからかっているのだろうと思いながら、少女は楽しそうに彼の顔を見ている。

「事故に遭ったとか？」

「いや、俺はちがうんだけど、いっしょに車に乗っていた友だちが馬鹿なことをやり出したんだ。みんな酔っぱらってた。俺はあのころジンを飲んでたっけな。で、警察に捕まったんだ。それ以来、子どものころに見えていたものが見えなくなっちまった」

「お酒はよくないわ。あたしはマリファナのほうが好きだな」少女はそう言って脇に座り、マリファナの葉を煙草のように巻きはじめた。ネネはこのときようやく気づいたが、少女はまるでヒッピーのようだった。ウルグアイのヒッピーだ。長い服を着て髪を三つ編みにし、しかもキャバレーで働いている。

まったく信じられない。

「たとえば子どものころ、もう二年前に死んでいたフェデリコおじさんに会って話をすることができたんだ」

少女は、なめらかな手つきでマリファナを巻きながら、真剣な表情で彼の顔を見ている。少女といっしょにマリファナを吸いながら、ネネは少年時代の話をはじめた。とっくに失われてしまった過去の話をするようなものだった。彼はそれまで、少年時代——警察の厄介になりはじめた死せる時代よりも前の時代——の話を誰かに聞かせたことは一度もなかった。

「フェデリコおじさんというのはすごい人で、破産したことも何度かあったんだけど、そのたびに立ち直るんだ。大の競馬好きでね、とにかくいかす人だったな。タンディル〔アルゼンチン・ブエノスアイレス州の南東部にある街〕に住んでいて、よく遊びに行ったもんさ。修理工場をもっていて、カイザー車を修理していた。商売は順調だったが、あるとき息子が溶接作業の最中に死んでしまったんだ。なんともばかげた事故だった。むき出しの電気コードをショートさせたんだ。しかもおじさんの目の前でね。事故が起きたときはもう手遅れだった。おじさんが電気コードを引き離したんだけど、かわいい息子はすでに死んでいた。それ以来というもの、おじさんは腑抜けのようになってしまった。誰にも会おうとしなくなって、昼間はずっと部屋のブラインドを下ろしたままベッドの上で煙草を吸ったりマテ茶を飲んだりしてぼんやり考え事をしているんだ。床に敷いた新聞紙の上に飲み終わったマテ茶の葉っぱを捨てていくもんだから、しまいに乾いた葉っぱが山のようになって、部屋の真ん中に緑色の島ができあがる。それでも部屋のなかに誰も入れようとしないで、窓を開けることすら許さなかった」少女はのちに、ネネはそんな話を聞かせてくれたわと供述した。「で、明日は起きるつもりだと言うんだ。ある日の午後、おじさんに会いに行ってみると、相変わらず壁のほうを向いたままベッドに寝転んでいた。『よう、元気か、いつ来たんだい』おじさんはそう言うとしばし黙りこんだ。『どうも起きる気がしなくてね。悪いけど〈パルティクラーレス・フェルテス〉を一箱買ってきてくれないか』部屋を出ようとすると、おじさんに呼び止められた。『なあ、やっぱり二箱買ってきてくれ』ってね」

「生きているフェデリコおじさんを見たのはそれが最後だった」ネネはそう言うと、マリファナを深々と吸いこんだ。そして、刺すような煙が、最初は喉に、やがて肺の奥にまで届くのを感じた。「おじさんは一週間後に死んでしまったんだ。それ以来、しょっちゅう俺の前に姿を現すようになった」そう言うと、ネネはおかしないたずらをした子どものように笑い出した。笑いが止まらないネネの横で、少女は火をつけたマリファナを彼に手渡すと、いっしょに笑い出した。「あれはとても奇妙だったな。おじさんはたしかに死んでいるはずなのに、目の前に立っているのがはっきり見える。おじさんが死んでいることはわかっている。でもそんなことはたいした問題じゃないような気がしてくるんだ。あのころの俺は、おじさんの息子が死んだときと同じくらいの年ごろだった。十六歳か十七歳のころだ。だからおじさんは俺のことを息子だと思って出てきたんだろうな。すぐそこ、そこの壁のあたりに立って（俺はおじさんを見ながら、それが幻であることをちゃんと理解している。でも、いまお前を見ているように、その姿がはっきり見えるんだ）、煙草を吸っている。でも無言のまま、ただほほ笑んでいるだけなんだ。たとえ話しかけたとしても、こっちの言っていることはおじさんの耳には聞こえなかったはずだ。ただそこに突っ立って、背中を丸めるようにして煙草を吸っている。煙草の灰がいまにも落ちそうだ。そしてほほ笑んでいる」ネネは、自分が少女にむかって話していることにあらためて気づくと、突然笑いはじめた。「亡霊だったんだよ。それが目の前に現れる。誰にも話したことはないけれど、全部本当の話だ」

「わかってるわ」、少女はそう言うと、ネネにマリファナを手渡す。「あんたのなかには何かあたしを戸惑わせるものがあると言ったのも、そういうことなのよ。あんたはたしかにこの世界に生きているんだけど、魂はどこか別の世界にいるような気がするの」ハシッシュ――おそらくふたりが吸っていたのは、マリファナではなくハシッシュだった――のせいで、少女は言葉を一つひとつ選ぶように、ゆっくりしゃべっていた。「ところであんた、この街でいったい何してんの?」

「たんなる通りすがりさ。メキシコへ行くんだ。知り合いの女がグアナフアトに住んでいるんだ。かわいそうなやつさ」ネネは、誰のことを話しているのかよくわからないままそんなことを口走った。目の前の少女のことを考えたのだろうか? あるいはオカマの友人のことを、都会生活に疲れてグアナフアトへ行ってしまったオカマの友人のことを考えたのだろうか? ネネはまた母親のことを考えた。気の毒な母親は、息子がどこへ行っても警察に追われていることをすでに知っているにちがいない。「俺のお袋は」ネネが話しはじめる。「俺が建築の勉強をするのを望んでいたんだ。親父が建設会社をやってたもんだから、息子にも家を建てる仕事についてもらいたいと思っていたんだろう」

マリファナを吸っているとネネは憂鬱になる。いつもそうだ。悲しいと同時にくつろいだ気分にもなる。動作が緩慢になると同時に頭が冴えてくる。

「あたしも通りすがりの人間よ。家出したの。あ、ちょっと待って。忘れるところだった」少女はそう言うと、毛抜きに挟んで吸っていたマリファナをネネに渡した。そして、ひざまずいた姿勢でベッドの下を探りはじめた。

少女は奥からレコードプレーヤーを取り出し、ターンテーブルにレコードを載せた。ヘッド・アンド・ボディの歌が二曲（〈パラレル・ライブズ〉と〈ブレイブ・キャプテン〉）収録されたレコードだった。少女がここ数カ月のあいだ休むことなく聴いてきたものだ。レコードをひっくり返しながら何度も何度も聴いたせいで、少し傷んでいた。

「聴いてみる？」

「もちろん」ネネが答える。

「これしか持ってないのよ」彼女が言う。

〈パラレル・ライブズ〉がボリュームいっぱいに鳴り響く。ふたりは音楽に合わせて体を動かし、唇がやけどするほど短くなるまでマリファナを吸う。安物のプレーヤーから針がレコードの盤面をこする音が聞こえてくるが、それにはおかまいなしに音楽は執拗に鳴り響く。ふたりはロックンロールに合わせて英語で歌いだす。

I spent all my money in a Mexican whorehouse
Across the street from a Catholic church.
And if I can find a book of matches
I'goin' to burn this hotel down...

乱暴な英語で陽気になり立てながら、少女とネネは音楽に合わせて歌う。

レコードが終わると、ネネは少女といっしょに乱れたベッドに横たわった。そして彼女の手をとり（その手は冷えきっていた）、不思議な感覚を覚えながら、そして、喪失感を味わいながら、それを自分の体に押しつけた。やがて両目を閉じた。

「ネネ」彼女が話しかける。当惑したようなしゃべり方だったが、何か大切なことを口にしているかのように、感極まった調子が感じられた。「あたしにもよくわかるわ。あんた、何もかもどうでもいいことなんだっていう顔をして、それこそ何もかもどうでもいいと思ってる連中と付き合っていかなくちゃいけないのね。そうしないとあんた自身が駄目になっちゃうから」

ネネは少女の顔を見ながら話のつづきを待っている。彼女は肘で体を支え、長い沈黙のあとでネネの唇にキスをする。少女の当惑したような、熱のこもったしゃべり方はネネの好むところだった。まじめな賢い女を演じようとして、よくわからない言葉を無理して使っているような印象を与えた。

「あんたは自分でもよくわからないものを探し求めて、それでヤケを起こしてしまうのよ」彼女はそう言うと、ヘッド・アンド・ボディの〈ブレイブ・キャプテン〉を鼻歌で口ずさむ。それは、自分たちが生きている人生をよりいっそう荒々しく、よりいっそうハードに再現するかのように力強く鳴り響いた。

〈*You got to tell me brave captain. Why are the wicked so strong.*〉

「ブラウスを脱げよ」

ネネが少女の服を脱がせようとすると、彼女は驚いて上体を起こし、侮辱されたように感じた。

「あんたたちはみんな自分は男だと言うけれど、そしてそれを証明しようとして女と寝るけれど、男と寝るときは金のためなんだって言うのよね。そんなことをやめたいと本気で思ってるんなら、何もかも捨てて心のなかの世界に逃げこめばいいじゃない。いますぐやめちゃいなさいよ。そして仕事を見つけるのよ」

「俺はいつも仕事をしているよ。でも、そんなくだらないことは話したくないな」守勢に立たされたネネはそう言った。

「でも結局、元の木阿弥なのよね。やっぱり男とやるの？　あんた男が好きなの？」

彼女は正直で残酷だった。ネネは真剣な面持ちでうなずいた。

「ああ」

「いつから？」

「わからない。そんなことどうでもいいだろ？」

少女はネネを抱きしめる。ネネもまた気づかないうちに、まるで独白でもするように話しはじめる。少女は長細いパイプ、管のような、丸いくぼみのついたパイプでハシッシュを吸いはじめる。火のついた葉がパイプのくぼみのなかでちりちり音を立てる。

それはいわば病気のようなものだった。夜になると、屈辱と快楽を求めて、浮浪者のように街をさまよい歩くのだ。

「退屈しちまうんだよ」ネネは言う。「お前はそんなことないか？　俺は男が好きなんだ。どうしても抑えられなくなるんだ。長いあいだ街をうろつかないと退屈でやりきれなくなる。俺には教師をしている妻がいるんだ。リニエルスに家があって、子どもがふたりいる」作り話をすることでネネの舌は滑らかになる。ハシッシュの火が少女の顔を照らしているのが見える。ネネは、手のなかのパイプがほんのりと温かく、吸いこんだ煙が肺に行き渡るのを感じながら、まずまずの幸福感に包まれた。「でも、家庭生活には興味がないんだ。妻はまるで聖女みたいな女で、ガキどもは仔豚みたいなもんさ。俺が本当に分かり合える相手は、〈双子〉の弟くらいなもんだ。まだ話してなかったか？　弟はドローレスの平原に長いこと暮らしていたから〈ガウチョ〉と呼ばれているんだ。神経を病んでいて、恐ろしく無口だ。頭のなかから語りかけてくる声が弟には聞こえるんだ。俺は弟の面倒を見てるんだけど、妻や子どもたちよりも愛している。そのどこが悪いっていうんだ？　人生ってやつは」さまざまな考えをつなぎ合わせることは骨が折れた。「人生ってやつは貨物列車みたいなもんだ。夜中に貨物列車が通過していくのを見たことはないか？　目の前をゆっくりと通り過ぎてゆく。それはけっして終わらない。永遠に終わらないんじゃないかと思えるくらいだ。でもついに、最後尾の車両の赤い小さなライトが遠ざかっていくのを眺めている自分に気づくんだ」

「あんたの言うとおりね」彼女は言う。「夜の草原を走り抜ける貨物列車。ハシッシュいる？」彼女が訊ねる。「上物だと思わない？　ブラジル産よ。子どものころ、町を通過していく電車をよく眺めたわ。ばかなやつがいつも屋根の上に乗っていてね。あたしはネグロ川の向こうで生まれたのよ。電車は南からやってきて、リオ・グランデ・ド・スル〔ブラジル最南端に位置する州で、ウルグアイと国境を接する〕まで行くの」

ふたりはしばらくのあいだ無言のまま、あおむけになっている。ときどき電車が通過する音が聞こえてくる。ネネは、その音を耳にしたせいで、ベルグラーノ・R駅を通過していく貨物列車を眺めていたころの少年時代を思い出したんだと気づく。少女がネネの服を脱がしはじめる。ネネは後ろを向き、彼女にキスしながら乳房に触れる。少女はベッドに座り、あっというまに服を脱ぐ。その白い肌は、薄暗い部屋のなかで光を放っているようだった。

「待って」ネネが挿入しようとすると、彼女はそう言って制した。裸のままベッドを抜け出した彼女は、浴室からコンドームを手にして戻ってくる。「あんたたちのアレがどこに突っこまれたか、わかったもんじゃないわ」乱暴な口調で言い放つ彼女は、さっきまでの少女とは別人のようだった。もう遊びはおしまいとでもいわんばかりで、いまや娼婦のようにふるまおうとしている。ネネは両腕を大きく開いて少女の手首をつかみ、ベッドに押さえつける。そして、首筋にキスしながら耳元でささやく。

「それで、お前」少女をベッドに釘づけにしたままささやきかける。「市場の連中はみんなお前と寝たんだろ。それも一度じゃなく何度も」ネネはそう言いうとすぐに後悔した。

「わかってるわよ」少女は悲しそうにため息をつく。

やがてふたりは夢中になって抱き合う。

「あたしが誰だか、まだ話してなかったわね。ジゼルって呼ばれてるんだけど、本当はマルガリータっていうの」少女はネネのペニスを探り当てると、両脚を高く持ち上げた。「ゆっくりね」そう言いながらネネを導く。「入れて」

ふたりは何度か動きを止めてはハシッシュを吸い、ヘッド・アンド・ボディのレコードに耳を傾ける。やがて少女は裸のまま後ろ向きになり、窓枠に寄りかかるようにして尻を高く突き出す。ネネは、少女の臀部が下腹部に押しつけられるまでゆっくりと挿入する。

「奥まで入れて」少女はそう言うと後ろをふりむき、ネネにキスする。

ネネは、硬くて短い毛の生えた少女のうなじを押さえつける。少女はふたたび顔を後ろに向けて目を大きく見開き、激しくあえぎはじめる。そして、息を吐きながら、まるで許しを請うように、やさしくゆっくりと話しかける。

「あんたのペニス、うんこまみれにしてあげるわ。先っぽをうんこまみれにしてあげる」

ネネは絶頂に達すると、その場にくずおれる。

そして、少女の体から離れ、シーツでペニスを拭うとベッドにあおむけになり、煙草に火をつける。少女に胸を愛撫されながら、何カ月もつづいた不眠が終わってようやく深い眠りが訪れつつあることを感じていた。

その日の午後を境にして、翌週になるとネネは時おり市場のカフェに行って少女と落ち合い、誰もいないアパートにふたりきりで閉じこもった。いつもヘッド・アンド・ボディのレコードをかけてお決まりの二曲を聴く。歌詞をすっかり覚えたふたりは、ハシッシュを吸い、眠りこむまでいろいろな話をした。やがてネネは少女に金を渡すようになったが、少女はそれをごく当たり前のように受け取った。

かつて（といっても、のちに新聞が報じたところによると）、それほど昔のことではないが、少女は華やかな都会生活への憧れを胸に内陸部から出てきた。生まれはネグロ川の向こうだったが、ダムを通過する川の水は、成長してゆく彼女の姿を映し出す鏡とはならなかった。というのも、若くて清新な美しさをたたえた少女ならきっと抱くにちがいない無垢な夢と希望を胸にモンテビデオまで下ってきたからである。夜の街のきらびやかな光に吸い寄せられていった彼女は、〈ボナンサ〉というキャバレーで働きはじめ、しばらくして〈サヨナラ〉という店へ移った。そして、街の中心部にある〈モリノ・ロホ〉という名のキャバレーに落ち着いた。その店で親しくなった男が彼女を上流人士たちに売りこんだ。

その男は店の経営者のひとりだった。

　東部からやってきたふたりの農場主がアパートを店の経営者から又借りすることを決めたのも、〈モリノ・ロホ〉でのことだった。街の中心部に位置するそのアパートは家賃も安く、〈ギャルソニエール〉〔共同住宅の一世帯分で独身用〕に必要なものは何でもそろっていた。ところが、夜の世界のなかで生まれた親密な友情にも助けられ、少女がそのアパートに住むことになった。アパートの新しい名義人となったふたりの農場主が店の経営者に示した厚意のおかげだった。

　その後、さまざまな事情が入り組んでアパートの鍵がどんどん増えていき、雑多な人間が出入りするようになった。一昨日の晩など、キャバレーのボーイがアパートに泊まりこみ、書類や持ち物、さらには服まで置いていった。しまいには、色あせた夜の常連客たちが、一夜の逢瀬のためにフリオ・エレーラ・イ・オベス通りにあるそのアパートを利用するようになった。したがって、真の所有者やら見せかけの所有者やらが次から次へと増えてゆくなか、そして、もろもろの事情が複雑に絡まり合うなかで、どういう運命のいたずらか、ブエノスアイレスからやってきた若者たちがそのアパートに足を踏み入れることになったのもさして驚くにはあたらないのかもしれない。要するに、キャバレーの薄暗い店内の片隅では、往々にして奇妙な友情――夜が明ければじつは友情でも何でもなかったことが明らかになるのだが――が育まれるということである。

5

ルシアという名の若い女は、道路の曲がり角のそばに停車中のスチュードベーカーのナンバープレートを取り換えているふたり組の男を目撃し、不思議に思った。ふたりのうちひとりは、ドライバーかナイフのようなものを手にしていたが、はっきり見定めることはできなかった。その男はひざまずいた姿勢でナンバープレートのネジを緩めている。もうひとりは金髪の巨漢で、首に包帯を巻いた姿で別のナンバープレートを手にしている。ルシアはいつもパン屋の奥の部屋で寝ていたが、その日は明け方に目を覚ました。そして店を開けると、まだ暗かったので店内の明かりをつけた。彼女はマテ茶を飲みながら、店のショーウインドーを通してふたりの男たちに目を凝らしていた。男たちは車の脇にかがみこんで、なにやらふざけて遊んでいた。あるいはルシアが勝手にそう思っただけなのかもしれない。というのも、彼らが何かを気にしたり、人目を避けたり、誰かに見つかるのを恐れたりする様子はまったく見られなかったからである。まるで車のタイヤを交換しているだけだといわんばかりだった。

ルシアは鋭い観察眼の持ち主だった。パン屋の仕事がそうした特殊な観察力、第六感ともいうべき観察力（彼女自身がそのように供述した）を養ったのだ。というのも彼女は、パン屋で見かけた客の顔を、それから何日かたってその人が街を歩いているところを目にしただけですぐに思い出すことができたからである。しかし、そうした特殊な能力がなくても、ふたり組の男が街角でスチュードベーカーのナンバープレートを取り換えることがいったい何を意味しているのかを察するのはさして難しくなかった。

モンテビデオのその界隈の住民はみな顔見知りで、何か変わった出来事が持ち上がることは珍しかった。彼女がパン屋の切り盛りを任されてから一度だけ、ある男が歩道に倒れこみ、心臓発作で息を引き取るということがあった。歩道にあおむけに倒れた男は、息ができないまま白いハンカチで自分の顔を覆い隠そうとしていた。ルシアが駆け寄ったときにはすでに事切れていた。角の薬局の若い店員が駆けつけてきて救急車を呼ぶまで、彼女はたったひとりで店先に倒れた男の死体に寄り添っていた。

しかし、今度ばかりは事情がちがっていた。手遅れになる前に何かできることがあるかもしれない。彼女は受話器を持ち上げたが、他人のことに口出しするのがあまり好きではなかったので、どうするべきか迷った。しかしつぎの瞬間には、何か重大なことが自分の手に握られているような奇妙な興奮をおぼえ、警察に通報した。そして店の明かりを消すと、外の様子をうかがった。

ルシアは、悪の誘惑とみずから呼ぶところの衝動にふたたび駆られた。これは、人に害を与えてみたい、あるいは人に害を与えている人間を見てみたいという衝動であり、時おり襲われるこの誘惑と子どものころから闘ってきた。たとえば、通行人が心臓発作で倒れたとき、彼女はその場にたたずんで、男が死んでゆく様子をじっと見守っていた。そして、自分をその場に釘付けにした好奇心に身をゆだねることなく、歩道の敷石の上にあおむけに倒れた男が青ざめた顔で苦しそうにもがいているあいだにしかるべき行動を起こしていれば、顔に白いハンカチを載せたその男はきっと助かったにちがいない、そんな思いが彼女の心から消えることはなかった。ところがいまは、ほとんど躊躇することなく行動を起こした。警察へ通報した彼女は、これから何が起こるのかを見届けようと待機した。たんなる車泥棒にも思われ、これから目にすることになる光景を想像することはできなかった。

パン屋のショーウインドーから、モンテビデオの閑静な地区に伸びる道路を見渡すことができた。

「映画よりもはっきり見えたわ」ルシア・パッセロはのちにそう供述した。

こうして、〈正真正銘の血の饗宴〉と新聞に書き立てられた事件が、一九六五年十一月四日の水曜日に勃発した。マルマラハー通りにほど近いエンリケ・コンテ・イ・リケー通りにあるパン屋からは、反対側の歩道に停めてある赤のスチュードベーカーに乗ったふたりの男がおとなしく煙草を吸っている様子を見ることができた。

数秒後、別の車——黒のヒルマン——が近づいてきた。スチュードベーカーに横づけしたヒルマンからふたりの男が降りてきた。彼らはスチュードベーカーのふたり組に紙包みを渡した。ヒルマンは角を曲がったところで停車した。すると、スチュードベーカーからふたり組の男が降りてきて車のナンバープレートを外し、受け取ったばかりの紙包みのなかのナンバープレートを取りつける作業にとりかかった。

ちょうどそのときふたり組の警官が角を曲がって近づいてきた。車のバックミラーに映し出された警官の姿に最初に気づいたのは〈カラス《クエルボ》〉ことメレレスだった。

「ポリ公だ」メレレスが言う。

ドアを開けたメレレスは、外に出て車のフェンダーに腰かけると、警官が近づいてくるあいだ平然と煙草をふかしていた。警官のひとりは黒人、というよりも、鼻のつぶれたような縮れ毛のムラートだった。もうひとりは太った体格の男で、モンテビデオでよく見かける太った警官となんら異なるところがなかった。こういう警官は、ただそこにいるだけが取り柄の、どこにでもいる役立たずの警官で、いざ走る段になるとたちまち肩で息をする始末、通りで捕まえた無防備な泥棒に警棒の一撃を加え、巨体を生かした強烈な足蹴りを腎臓に見舞うことくらいしかできないという手合いである。それにしても黒人の警官だなんて。メレレスはそれまで黒人の警官を目にしたことがなかった。おそらくブラジルに行けばそういう警官もいるだろう。とはいえ彼はブラジルに行ったことはない。それにもちろんアメリカ合衆国にもいるだろう。アメリカ映画に出てくる黒人の警官は、ブロンクスの街のなかで同じ黒人を殺している。メレレスの頭のなかには、こうした言葉が快いメロディーとともに浮かんできた。そのあいだもふたりの警官は次第に近づいてくる。きっと身分証明書の提示を求められるだろう。メレレスは穏やかな笑みを浮かべた。二歩ばかり後からついてくる黒人の警官を従えて、太った警官が歩み寄る。

「俺に任せろ」ドルダが言う。

太った警官は帽子に手をやり、二本指で敬礼のポーズをとると、車に乗っている男たちを険しい目つきでのぞきこんだ。警察を何よりも憎んでいたドルダは、太った警官の胸にすかさず銃弾を撃ちこんだ。息をする間もなく地面に倒れこんだ警官は、すぐに死ぬこともできず叫び声をあげ、歩道の縁石の陰に身を隠そうとした。黒人の警官は、低い姿勢で飛び出すと車の後ろに身を隠し、拳銃で応戦した。

「カンセラ」黒人警官が呼びかける。「本部に連絡するんだ」

カンセラは無線機をもっているはずだったが、それを使うことはできなかった。下水溝の上に倒れ(ルシアはその姿をはっきり目にすることができた)、胸を真っ赤な血に染めた彼は、苦しそうないびきをかき、傷口を押さえようと手を動かした。喉にどくどくと流れこむ血を止めようとしたのだろう。

ドルダは、スチュードベーカーの窓から腕を突き出すと、カンセラの腹めがけて発砲し、とどめを刺した。ドルダの顔は笑っていた。

「くそ野郎め、くたばりやがれ」ドルダは吐き捨てるように言うと、メレレスが急発進させた車のなかから黒人の警官に狙いを定めた。

しかし相手は勇敢だった。前方へ飛び出したかと思うと、四十五口径の銃で反撃を試みた。〈双子〉は車のなかですばやく身を伏せた。彼らと行動を共にしていたウルグアイ人の男が負傷していた。

黒人警官は通りの真ん中に立って銃を撃ちつづけた。メレレスはタイヤをスリップさせながら、曲り角にむかって車を猛スピードで走らせた。黒人警官は弾倉が空になるまで撃ちつづけると、薬局の入口に身を隠して新しい弾丸を装填した。そして（ルシア・パッセロは供述をつづけた）、犯人たちの乗った車が視界から消え去るまで撃ちつづけた。それはまるで、自分ひとりのために上映された映画を観ているような、忘れられない光景だった。地面にしゃがみこむ男たち、銃撃戦、凍りついた顔、泰然自若とした目つき、糞を思わせる火薬の匂い、赤茶けた血、全速力で走り去る車のスリップ音、広げた両足を踏んばるようにして石畳の上に立ち、動じることなく両手でピストルを握りしめながら発砲する黒人警官。犯人の男が怪我をしているのを見たわ、ルシアはそう供述した。彼女はさらに、パン屋の前を走りすぎていく車のリアウインドーが銃弾を浴びて粉々に砕け散るところを目にしただけでなく、犯人のひとりが車内で上体を揺らしたかと思うと腰に手を触れ、それが真っ赤な血に染まっているのを確かめる様子を目撃した。

「やられた」ウルグアイ人はそう言うとうつむき、腹を押さえている両手が真っ赤な血に染まっているのを見た。青白い顔をしたままおとなしくしていたが、ショックのあまりなんの反応も示すことができないようだった。彼はジャマンドゥー・レイモンド・アセベドという名の男で、負傷するのはこれが初めてだった。アルゼンチン人の若者たちに協力して車の改造に手を貸すことを受け入れたのは、目が飛び出るくらいの大金をもらったからだが、北にむかって車を走らせ、サンタアナを経由して国境に面したリオ・グランデ・ド・スルまで犯人たちを送り届けることができたら、さらなる大金が手に入る約束になっていた。

「これ以上あんたといっしょにいるわけにはいかない」ネネは静かに、だがはっきりと告げた。「兄弟、悪く思わないでくれ。あんたには車から降りてもらうことになる」

「俺を見殺しにする気なのか、ネネ。後生だから見捨てないでくれ」

ジャマンドゥーは灰色に染まった顔でネネを、そして膝の上のベレッタ銃を握っているドルダの顔を見ながら懇願した。

「あんたはもうおしまいだよ、ジャマンドゥー」ドルダが言う。「自分の面倒は自分でみるこったな。俺たちは先を急ぐんだ。あんたの身は安全だから、心配しなくてもいい」

「ばかな真似はよせ。見捨てないでくれ。マリートに会って、どうすればいいか訊いてみようじゃないか」ドルダはベレッタ銃を持ち上げると、ジャマンドゥーの頭に狙いを定めて引き金に指をかけた。

「頭を吹き飛ばされないだけでもありがたいと思え。サツに捕まってしゃべりでもしたら、絶対にあんたを見つけ出してタマを切り取ってやるからな」

「お前らみんなくそ野郎だよ。それが仲間に対してやることか?」ウルグアイ人が言う。

メレレスがわずかに車のスピードを落とすと、ジャマンドゥーはドアを開けた。殺されるのがいやなら飛び降りるしかない。ジャマンドゥーは勢いよく飛び出すと、石畳の上に肋骨を叩きつけられた。

ドルダは、加速する車の窓から腕を突き出して発砲したが、ジャマンドゥーの息の根を止めることはできなかった。ジャマンドゥーにとって、これはアルゼンチン人たちが手に負えない悪党であることを示す何よりの証左だった。というのも、この世界の人間なら当然守るべき暗黙の掟や約束事をないがしろにしているからである。仲間が負傷したら、まずは手を貸して助けなければいけない、それをしないで安易に見捨てるようなことがあってはならない、情報屋として働いてくれた人間を殺してはならない、そんな掟を彼らは何とも思っていないようだった。やつらはヤクのやりすぎで頭が完全にいかれちまったんだ、ジャマンドゥーはそう語った。完全に狂ってる。なにせ途中で銀行を襲ったり、薬局に押し入ってヤクを奪い取ったりしながら車でパンアメリカン・ハイウェイを走ってニューヨークまで行こうとしていたんだからな。あいつらは寝ても覚めてもそんなことばかり考えていたよ。地図を見ながら迂回路を考えたり、北米に着くまであとどれくらい時間がかかるか計算したりしてね。完全にいかれてたな。ニューヨークのプエルトリコ系マフィアのところで働くんだって、たわ言を口走ってたよ。ラティーノのゲットーに入りこんで、誰にも顔を知られていない環境のなかでゼロからやり直すんだってね。モンテビデオの中心街から抜け出すこともできないのに、マンハッタンに行くことを夢見るなんて。あいつらのために盗みを働いたタンゴ歌手が、ニューヨークでレストランをやっているキューバ人の知り合いがいると話しているのをネネが耳にしたんだ。だからその男と組んで仕事をするためにニューヨークへ行こうなんて馬鹿なことを思いついたわけさ。俺はかつて一度も――ジャマンドゥーは言う――ああいう連中にお目にかかったことはなかったぜ。言うまでもなくジャマンドゥーは、警察の厳しい追及を逃れようと、そして、自分が犯行グループのたんなる手先、アルゼンチン人たちの使い走りにすぎないことを信じてもらおうと、つまり、自分は彼らに無理強いされてやりたくもない仕事に手を染めたのだと信じてもらうために、話を誇張したのだろう。

「やつはきっと口を割る」とどめを刺すことができずに冷静さを失っていたドルダは言った。「きっと俺たちを密告するにきまってる。なにせ俺たちの根城も隠れ家も知っているからな。どこへ逃げればいいんだ？」

「まあ落ち着けよ。少し考えさせてくれ」ネネが言う。

「考える？　いったい何を考えるんだ？　あのくそ野郎は口を割るにきまってる。いますぐ引き返してとどめを刺すんだ」

「そうだな」そう言うと、メレレスは猛スピードで車をバックさせ、ウルグアイ人が飛び降りた場所まで引き返した。ところがジャマンドゥーはすでに近所の空き地まで這っていき、日が暮れたら逃げようと、美容室の奥の物置小屋に身を隠していた。そして、潜水具から金属製の足が生えたような形のドライヤー、白い革の肘掛けがついた回転椅子、前部に丸いへこみのあるシンク、数個の蛇口、洗髪用のシャワーホース、鏡、カーラー、櫛を入れる箱などが保管されている屋根つきの陳列室のような場所に隠れて息をひそめていた。自分を探しに戻ってきた車のエンジン音が聞こえたような気がした。そればかりか、自分を呼ぶドルダの声――まるで子猫でも呼ぶみたいに「ネコちゃん、ネコちゃん、ネコちゃん」と呼びかける声――が聞こえたような（あるいは聞こえているのを想像しているような）気さえした。気のふれたあの男なら、常軌を逸したあの男なら、（ジャマンドゥーに言わせると）そんなこともやりかねない。ネネに頼まれればあいつは何だってやるし、ネネは毒蛇よりも冷酷な男、何をしでかすかわからない。

　犯行グループを乗せた車は周囲を行ったり来たりしながら、ジャマンドゥーが隠れている物置小屋の前を通り過ぎたが、やがて捜索をあきらめて中心街から走り去った。パトカーのサイレンが近づいてきたからである。逃走車の特徴を警察がすでに把握しているのはまちがいなく、ウルグアイ人の逮捕によって、犯人たちの身元を特定するための情報をすべて手に入れるのは時間の問題だった。マリートはいつものように仲間たちから離れ、まだ誰にも知られていないポシートス地区の隠れ家にひとりで潜伏していた。そして、ブラジル行きの計画が頓挫した場合に備えて、ブエノスアイレスへ引き返すための手はずを整えていた。仲間たちは翌日にマリートと落ち合うことになっていた。マリートはいずれ事態の推移について知ることになるはずだった。

「荷物を全部引き揚げて退却する必要があるな」メレレスが言う。

「よし」ネネが言う。「サツよりも先に到着するんだ」

　彼らは、警察に捕まったジャマンドゥーが自分たちのことを密告するのはまちがいないと踏んでいた。そこで、モンテビデオの隠れ家に立ち寄ると、警察が踏みこむ五分前に武器と現金を持ち出した。そして、ナンドがウルグアイでお膳立てしてくれたコネクションをすべて断ち切り、新たな隠れ家を探しはじめた。孤立無援の彼らは、どこへ行ってもまるでライ病患者のように見られた。

「心当たりの場所がある」ネネが言う。

「隠れ家を知ってるのか?」メレレスが訊ねる。

一行は川に面した大通りから枝分かれしている道に入ると、ロドー公園の木々のあいだに車を停めた。そして、車のドアを開けてステップに腰を下ろし、瓶に口をつけてビールを飲みはじめた。後部座席を取り外した空間には、武器と現金が山積みになっている。

「ここで待っていてくれ」

ネネは通りを横切ると、目についたカフェに入り、店の奥の公衆電話を見つけた。

ちょうどそのころ、美容室の敷地に隠れているジャマンドゥーが発見された。付近をパトロールしていた警官が、店の裏でうずくまっている彼を見つけたのである。ジャマンドゥーは、腹部を負傷していたにもかかわらず逃亡を試みたが、結局は取り押さえられた。ひざまずいた彼は、慈悲を乞いながら仲間の素性を明かした。

「お願いだ。殺さないでくれ。やつらはブエノスアイレスの人間だ」

ジャマンドゥー・レイモンド・アセベド、ウルグアイ国籍、前科まみれの男。軍病院に収容された彼は、そこで傷の手当てを受けた。医師たちは、ジャマンドゥーの意識を覚醒した状態に保っておく役目を引き受けた。

警察に尋問されたレイモンドは、警官のカンセラが殺された銃撃戦に加わっていたこと、傷を負い、足手まといになるという理由からアルゼンチン人の仲間たちに殺されそうになったときまで彼らと行動を共にしていたことなどを認めた。長時間にわたるレイモンドの供述は、モンテビデオに到着してからの犯行グループの足取りの再現を可能にした。警察はその一方で、犯人たちが外部の人間と接触するのを阻止すべく一連の家宅捜索をはじめた。

四人の犯罪者の人相や外見的特徴に関する情報が十分に集まると、対岸のアルゼンチンの警察へ照会が行なわれた（新聞はそう報じた）。犯人たちの写真一式が届くと、彼らがまちがいなく例のアルゼンチン人グループであることが確認された。写真を見せられたジャマンドゥーは、犯行グループを構成する四人のアルゼンチン人のうち三人の顔に見覚えがあった。〈カラス《クエルボ》〉ことメレレス、〈坊や《ネネ》〉ことブリニョーネ、〈金髪ガウチョ〉ことドルダの三人である。一方、エンリケ・マリオ・マリートの居所については何もわからなかった。

犯罪の世界に身を置く人間は誰しも〈警戒態勢〉をとっている。警察の捜査により、人殺しや詐欺師、地元の密輸業者などがブエノスアイレスからやってきた犯行グループをかくまうのに手を貸したことが明らかになりつつあり、そのために彼らは警察の報復を恐れていた。ごく最近になって、マリートが率いる犯行グループはコロニア方面に向かったのだろう、つまり彼らは、ラプラタ川を渡ってアルゼンチンに引き返すという一か八かの勝負に出たのだ、ということがささやかれはじめた。そして今日（あるいは昨日）、密輸業者のオマール・ブラージ・レンティーニが妊娠中の妻とふたりの幼い子どもたちの前で逮捕された。サン・サルバドール通り二一〇八番地にある税関職人ペドロ・グラッセルの自宅に犯行グループをかくまったという嫌疑をかけられたのである。警察はすぐにアルゼンチン人の〈ナンド〉ことエルナンド・エギレインの足どりを追いはじめた。ペロン政権時代に〈民族主義解放同盟〉の構成員だった彼は、レンティーニの供述を通して、海外からウルグアイに渡ってくる大物犯罪者たちのつなぎ役として浮上したのだった。彼はまた、逃亡中の犯人たちがウルグアイの犯罪グループと接触するのを手助けした人物と目されていた。

十一月五日の金曜日、青少年の犯罪者グループ〈エル・カチョ〉にかかわっていたレンティーニを逮捕した警察は、エギレインの足取りをつかむことに成功した。

クフレー通りにある一軒家に潜んでいたエギレインは、パジャマを着て髭を剃っているところを警察に踏みこまれた。完全に包囲されているにもかかわらず、エギレインは屋根づたいに逃亡をはかり、屋上から隣家の中庭に飛び降りたところで御用となった。エギレインの供述によると、彼はすでに犯行グループから離脱していた。「ジャマンドゥーを殺そうとした連中の卑劣なやり方を知って恐ろしくなったんだ。俺は自分の行動原理を重んじる人間であり、政治犯だ。〈民族社会正義運動〉のメンバーであり、ペロン将軍の帰還のために闘っている」

「もちろんわかっているさ」捜査課の刑事サンタナ・カブリスが言った。「だが、貴様は何よりもまずブエノスアイレスからやってきた警官殺しの悪党だ」

拷問がどういうものかよく知っているナンドは、耐えられるだけ耐えて口を閉ざしていなければならないことを心得ている。高電圧《ピカーナ》の棒を押しあてられていったん口を割ったら最後、あとは際限なく吐きつづけることになる。ナンドは何がなんでも口を割らないつもりだった。マリートの居場所を吐かなければならなくなるのを恐れていたからである。マリートは親友であり、そんじょそこらの連中とはちがう。昔ながらの流儀を守る悪党であり、しかも理想主義者だった。世が世なら、ディ・ジョヴァンニ〔イタリア人アナーキスト。ファシズム体制下のイタリアを逃れ、一九二三年にブエノスアイレスのアナーキストグループに合流〕やスカルフォ兄弟〔銀行強盗などの犯罪で知られるアナーキストのギャング〕、はたまたルッジェリート〔ファン・ニコラス・ルッジェロ。アルゼンチン生まれのギャング。一九三三年に暗殺される〕やいかさま師のアルベルト・レシン〔「占星術師」の異名で知られるアルゼンチンの暴力革命主義者〕、そして国の大義のために闘った悪党たちのように、民衆のヒーローになれる男だった。マリートの居場所を吐かないと、まちがいなく殺されるだろう、ナンドはそう考えた。

階下の拷問室へ連行されるあいだ、ナンドは何も考えまいと、頭を真っ白に、何も写っていない感光板、何も描かれていないキャンソン紙のように、頭を真っ白にすることだけを考えた。目隠しをされた彼の身柄は、おそらく二十四時間以内に判事へ引き渡されることになるだろう。過去にはもっとひどい目に遭わされたこともある。ナンドは、新聞記者たちが警察にぴったり張りついており、自分が捕まったことが公にされるのはまちがいないと考えていた。

ところが実際は、エギレイン逮捕のニュースは、警察本部で開かれたささやかな記者会見の場で、アルゼンチンの犯行グループの足取りがふたたび明らかになったというニュースの陰に隠れて、ほとんど取り上げられずに終わった。これ以降、(『エル・ムンド』紙の記者によると)ラプラタ地域における捜査史上もっとも完璧な包囲作戦が〈極秘裏〉に進められることになった。

正午を少し回ったころ、ブエノスアイレス州警察の航空機——観光客を運ぶような小型機——に乗って、ブエノスアイレス州の北部地区を管轄する警察の捜査官カジェタノ・シルバが、ウルグアイ警察の捜査に協力するためカラスコ空港に降り立った。

滑走路を歩きながら、シルバはウルグアイの捜査員たちの報告に耳を傾けた。

「まったくばかばかしい偶然から連中を発見したんです。盗難車のナンバープレートを交換していたんです」

「やつらは逃亡中です。外部の人間との接触はないはずです」

「犯人を追いこむ必要があるでしょうね」

「一網打尽にするにはおよびません。犯人たちの一部を泳がせて、外部の人間と接触するように仕向けるのです」

「ジャマンドゥーが捕まったんで、いまや連中は孤立無援でしょう」

「孤立無援なら」シルバが言った。「やつらは計画の変更を考えるでしょうな。彼らにいったい何ができるか？　おそらくモンテビデオを脱出しようとするはずです」

「それは不可能です。道路という道路には警戒態勢が敷かれていますから」

「ジャマンドゥーがわれわれに協力していることを、新聞を通じて連中に知らせる必要がありますね」

捜査員たちは、マリートとその一味が資金不足に陥っているにちがいないという結論に達した。証明書などを手に入れるための費用、ウルグアイへの潜入に費やされた資金——水上警察によると、犯人たちは〈サンタ・モニカ号〉というヨットで越境した——、隠れ家での乱痴気騒ぎ、潜伏場所として利用されていたアパートの家賃、車を借りるための費用など、もろもろの出費のために手持ちの資金はかなり少なくなっているはずである。乱痴気騒ぎについては、みずから供述を申し出たカルロス・カタニアというタクシーボーイが週末の出来事を証言するなかで語った。悪党たちは金を払って若い男女を呼び集め、二日にわたって大量のドラッグを摂取しながら乱痴気騒ぎを楽しみ、破廉恥きわまりない行為に耽ったという。「いい人たちでしたよ」十七歳の若者はそう語った。「なにせスーツをプレゼントしてくれましたからね」

ネネがサバラ広場界隈の繁華街に足を向けていたことや、彼がジゼルと親しかったことを最初に話したのはこの若者だった。

「その娘とふたりで話してみたいな」シルバが言った。

治安課の要員は、正確な情報をもたらしてくれる大勢の人たち――ウイスキー・バーや賭博場など、モンテビデオの夜の商売にかかわる関係者たち――に当たり、ブエノスアイレスからやってきた無法者たちが、夜の女として働いていた少女（リオ・ネグロ出身の黒髪の少女）の仲立ちで適当な隠れ家を確保しようと、さまざまな方面に働きかけていたことを突き止めた。

アパートを数日間借りるための交渉と並行して、無法者たちはパラグアイ行きを画策し、そのために法外な金を費やしたという。

犯人たちは交渉の結果、リベライヒ館（フリオ・エレーラ・イ・オベス通り一一八二番地）のアパートの所有者、とはいえ、警察と何らかのかかわりがあると思われる人物たちに行き着いた。

確たる証拠があるわけではなかったが、別の話によると、アルゼンチンの若者たちがそのアパートに行き着いたのは、ウルグアイの犯罪集団とのちょっとした関係を通じてのことだった。そして、秘密の連絡役を務めた男（組織の〈下《した》っぱ〉の男）は、アルゼンチンの若者グループとの接触がもたらしうる危険から逃れるため、アパートを借りる手はずを整えると、すぐにその情報を警察に「売った」とのことだった。アパートの所有者も又貸し人も、エレーラ・イ・オベス通り一一八二番地にあるアパートの九号室に身を隠そうなどという間の抜けた考えを起こした連中がいったい何者なのかを知ることはなかったという。

いずれにしても、それは夜の生活のあらゆる秘所にかかわる込み入った話だった。そういうところでは、キャバレーのまじめな客が――いわゆるご近所同士のよしみで――、相手の素性もろくにわからないまま密輸業者や強盗、すりといった連中と関係を結ぶことも珍しくなかった。そういう情報はすべて警察が把握しているはずである。確かなのは、アルゼンチンからやってきた悪党たちが昨夜十時を少し回ったころ、例のアパートにもぐりこんだということである。

アパートの九号室は、東部出身のふたりの農場主が共有しているいわゆる〈ギャルソニエール〉と呼ばれる部屋で、彼らはアパートの所有者から月々四八〇ウルグアイ・ペソで又借りしていた。ふたりはいとこ同士で、年齢は二十五歳前後だった。彼らはいずれも夜の街の常連で、キャバレーや港のコールボーイたちが出没する怪しげな盛り場に頻繁に出入りしていた。

では、ラプラタ川をはさんだ両国の警察に執拗に追いまわされていた〈坊や《ネネ》〉ことブリニョーネ、〈金髪ガウチョ〉ことドルダ、〈カラス《クエルボ》〉ことメレレスは、いったいどのようにしてそのアパートにたどり着いたのか。例の若手記者にもそれはわからなかったが、彼は心のなかでいくつかの仮説を思い浮かべ、それについてあれこれ考えをめぐらせた。

そのひとつは、襲撃犯たちが問題のアパートを所有者から購入したというものである。所有者は〈ギリシア人の血を引いた〉ウルグアイ人の男で、やはり夜の街の常連、モンテビデオよりもブエノスアイレスに滞在することのほうが多いという人物で、父方の姓の頭文字はKらしい。

犯人たちはどうやら、このKに頭金として八万ウルグアイ・ペソを渡したらしい。Kは彼らの素性について何も知らなかったが、旧市街の繁華街ですでに顔見知りになっていたとのことである。

そうした仮説はともかくとして、フリオ・エレーラ・イ・オベス通りのアパートが逃亡犯を捕まえるために警察が仕掛けた罠だったこともまた確かである。どのような方法が用いられたのかは定かではないが、とにかく警察は彼らをそこにおびき寄せることに成功したのだ。

出所を明らかにしないという条件のもとで提供されたある情報によると、襲撃犯たちの信頼を得ていた別のウルグアイ人の男がじつは警察と通じていて、この男が警察の殺人課に関係のある人物たちに情報を提供したらしい。

また、別の話によると、襲撃犯たちにアパートを間接的に提供したのは警察にほかならないとのことである。犯人たちは、まさか自分たちが庇護者であるウルグアイ人の男によって警察に売られたなどとは夢にも思わず、まんまとアパートに足を踏み入れてしまったわけだ。これがもし事実だとすると――その場合、犯行グループが手付け金として八万ウルグアイ・ペソを支払ってアパートを購入したという説は退けられなければならない――、警察はじつに抜け目なく事を運んだことになる。彼らは、逃亡犯たちがいかに危険な人間であるかを、そして、彼らを追跡することがいかに命知らずな行為であるかをよく心得ていたのである。

逃亡犯たちが街中で警察に見つかれば、それこそ正面衝突は避けられなかっただろうし、モンテビデオの住民にとってそれは危険きわまりないことであっただろう。それゆえ警察は、犯人たちをアパートに閉じこめるために罠を仕掛けたのだろうと言われていた。目的を達成するために、警察は一見安全な場所――中心街に位置する家具付きの快適なアパート――を用意するという策略を用いた。犯人たちはそこに閉じこもって、（ナンドが供述したであろうように）パラグアイへ渡るための手はずが整うのをおとなしく待ちつづけるというわけである。

噂どおりに、あるいはすべての状況が物語っているように、以上に述べたことがもし事実だとすれば、犯人逮捕にいたる時計仕掛けのメカニズムは夜の十時きっかりに動きはじめたことになる。

その少し前、暇な時間をアパートで過ごすのが習慣になっていた二十一歳の黒髪の少女は、明るいブルーの上着を身につけて外出しようとしていた。夜明けが来るのを待ちながら毎晩働いていた中心街のキャバレーへ出かけるためである。黒い靴を履き、黒のハンドバックを手にした彼女が、目前に迫っていた出来事をまったく予期していなかったことは疑いえない。

夜の十時、アパートのインターホンが鳴り、聞き覚えのない男の声がリオ・ネグロの北部からやってきた娘と話がしたいと告げた。彼女はドアを開け、男をなかに通した。

彼女（のちに明らかになったところによると、彼女はマルガリータ・タイボ、またの名をジゼルといった）がキャバレーで語ったところによると、その男は警察の上層部の人間であると告げた。

「ここを出てください。今すぐに」男は言った。

彼女は、男にぴったり寄り添われながら、化粧の最中だったにもかかわらず通りへ出なければならなかった。あたかも獲物の到着を待ちわびる罠のように、アパートはもぬけの殻になった。

時刻は夜の十時十分前後だった。

リオ・ネグロの北部から出てきた娘は、五月二十五日通りの家に住む女友だちの家へ行き、彼女といっしょにブラジルナンバーの車に乗りこんでキャバレーに向かった。

アパートの場所を把握していただけでなく、犯人たちを呼びこむ罠を仕掛けた警察の情報部は、そうした有利な立場を利用して、犯人たちがアパートに身を隠すために外部との接触を試みはじめたときからその動きを追っていた。

一説によると、奪われた現金（それは五十万ドル近くにおよぶ）の隠し場所を突き止めようとしていた警察は、アパートのいたるところに盗聴器を仕掛けたという。また別の説によると、盗聴器が仕掛けられたのは犯人たちがアパートにやってくる前のことで、キャバレーのオーナーたちの違法行為（おもにドラッグの取引や白人女の人身売買）を突き止めるためだったという。いずれにせよ、強奪された現金の分け前を取り戻そうとする警察の試みは、（複数の報道によると）作戦の遂行を不可能にした奇妙な失敗の原因となったと考えられる。

周知のように、犯罪者をおびき寄せるために罠を仕掛けるというのは、警察の捜査でよく使われるごくありふれた手である。いかなる理由であれ犯人がかならず足を踏み入れることがわかっている家やアパートに身をひそめ、犯人が姿を現すと同時にすばやく逮捕するという作戦である。

ところがこの事件の場合、どうやら大きなミスが犯されたようだ。つまり、本来なら内側から外側へむかって仕掛けられるべき罠が、逆の方向、すなわち外側から内側へむけて仕掛けられてしまったのだ。アパートの九号室から若い娘を追い出したとき、警察がそのままアパートに残って待ち伏せをはじめていたら、犯人たちが大量の武器にものをいわせて、この記事を書いている現在に至るまで執拗な抵抗を試みるなどという事態を招くこともなかっただろう。

ところが警察（アルゼンチンの警察）は、必要以上の野心を起こしてしまったのだ。もっとも可能性が高いのは、警察が犯人たちを生け捕りにするのではなく、皆殺しにすることをもくろんだということである。そうすることによって、（同じ情報筋によると）現金強奪事件に秘密裏に加担しながら約束の分け前をもらえなかった警察の罪が犯人たちの供述によって白日の下に暴かれるという事態を未然に防ごうとしたのだ。

いずれにせよ、襲撃犯たちを乗せた赤いスチュードベーカーは夜の十時十一分にアパートのガレージに乗り入れた。

ネネは、メレレスとドルダを引き連れて階段を上った。ネネが鍵を差しこんで左右に何度か回すと扉が開いた。

6

フリオ・エレーラ・イ・オベス通りにあるアパートの九号室の〈ギャルソニエール〉は、物がほとんど置かれていない、淡い緑に塗られたいくつかの部屋からなる小さな住居だった。アパートのドア（呼び鈴が壊れているので、たまたまそこに滞在している住人と話すためには、通りに面した建物の入口のインターホンを使わなければならない）は狭い廊下に面し、そこには（『エル・ムンド』紙の若い事件記者が書いているように）近隣の住居のドアが並んでいる。そこは建物の二階で、三階建ての低層の建物にはエレベーターが設置されていなかった。こうした細部はぜひ記憶にとどめておかなければいけない。

アパートの九号室に入って最初に目につくのは、縦三メートル横四メートルほどのダイニングを兼ねた居間のような部屋で、左側の壁に沿って台所がある。台所の奥の上部には、建物の吹き抜けに面した窓があり、そこから光が差しこんでいる。台所には大理石でできた調理台がしつらえられ、その中央は流しに、下部は作りつけの収納スペースになっている。アパートに足を踏み入れる者は、ダイニング兼居間に家具らしきものがほとんどなく、壁に何も掛かっていないことに気づくだろう。台所と居間を仕切る扉もない。居間に面して扉が三つあり、個室とバスルームにつながっている。

建物の吹き抜けに面した部屋は、リオ・ネグロの北部から出てきた黒髪の少女が使っている寝室で、小さなクローゼットのついた作りつけのベッドやティーテーブル（ガラス板が載せられている）、椅子がある。ほかには何もなく、枕元に小さな電気スタンドと彼女の写真が置いてあるばかりだ。何も飾られていない壁は、こうした空間に特有の心もとない感じを与えている。

もうひとつの部屋は、これまた吹き抜けに面しており、アパートの又借り人や、その時々の訪問者たち――彼らは何らかの方法で鍵を手に入れたり、人から鍵を借りたりしていた――が寝室として使っていた。部屋の中央にダブルベッドがあり、左側にはトイレが、右側にはベッドの脚と向き合うように洋服ダンスがある。右側のちょうど真ん中あたりに屋外に面した窓がある。リオ・ネグロ出身の黒髪の少女が使っていた寝室は、寄木張りの床がきれいに磨きこまれて光沢を放ち、壁もきれいだったが、こちらの部屋はそれとはまるで反対だった。決められた人間が住んでいるわけでもなく、部屋を少しでも清潔に保っておこうと考える人間もいないようだった。

最後は浴室である。そこには、ごくありふれたもの――ゼネラル・エレクトリック社の湯沸かし器、浴槽を仕切る青いプラスチック製のシャワーカーテン――があるくらいで、とりたてて目を引くものはなかった。浴槽の上部の壁には屋外に面した窓がある。

「外は何もないな。中庭があるくらいだ」

メレレスは浴槽の縁に立って窓の外に首を出し、下を見ながら言った。灰色の壁や明かりのついた窓のほかに、金属製の薄板の屋根が見えるばかりだった。ネネとドルダは居間へ向かった。

「おい、テレビがあるぞ」

「備えつけの家具がたくさんあるって話じゃなかったか？」

「こっちのトイレはなんだか汗臭いな」

「それで」ネネが話しつづける。「俺たちは出発した。お前も覚えているだろう。ずっとメキシコへ行きたいと思っていたんだ。俺の友だちがパスポートを金で手に入れるためにメキシコへ行ったんだ。なにせ実入りが多かったからな。スアレスという男だ。名字のおかげで得をしたのさ。結局メキシコで殺されちまった」

「だけどメキシコへ行くなんて、よくそんな馬鹿なことを思いついたもんだな。高度のせいで耳がおかしくなっちまうってのに。俺なんか昔ラパスへ行ったとき、部屋の窓を開けただけで鼻血が出たぞ」

「要するにニューヨークへ行くべきだってことさ。フエゴ島からアラスカまで通じている道があるんだ。知らなかったのか？　地図を見てみろよ。細い糸みたいに密林を縫ってどこまでもつづいている。ドイツ人が建設したんだ。ブルドーザーを運んできて、コリャ人〔アンデス高原の先住民〕を使って、自転車に乗れば二年で走り抜けることができる道をつくったんだ」

「俺はちょっと横になるよ。クッションをとってくれ。何か食おうぜ」

グループのメンバーたちは、ひな鶏の串焼きやウイスキー、コーンビーフをはじめ、アパートに缶詰めになった場合に備えて一週間分の食料を買いこんでいた。

「おい。マリートはもうじき着くのか？」メレレスは鶏肉をほおばり、洗面所に置かれていたプラスチックのコップでウイスキーを飲んでいる。

「やつが来るのを待たなくちゃいけないのか？　あの女はマリートのことを知っているのか？」

「俺たちがここにいることを伝えてくれと頼んでおいた」ネネが言う。

「テレビで見たんだが、映画館で金を強奪するときは、後ろの映写室から忍びこめばうまくいくらしいぞ。そこから客席に押し入って出口をふさぎ、床に伏せるよう脅すんだ。ぼうっと映画を観ていた間抜けな連中の金をごっそりいただいて映写室の窓からずらかるって寸法だ。これぞ完璧な作戦ってやつだな。客席は暗くて何も見えないし、しかも映画が物音をかき消してくれる」

「そんなことテレビでやってたのか？」

「公共の場所での安全対策の不備をテーマにした番組だ。満員の映画館でどれくらいの金をかき集められるか知ってるか？」

彼らは、書類を携えたマリートが新しい車に乗ってやってくるのを待たなければならなかった。明け方になればマリートとともに北をめざして出発し、ドゥラスノやカネロネスの農園に身を隠しながら平原を逃走するのだ。

「つまりお前に言わせると、すべては運任せということになるな。マリートがここに無事たどり着くなら万々歳ってわけだ。でも、もし来なかったらどうする？　俺たちにしてみれば割に合わないように思えるがな」

「それはそうだが、そうするよりほかに手がない。みんなで待つしかないんだ」

「ほとぼりが冷めるまでここにこうやって一週間閉じこもるんなら、そのほうがいいよ。俺はここが気に入った」

「それにしてもマリートは今晩中にやってくるのか？」

「ひとりでずらかりたいんならそうしろよ。いまがチャンスだぞ」

「縁起でもないこと言うなよ」

「それにしても、お前をメキシコに連れて行こうとした男とはどこで知り合ったんだ？」

「ボリバルさ。サイドカー付きの五〇〇ccハーレーダビッドソンに乗ってたんだ。畑のなかをバウンドしながら走って、四十五口径のライフルを片手に野兎を追ってたよ。耕された畑を走るんだぜ。ヘルメットをかぶってメガネをかけていたな。百姓たちはシャベルに寄りかかってその様子を眺めながら、互いに顔を見合わせていた。あの男はバネのように跳ね上がりながら轍《わだち》を走ろうとするんだ。あいつのバイクときたらまるで飛行機さ。宙に浮いて疾走するんだ。とにかく心底いかれたやつだよ。農場の小屋の二階に自分の娘を閉じこめていた。死んだ母親によく似ているからって、母親と同じ服を着せて目の前を歩かせるんだ。ほかにどんなことを娘にしていたのか、そいつは知らないがね。メキシコから娘に手紙を出していたよ。とびきりいい女でね。見事なおっぱいなんだ。父親が殺されてからも娘は相変わらず愛情のこもった手紙を受け取っていた。誰が手紙を書いていたのか謎なんだ。娘は驚きのあまり放心したようになっていたよ」

　メレレスがヒヨコマメの入った小瓶とトランプを手にして台所から出てきた。強奪した現金と銃器類は隣の部屋に山積みになっている。仲間たちはマリートが迎えに来るまで静かに夜を過ごすつもりだった。

「トランプがあったぞ。三人でポーカーをやろうぜ」

「オープン〔ポーカーの種類のひとつ〕で行こう。豆ひとつにつき十ペソだ。チップを配ってくれ。誰が親だ？」

そのとき彼らは、耳鳴りのようなものを感じた。その直後、金属音がキンキン鳴り響いたかと思うと、彼らに呼びかける声が聞こえてきた。

通りに面した部屋の真ん中で、ガラス玉の装飾のついたシャンデリアの光の下、白いゴム製のクロスで覆われた編み細工の小さなテーブルの上でポーカーをしていた彼らの耳に、鼠のキーキーいう鳴き声や悪魔の口笛に似た耳障りな音が聞こえてきたのである。それは、電源を入れたばかりの拡声器の音で、投降を呼びかける声がそれにつづいた。

拡声器からは、裏声のような、奇妙にゆがめられた声が聞こえてきた。いかにも警察らしい、嵩にかかったねじれた声、嫌がらせ以外のいかなる感情も込められていない声だ。相手はきっと自分の命令におとなしく従うにちがいない、いずれ破滅に追いやられるにちがいない、そんな確信を胸に抱いてどなりちらす連中の声だ。それは権力者の声、監獄や病院の廊下、あるいは囚人を運ぶ護送車――囚人たちを地下の拷問室へ送りこむべく、夜の闇のなか、人気のない街を警察署にむかって走りつづける護送車――のなかに拡声器を通して響き渡る権力者の声だ。

メレスはネネの顔を見た。

「ポリ公だ」

心臓が早鐘を打つ。頭のなかはまるで真っ白な光に照らされたかのよう、さまざまな考えが脳味噌からあふれ出る。それもほんの一瞬のことで、あとはもう何も考えることができない。いちばん恐れていたこと、人生で最悪の出来事は、何の前触れもなく、心の準備ができていないときに突然襲いかかってくる。だからこそそれは最悪の瞬間なのだ。たとえ心の準備ができていたとしても、態勢を整える暇もなく、全身が麻痺したように動かなくなってしまう。それでもとにかく行動を起こして決断しなければならない。結局のところ、心のなかでひそかに恐れていたことは遅かれ早かれかならず起きるものなのだ。アパートに閉じこもった若者たちは、警察がすぐそこまで迫っていることを、その鼻息が首筋に感じられるほど間近に迫っていることを、それでも自分たちが潜伏しているこの隠れ家がきわめて安全で申し分のない場所であることを、とはいえ、車で街を走りながら、警察の検問をかわしてここから脱出する方法をなんとしてでも見つけておくべきだったことを心の奥底で感じていた。そんなことを感じながらも、いまや完全に追い詰められている。誰も何も言わなかった。もう遅いのだ。警察はすぐそこまで迫っている。

「われわれにはお前たちの正体がわかっている。お前たちは完全に包囲されている」

「アパートの九号室にいる者は両手を挙げて出てきなさい」

ネネが部屋の明かりを消すと、ドルダは隣の部屋に飛びこみ、銃をもって出てきた。そして、トンプソン・サブマシンガンと九ミリ口径のアルコン機関銃、短身のライフルを、窓際に陣取っているネネとメレレスめがけて床の上を滑らせた。

屋外の通りから差しこまれた凍りつくような白い光が、幻のような霧となってアパートを照らした。光のサーチライトの真っ白な光線がブラインド越しに入りこみ、幾筋もの光となって部屋を満たした。光の周囲には雲のような塵が舞っている。三人の若者は光の縞模様を浴びながら窓の外をうかがい、状況を見極めようとした。

「あの尻軽女の仕業だな」

「マリートはどうなるんだ?」

「ポリ公は何人だ? どうしてここまで上がってこないんだ?」

若者たちは薄闇のなかを動きまわり、警察が陣取っている場所を確かめようとした。彼らが最初に感じたのは、まるで闇に包まれた野原を歩きながら、何かにぶつかるのではないかという予感を胸に、高電圧の電流が流れる針金の囲いに気をつけながら恐るおそる進んでいくように、途轍もない危険のなかを手探りで行動しなければならないということだった。室内で光を放っているのは、音を消したテレビだけだった。ドルダは部屋の片隅でコカインの入った小袋を開けた。そして、片手で機関銃を構えたまま、もう一方の手で時計のガラス蓋の上に広げたコカインを砕いた。夜の十時四十分だった。

「お前たちは包囲されている。警察署長からの忠告だ。おとなしく出てこい」

暗闇のなかでうずくまっていたネネは窓の外をそっとうかがった。通りには影が見える。二台のパトカーと、建物の正面を照らす数台のサーチライトも見える。

「どんな様子だ?」ドルダが訊ねる。

「これはまずいな」

ドルダは機関銃を床に置くと、座ったまま壁に寄りかかり、銀色の金属製の小箱を開ける。そして、素早い手さばきで少量のコカインを右腕の静脈に注射する。いつもの声、柔らかな女の声が遠くから聞こえてきたからだ。聞きたくない声だった。コカインが女の声を消し去ってくれることを、血管を駆け上がる真っ白なドラッグの粉末が、頭のなか、頭蓋骨のあいだで鳴り響く声をかき消してくれることを願った。体内に張りめぐらされた血管を通して、女たちの繊細な声が運ばれてくる。ドルダは四六時中それを耳にしている。そのことをネネにも打ち明ける。小声で話そうとする。警察は次なる作戦にむけて思案をめぐらせている。若者たちもまた、床の上に寝そべるような格好で思案をめぐらせる。まるでネズミのように。割れ目や裂け目のなかにもぐりこんでいる。キーキーいう甲高い声。小さな鋭い歯。そこから例の声が聞こえてくる。彼はそれに耳を傾ける。なあ、ネネ。ドルダは鼠の幻影を、死者の鼻の穴にもぐりこむ昆虫の幻影を目にする。

「俺は写真を見たんだ」

「そうか。写真を見たのか」ネネがささやくように言う。「落ち着くんだ、ガウチョ。ポリ公をビビらせてやろうぜ。頭のなかの声に気を取られるな。そこで見張っていろ」

「マリート。貴様がアパートの九号室にいることはわかっている。おとなしく出てこい。判事もここにいる」

メレレスはうずくまったまま小声で毒づく。

「くそ野郎め」

「サツのやつらはマリートがここにいると思ってやがる」

「そのほうが好都合だ」ドルダが笑みを浮かべて言う。「やつらは俺たちの頭数が実際よりも多いと思いこむはずだ」そして、床に腰を下ろしたまま、窓から銃をのぞかせる。「ちょっとお見舞いしてやろうか？」

「まあ落ち着けよ、ガウチョ」ネネが言う。

ドルダはふたたび時計のガラス蓋の上でコカインを刻んでいる。スペイン製の両刃のナイフを使って白い粉末を刻み、それを波型の薄紙に載せて持ち上げ、狂いのない手つきで鼻先に近づける。そして、鼻孔を広げて粉末を吸いこむ。注射とちがって、白い粉末のドラッグはストレートに、純度抜群の気体となって頭蓋骨に張りめぐらされた血管をかけめぐる。夜の闇のなかで聞こえるのは、コカインを貪欲に吸いこむ音ばかりだった。

警察は、予審判事ホセ・ペドロ・プルプラの前で、命を保証することを犯人たちに請け合った。しかしアパートからは何の反応も返ってこない。相変わらず暗闇と沈黙に包まれている。警察はパトカーに積み上げたサーチライトで、海上の船にむけて合図を送るように、アパートの壁や窓を照らしたが、応える者は誰もいなかった。

ウルグアイ警察の署長を務めるベントゥラ・ロドリゲス大佐は、（情報筋によると）アパートが「完全に包囲される」やいなや、建物の入口に近づき、インターホンを使ってアパートの九号室にいる若者たちに呼びかけた。そして、彼らがすでに包囲されていること、身の安全を保証するかわりにおとなしく投降するよう説得した。台所にいるメレレスが受話器を手に持ち、その横にネネが身を寄せるように立っている。開け放たれた冷蔵庫の扉から幻のような冷たい光が漏れている。そのおかげで、受話器に顔を押しつけたふたりは、互いの表情をうかがうことができた。

「ここまで上がってきたらどうなんだ？」ネネが叫ぶ。

「警察署長から犯人に告ぐ。お前たちの命は保証する」

「署長さんよ、こっちに来ていっしょにポーカーを楽しんだらどうだい？」

「ここにいる判事がお前たちの身の安全を保証し、ブエノスアイレスへ送還しないことも約束する」

「俺たちはブエノスアイレスへ行って戦いたいんだ。どうせシルバのくそ野郎はそこにいないんだろう」

「お前たちのためにこれ以上できることはない。とにかく正当な裁きと身の安全は保証する」

すると前よりもひどい悪態が返ってきた。そして、警察が現場で腹を空かせているあいだ自分たちは鶏肉をほおばってウイスキーを飲んでいること、山分けするための三百万ペソの現金を持ち合わせていることを告げる声が聞こえてきた。

「あんたらいくら稼いでるんだ？　はした金のためにむざむざ殺されることになるんだぞ」

犯人たちの言葉は、ドラッグとアルコールの影響を如実に物語っていた。悪口雑言をいやというほど聞かされた警察署長は、アパートに籠城している連中と〈話し合う〉ことは不可能であり、事件はおそらく暴力的な様相を呈することになるだろうと確信した。犯人たちがインターホンを通して、建物を包囲している人間のなかにアルゼンチン人の警官はいるのかと訊ね、悔しかったらここまで上ってきて逮捕してみろと挑発していることもそのことを裏づけていた。

「アルゼンチンの警官を連れてこい」

「アルゼンチンの警官だ」

よく知られているように、この手の犯罪者は（これは現場に設置された救護所を統括する警察所属の医師の見解である）、とりわけここでわれわれが問題にしている三人の若者たちは、こうした事態を切り抜けるための度胸を失わないために麻薬から手が離せないのが常である。事実、のちに現場検証が行なわれたとき、デキサミル・スパンスルと呼ばれるドラッグの入った小瓶が一四四個とコカインを詰めた小袋が多数見つかった。これらはいずれも、犯人たちが取るものもとりあえず逃亡した際に残していったものである。とはいえ、薬物の常習は幻覚を生み出す可能性があり、犯人たちの誰かが実際にそのような状態に陥っていたのかどうか知る由もない。

薬物の過剰摂取によって犯人たちが異常な精神状態に置かれていたことを示すいまひとつの事実は、あれほど困難な状況に追いこまれていたにもかかわらず、今日（あるいは昨日）の夜、警察署長が投降を呼びかけたとき、つぎのような答えが返ってきたことである。

「ごめんだね。俺たちはここで鶏肉を食ってウイスキーを飲んでるんだ。快適このうえなしだぜ。それに引きかえあんたらは下界でひもじい思いをしてるってわけだ」

「ここまで上がってこいよ。歓迎してやるぜ」

メレレスがネネに合図を送ると、ふたりは腰をかがめて持ち場を離れた。そして壁に寄りかかり、間近で顔を見合わせた。

「ここから出るか?」

「いや。度胸があるならここまで上がってくればいいんだ。じきにマリートが迎えに来るはずだ。危険な目に遭うことになるだろうがな。ここに着く直前に警察の連中が群がっているのを見たのかもしれない。このあたりは警察に包囲されているだろうし、それを突破することはマリートにもできないはずだ。

とにかくここで辛抱することだ。警察がほんのちょっとでも油断したら、その隙をついて逃げ出すんだ。そして屋上へ避難する」

「ポリ公たちはどこに陣取ってるんだ？」ネネが訊ねる。「やつらの姿が見えるか？」

「そこらじゅうポリ公だらけだ」ドルダがさも愉快そうに言う。「ざっと千人ってところだな。トラックに救急車、パトカーも見える。来れるもんならここまで来てみろってんだ。小鳥みたいに撃ち殺してやる」

「なんでトラックが来てるんだ？」

「死体を運び出すためだろ」メレレスがそう言うと、銃撃がはじまった。

九ミリ口径のライフルが放つ乾いた衝撃音につづいて、機関銃が鳴り響いた。

ドルダが窓のそばにかがみこみ、通りを見ながら笑みを浮かべている。

彼が身を寄せているのは、通風と採光のために設けられた建物の吹き抜けに面した無人の部屋の窓で、ちょうど隣の住居の同じような窓と向かい合っていた。警察はそこから銃弾を浴びせてきたのである。

犯人たちが反撃を試みると、断続的な撃ち合いがつづいた。銃声に驚いたモンテビデオの住民は、ラジオやテレビで事件の成り行きを見守った。

やがて犯人の叫び声が聞こえた。

「誰かひとりが玄関のドアの近くに、もうひとりが採光窓のそばに陣取るんだ」

彼らは夜を徹してこの作戦をつづけることになった。

犯人たちが潜伏しているアパートは、その位置関係からみて、致命的な罠といってもよかった。脱出口がどこにもなかったからである。しかし防御の面からみると、申し分のない要塞に等しかった。外から玄関の扉までたどり着くためには廊下を通るしかなく、玄関の扉は、勾配になった建物の角に守られていた。そこを通過することはまさに自殺行為だった。警察は廊下に向かって銃弾を浴びせつづけた（壁には何百もの弾痕が残され、表面が剥がれ落ちてレンガがむき出しになった）。犯人たちは、鉛の曳光弾によってうがたれた穴から機関銃を突き出し、壁に向かって発砲した。壁に跳ね返された弾丸が外にむかって弾き飛ばされていくのを狙ったのである。

「いつだったか、アベジャネーダで警察とやりあったとき、レトリナ・オルティスのいちばん下の弟といっしょに小屋のなかへ追いつめられたことがあった。ところが、下水溝へ通じる地下室を見つけたんだ。これくらいの大きさの穴があってな」メレレスが言う。「そこからまんまと脱出したよ」

犯人たちは互いに励まし合い、警察が陣取っている複数の地点から自分たちの姿が見られないように慎重に行動した。そして、銃撃によって破壊されることがないように、床の上にテレビを置いた。撃ち合いが小休止を迎えると、テレビ画面に映し出された屋外の様子に目をやった。〈ラジオ・カルベ〉〔ウルグアイの放送局〕が伝えるニュースにも耳を傾けた。交替でニュースを読み上げるアナウンサーたちは、興奮した声で、ブエノスアイレスからやってきた犯人たちがリベライヒ館を占拠して以来モンテビデオで繰り広げられている途轍もない事件を報じていた。近隣の住民が現場に押し寄せ、テレビカメラの前で愚にもつかないことをしゃべっていた。まるでいま起こっていることのすべてを知っていて、事件を間近で目撃したと言わんばかりの口ぶりだった。テレビ画面を見つめていたネネとドルダは、屋外で霧雨が降りはじめたことを知った。そして、自分たちがあたかも宙をさまようカプセルか、燃料切れのために海底の岩の上で動けなくなった潜水艦（これはドルダの言葉である）のなかに閉じこめられたような状況に置かれていることを悟らされた。激しい銃撃は魚雷のような衝撃を犯人たちに与えることはできたが、その命を奪うことはできなかった。

警察はアパートの玄関扉にむけて発砲を繰り返すだけだった。脱出の試みを徹底的に封じこめようとしていることが見てとれた。さらに、建物の吹き抜けに面した台所の採光窓をねらって、斜めの方角から執拗な攻撃を加えた。犯人たちが台所に立ち入る気配を察するや、警察はすぐさま鋼鉄製の弾丸を採光窓めがけて撃ちこんだ。

「やつらがここから入ってくる心配はない。階段からゆうに六メートル以上はあるからな」

「ここで持ちこたえていれば、敵が正面から襲いかかってくることはないさ」

「あのはすっぱ娘の仕業だな」ドルダが言う。

「いや、ちがうだろう」

「あの女はまるで俺たちに付きまとう疫病神だな」

「お前は窓のそばに控えていろ」

「コカインはどれくらい残ってるんだ？」

「マリート、降参するんだ。お前はすでに包囲されている」

「あいつらは〈いかれ男《エル・ラジャード》〉がここにひそんでいると思ってやがる」

ちょうどそのとき、窓の外から銃弾の嵐が襲いかかり、窓ガラスが粉々に砕けた。催涙弾も二発投げこまれた。

「浴槽に水を溜めるんだ」

彼らは濡れたハンカチで顔を覆うと、煙を吐き出している二発の催涙弾を水に浸したタオルで持ち上げ、窓から階段、そして建物のホールめがけて投げつけた。警察もジャーナリストも（そしてやじ馬たちも）不意に催涙ガスを浴びて後退した。警察は、催涙ガスによる攻撃を再開する前に、しばらく様子を見てから作戦の変更を決めた。浴室の窓に狙いを定めることができるように、隣の建物の屋上に移動しようというのである。

警察はふたたびサーチライトの電源を入れ、犯人たちが立てこもっている部屋に白い光線を浴びせた。メレレスが玄関扉から発砲し、ドルダが窓のそばに控えた。ネネは扉を開けて廊下の様子をうかがう。

「何か見えるか？」

ネネはテラスに面した窓に近づく。

「屋上から俺たちを追いつめるつもりらしいな」そう言うとネネは後ずさりしながら戻ってくる。「屋上から屋根を見張るつもりだな」

「上から襲いかかろうって寸法だ」

「そうはさせないさ。派手にお見舞いしてやろうぜ」ドルダが笑みを浮かべる。

三人の若者たちは、それぞれ持ち場についたまま、床の上に腰を下ろして無言のまま壁にもたれている。薬のせいでラリってはいたが、いたって落ち着いていた。彼らの手もとには、覚醒剤《アンフエタミン》をはじめ、あらゆるドラッグが用意されていた。ポリ公たちは犯罪者よりも恐るべき人間だ。給料をもらうためなら（ドルダは言う）、ほんのはした金の給料や退職金をもらうためなら、やつらは何だってする。家にいる女房は、ばか亭主の稼ぎが少なすぎる、雨が降っても一晩じゅう外にいて家にろくすっぽ帰ってこないと言っては愚痴をこぼしている。サツになりたがる人間の気が知れない。きっと頭のいかれた連中か、どうやって生きていけばいいのかわからない連中、それとも意気地なし《アシラニメ》か（ドルダがこの言葉を覚えたのは監獄のなかで暮らしていたときだった。腑抜けを連想させるこの言葉を彼は気に入っていた）、どうせそんなところだろう。彼らは、生活の保障を手にするために警察官になり、結局は命を落とすことになるのである。アパートに籠城している犯人たちを捕まえようと、警官たちは平常心で現場にむかった。命が危険にさらされるような状況など考えられなかったからである。もっとも、略奪された現金が犯人たちの手もとにあることを警察の誰か（たとえば捜査官のシルバ）がすでに知っていて、誰よりも早くアパートに踏みこんで大金をポケットにねじこみ、金目のものは何も見つかりませんでしたと言ってしらを切ることができるかもしれないなどと考えていたとしたら話は別だが。

いずれにせよ状況は困難を予想させた。事態は切迫していた。ネネは、自分たちの手もとには相変わらず五十万ドルもの大金があること、もし逃亡の手助けをしてくれたら、その金を渡す用意があることを警察に知らせる役目を引き受けた。インターホン越しに警察署長にむかってその旨を伝えると、たちまちテレビ中継がそのニュースをとりあげた。ある記者に言わせると、それは犯人たちが複雑な救出作戦にかかわる人たちの命をことごとく危険にさらすのもいとわない人間であることを示す何よりの証左だった。〈救出作戦って、いったい誰を救出するつもりなんだ？〉ドルダによると、ネネはそう考えた。〈連中はばかなことを平気で口に出すのさ〉

「俺たちをここから引きずり出そうなんて、そんなことできっこないさ。連中はいずれ俺たちと交渉しなければならなくなる」

「俺たちをここから引きずり出すためには、階段を上って廊下を横切らなければならない。こっちにとっちゃ鳥を撃ち落とすようなもんだ」

ネネは台所に行くとインターホンの呼び出し音を鳴らし、受話器にむかってわめきはじめた。誰かが階下のインターホンに耳を澄ませている様子が伝わってきた。

「シルバのブタ野郎がそこにいるんなら、おじけづかないでここまで上ってこいよ。俺たちと話し合ったらどうなんだ。こっちにも提案がある。応じなければ今晩大勢の人間が死ぬことになるぞ。ウルグアイのやつらにはいっさい関係のないことだ。黙って引っこんでろ。俺たちはペロン派の人間だ。ペロン将軍の帰還のために闘っている亡命者だ。俺たちは多くのことを知ってるんだ。聞いているのか、シルバ」沈黙が訪れた。階下からは、通話のノイズとくぐもった雨音がインターホンを通して聞こえてきたが、応対していた警官はひと言も答えなかった。

するとシルバが歩み寄り、インターホンの操作盤にもたれかかった。こんなごろつき連中と話をするつもりはなく、全員を隠れ家から引きずり出すことだけを考えていた。そうすれば連中はいやでも口を割ることになるだろう。

「タクシーを用意するんだ。そして俺たちを国境地帯のチュイまで行かせろ。そうすりゃ金をくれてやるし、誰にも何も言わないつもりだ。旦那、それでどうだい?」ネネが言う。

ふたたび沈黙が訪れた。〈ガウチョ〉がまるで犬でも呼ぶように口笛を吹いているのが聞こえる。やがてウルグアイ警察の刑事がインターホンに近づき、シルバに視線を送った。シルバは黙ってうなずいた。

「ウルグアイ警察は犯罪者と取り引きするつもりはない。おとなしく出てくれば命は助けてやる。さもないと、さらに強力な手段に訴えることになるぞ」

「糞くらえ」

「お前たちの権利はここにいる判事が保証する」

「よくもぬけぬけとそんなでたらめが言えるな。どうせ俺たちを捕まえてさんざんな目に遭わせるつもりだろう」

ラジオの記者たちはインターホンにマイクを近づけ、犯人たちの声を拾った。

最初の銃声が鳴り響いたときから、大勢のやじ馬が現場周辺を取り囲んだ。モンテビデオを拠点とする〈モンテカルロ・チャンネル〉のテレビカメラが現場の様子を生中継した。周囲の建物の屋上に設置された複数のテレビカメラが事件の模様を逐一伝えたのである。のみならず、（報道が指摘したように）犯人たちもまたアパートの床に置かれたテレビを通じて、自分たちがほかならぬ当事者としてかかわっている事件を間近に見守った。近隣の建物には、流れ弾から身を守るためにマットレスの陰や家具の下に身を隠しながら、目と鼻の先で起きている銃撃戦の様子をうかがっている者が何人もいた。一方のラジオは、放送局が借り上げたアパートの部屋から籠城戦の模様を伝えており、記者たちはマイクをオンにしたまま現場周辺を駆けまわっていた。モンテビデオの住民は、何時間にもわたって国じゅうを騒がせている途方もない出来事を追いつづけたのである。

夜の十一時五十分、三人の警官が建物に潜入してアパートの扉を突き破る役を買って出た。警察の作戦本部は、短時間の検討作業をへて彼らの提案を受け入れ、さっそく行動を命じた。警部のワルテル・ロペス・パッキアロッティ、捜査本部所属のワシントン・サンタナ・カブリス・デ・レオン、第二十管区所属のドミンゴ・ガンドゥグリアの三名は、身をかがめながら建物のなかへ入ると、そのまま通路を進んだ。そして、ホールに足を踏み入れると、その突き当たりに九号室の玄関扉に通じる階段が右にむかって伸びているのを確かめた。ガリンデスという名の警官が、いわば補充兵としてしんがりを務めることを申し出た。こうして四人の男たちは、古典的な作戦ともいうべき正面攻撃を試みるべく、菱形の隊形を組んで階段に忍びこんだ。

ウージー〔イスラエル製の短機関銃〕の引き金に指をかけたまま先頭を進むガンドゥグリアの左後方にはサンタナ・カブリスが、右後方にはロペス・パッキアロッティが控え、さらにその後方、菱形の頂点にあたる位置をガリンデスが占めた。照明が消された階段は、包囲されたアパートの部屋から漏れる明かりをめざして上昇してゆく薄暗いトンネルのようだった。墓場のような静寂のなかを四人の男たちが体をこわばらせ、前のめりになって進んでゆく。そのとき不意に、しんがりを務めていたガリンデスが階段につまづき、先頭のガンドゥグリアの背中に倒れかかった。するとガンドゥグリアもバランスを崩して前方へ倒れた。ところがそのおかげで九死に一生を得た。というのも、右手の窓からドルダが機関銃を乱射してきたからである。足もとから上方にむけて移動してゆく銃弾の嵐はカブリスの胸と頭を撃ち抜き、ほかの三人にも傷を負わせた。

「ちくしょう、やりやがったな」カブリスが口走る。窓の向こうでドルダが高笑いしていた。

「間抜け野郎め」ドルダが叫ぶ。「ざまあみやがれ。なんだったらここまで上がって来たらどうだ。腰抜けのウルグアイ野郎どもめ」
あおむけに倒れ、体の三カ所に大きな傷を負ったカブリスは、目を見開いて苦しそうにあえぎながら、しわがれた声でうめいている。おびただしい血の海に囲まれた三十二歳の彼は、やがて父《てて》なし子となるふたりの幼い子どもの父親だった。カブリスの横では、負傷した別の警官が階段を這って下りている。さらにもうひとりの警官は、胸から滴り落ちる血を見つめながら、最悪の予感が現実のものとなってしまったことがいまだに信じられないといった表情を浮かべていた。腹部を銃撃されたガンドゥグリアは、傷口から目をそらしていた。痛みはまったく感じなかったが、まるで腹部を押さえる自分の手が氷でできているかのような寒気をおぼえた。

　警察のトラックのヘッドライトや、犯人たちが窓から逃げることを防ぐために設置されたサーチライトの光が輝くなか、ふたりの若い警官の死体と、腹を負傷した警官が歩道に横たわっていた。警官の死体は、あの世へ旅立ったふたりの若者というよりも、（『エル・ムンド』紙の記者によると）コンクリートミキサーによって痛めつけられ、骨や内臓、あるいは、それらにへばりついた組織の断片と化してしまったかのようだった。かつてそこに生命が宿っていたことが信じられなくなるような無残な姿だった。銃撃された人間の死にざまというものは、戦争映画に描かれているような――そこでは、銃弾を浴びた人間は優雅に旋回しながら、五体満足のまま、まるで蝋人形のように倒れていく――美しいものでは断じてないのだ。彼らは、銃弾によってズタズタにされ、屠殺場で解体される動物の死骸のように、あちこちに肉片を散らして死んでゆく。

　悪に対する正義の戦いのなかで命を落とした男たちの苦痛にゆがんだ死に顔を、生中継で、しかも何の検閲もなしに映し出すことのできる史上初のチャンスに恵まれたテレビカメラは、横たわる警官の体を、パンしながら舐めるように映していった。カメラがとらえた映像は、人間が死ぬまでには長い時間がかかるものであり、死というものが、飛び散る肉片や粉砕された骨、歩道を赤く染める血、瀕死の人間の口から漏れるぞっとするようなうめき声など、われわれが想像するよりもはるかに汚穢に満ちたものであることをまざまざと見せつけるものだった。

とはいえ、ここで命を落とした警官は（レンシはメモ帳に書きつける）、状況を理解したり驚きを感じたりする暇もなく、一瞬のうちに事切れたのだ。彼が感じたのは、死にいたる前の恐怖、すなわち、犯人たちが立てこもるアパートの部屋めざして階段を上っていくときに感じた恐怖だけだったのだ。

「連中は狂犬病にかかった犬みたいなもんさ」警官のひとりがそう語った。「子どものころの話だけど、両親の寝室にロボという名前のジャーマンシェパードが閉じこめられたことがあったんだ。狂犬病にかかったロボは、気が狂ったように壁をよじ登ろうとして暴れた。だから、ドアの採光窓から猟銃を差しこんで、見境なく飛び跳ねているロボを上から撃ち殺すしかなかった」

「負傷者を早く病院へ運ばねばならん」現場の様子を傍から眺めていたシルバが言う。「負傷した人間は、泣いたりうめいたりして仲間の士気を削《そ》ぐもんだ。めそめそするな、このおかま野郎！」

しかし片脚を破壊された若い警官は、叫び声をあげながら母親の名を呼びつづけた。一方、シルバが驚いたことに、腹を撃たれた若者は、苦しみに耐えながら弱々しい声でうめくばかりだった。そして、うわ言のように口走っていた。

「通路に踏みこむと、やつらが躍りかかってきて銃を撃ちはじめたんだ。ドラッグをやって裸になった連中が、まるで亡霊のように現れた。全部で五人か六人だった。やつらをアパートから引きずり出すのは恐ろしく難しいだろう」

ところで、片脚を負傷した若い警官は、まさに茫然自失といった体《てい》だった。いったいどうしてこの男が片脚を負傷して通路に横たわることになったのか。彼はその日の夜、友人の警官に頼まれて、代わりに当直を引き受けたのだった。その友人というのは、サッカーの遠征試合に出かけて家を留守にしていたペニャロルの選手の妻と懇《ねんご》ろになっていた。その日がちょうど、その尻軽な人妻といっしょに過ごせる唯一の夜だというので、お人よしの彼が代わりに当直を引き受けることになり、片脚を銃撃されて地面に横たわる羽目になったのだ。彼にとってはいわば魔が差したようなものだった。というのも、ここ二年ほどはすべてが順調で、長いあいだ思いを寄せてきた女性と結婚することもできたからだ。自分は一介の警官にすぎないが結婚してくれないかと何度も頼みこみ、警察を毛嫌いしていた彼女を説得し、ついに承諾の返事を得ることができたのだった。相手の女性は、彼がごく普通の若者であることを見てとった。結婚したふたりは、警察の組合から融資を受けてポシートにある小さな一軒家を手に入れた。ところがいま、そんな生活もすべて台無しになるかもしれなかった。彼は、銃創が悪化して壊疽《えそ》にかかり、片脚を切断して松葉杖が手放せなくなり、右足のズボンの裾を膝のところで折り曲げてヘアピンで留めている自分の姿を想像した。そして、冷たい汗がにじみ出てくるのを感じて身震いすると、両目を閉じた。

アパートのなかでは、メレレスが床に座って壁にもたれている。濡らしたハンカチを顔にゆわえつけて鼻と口を覆っている。密閉された室内に依然として漂っている催涙ガスをまともに吸いこまないようにするためだ。壁を隔てた反対側の部屋では、同じく床に腰を下ろしたネネが浴室の壁にもたれかかっている。傍らには、絶えまない乱射のために熱くなったマシンガンが置かれている。手のひらがやけどしそうになるくらい熱を帯びることがあるのだ。その感覚と、胃袋に拳を突っこまれたような感覚をべつにすれば、いまのネネは何も感じていなかった。それに、リオ・ネグロの黒髪の少女、あの魅惑的な腹黒女のことを考えるたびに襲われる驚きをべつにすれば。やはり彼女の仕業なのだろうか？

「俺は跡をつけられていたのか？」

「そんなに熱くなるなよ。どっちにしたってほかに行き場はなかったんだ。タイル一枚分ほどの広さしかないこのちっぽけな国じゃあ、身を隠す場所なんかどこを探したって見つからないさ。俺はマリートに言ったんだ。ブエノスアイレスにとどまるべきだ、あそこにいれば取るべき手段はいくらでもあるってな。でもここにいたんじゃお手上げさ」

「マリートはもうラプラタ川を渡ったはずだ。やつは運に恵まれているし、とにかく冷静な男だ。隣家のラジオがうるさいからって、お尋ね者の身で警察署に出向いて苦情を申し立てたくらいだからな」そう言ってメレレスは笑った。「まったく正気じゃないよ。たいした玉さ。きっとうまく潜りこんで俺たちを救い出してくれるさ」

「それとも、俺たちといっしょに死ぬかだな」

「そうさ」

「やつがここに来るとしたら、うまく逃げ出せる見込みがあるからだ」

「たいまつの服を着てな」そう言うと、ドルダはウイスキーの瓶に口をつける。

みんながいっせいに笑う。彼らが考えることはせいぜい十秒先までのことだ。誰もが最初に手にする教訓である。いま起こっていることをあれこれ考えるのは禁物だ。とにかく前に進み、恐怖のあまり身動きがとれなくなってしまう事態を避けること。一歩ずつ前進し、直後に起こることだけを考えること。そして、一度にひとつのことだけを考えること。これが原則だ。たとえば、台所に行って水を探す。アパートのなかを移動するときは、敵の標的にならないように気をつける。それがすんだら、あの窓のところまで這っていく。彼らはそのようにして、見えない壁に沿うように室内を移動する。警察は、アパートの複数の地点を射程に収めるべく狙撃班を配している。若者たちは身を守るすべを考えねばならなかった。そして、アパートのなかの多くの地点がすでに警察の射程内に収められていることに気づかされた。〈カラス《クエルボ》〉ことメレレスと〈坊や《ネネ》〉ことブリニョーネのふたりは、床の上に鉛筆で見取り図を描く。銃弾の軌道を描きこみ、通ってはならない場所や、夢遊病者のように横向きに移動しなければならない場所を特定していく。警察の標的にならないように気をつけながら、目に見えない通路に沿って歩くように、空白の壁にもたれるように、滑るような足取りで移動しなければならない。

「いいか?」メレレスが言う。「ここが出口で、ここが階段だ」

「援護射撃を頼む」

ドルダは玄関扉の近くに立ち、下方にむけて銃を乱射する。その間、ネネとメレレスは身をかがめながら素早く通路に出る。そして、屋上に通じる階段を上って脱出を試みる。

「だめだ。上はポリ公だらけだ」

7

この記事を書いている現在までにすでに四時間が経過した長期戦の火ぶたが切られたのは、昨夜十時ごろだった。深夜になるころには、およそ三百名もの警官を投入した大がかりな陣容が整えられていた。近隣の建物や屋上にも警官が配備された。午前零時を過ぎると、犯人たちはアパートの部屋の玄関から通路に出て、逃げ道を確保すべく通りや付近のテラスにむけて発砲をはじめた。激しい銃撃戦がしばらくつづくと、比較的静かな小休止が訪れ、銃声も間遠になった。

それよりも少し前、警察は同じ建物のアパートの住人を避難させることに成功した。脱出がかなわなかった住人には、警察が電話を入れ、窓からできるだけ離れた部屋の床に伏せておくよう指示した。警察は、犯行グループが近隣の部屋に入りこんで、そこの住人を人質にとる事態を恐れていた。

薄闇のなかを、同じアパートの住人が寝間着姿のまま、所持品を手に、恐怖を顔に浮かべて出てくるのが見えた。マスコミに取材された住人のなかには、奇妙きわまりないことを口にする者がいた。

「最初は火事だと思ったよ」青いパジャマの上に黒いコートを引っかけたマガリニョス氏が語った。「それから飛行機が建物の上に墜落したのかと……」

「五階に住むいかれた女が」アクーニャという名の住人が言う。「またぞろ自殺騒動を引き起こしたのかと思ったよ」

「黒人の男が二階の部屋に押し入って、なかにいるふたりを人質にとったのよ」

「守衛の子どもたちが殺されたんだ。まったく気の毒な話さ。廊下に倒れているところをこの目で見たんだ」

『エル・ムンド』紙の若手記者が現場で長時間にわたって情報収集に努めているあいだ、さまざまな説や目撃談が繰り返し語られた。包囲されたアパートからマリートがまんまと抜け出し、仲間たちを引き連れて戻ってくるはずだとか、犯行グループのひとりが負傷しているとか、そんなことがささやかれていた。そうこうするあいだにも、犯人たちが立てこもるアパートの半開きの窓や正面の壁に向けられたサーチライトの白い光が夜の闇を貫き、銃声が断続的に鳴り響いた。

三人(あるいは四人)の襲撃犯は、建物を包囲する武装警官が何十もの拳銃やマシンガンを構え、脱出口として使えそうなありとあらゆる場所や隙間に狙いを定めているにもかかわらず、そして、弾丸が空気を切り裂く音を何時間も耳にしていたにもかかわらず、なにがなんでも投降を拒み、絶望的な抗戦をつづけるつもりだった。彼らを狙ってさまざまな方角から銃弾が飛んできた。周辺の建物の屋上からも部屋の窓ガラスにむけて銃弾が浴びせられ、建物の一階からも別の窓ガラスにむかって攻撃が加えられた。すぐ隣の住居からも九号室の玄関扉にむけて銃弾が撃ちこまれた。

文字どおりの死闘になりそうな雲行きだった。犯人たちが籠城しているアパートは完全に包囲され、警察は、必要とあらば兵糧攻めに打って出ることもできるだろう。もっとも、近所の住民に配慮して水道や電気を止めることはしなかった。銃撃戦は断続的につづき、なかなか降りやまない霧雨を避けて近隣の建物の入口に佇んでいるやじ馬たちがテレビの取材に応じていた。

「命知らずなやつらだよ。警察に捕まるつもりはないらしいね」

「犯人たちの気持ちがわかるような気がするな。一度捕まったことがある人間なら、もう二度と塀のなかには戻りたくないと思うのが当然だからな」

「やつらの手もとには強奪した現金があるんだから、取引を持ちかけるつもりなんだろう」

さまざまな憶測や疑問が乱れ飛ぶ一方で、相変わらず警察による包囲作戦がつづいている。現場周辺の区画《ブロック》が警察に包囲され、誰ひとりそこへ立ち入ることもそこから出ていくこともできない。規制線が一帯を島のように孤立させている。誰もが最近のベトナム戦争を思い起こした。もっとも今度の事件は、都会のアパートを舞台にした戦闘であり、包囲された若者らは、徹底抗戦の覚悟を決め、実戦に用いられる武器を携えた元戦闘員ともいうべき戦いぶりを見せていた。

警察の推計によると、犯人たちは、金曜日の夜十時から土曜日の午前二時にかけて、本格的な武装を誇示するかのように、五百発を超える弾丸を発射していた。超高速の弾丸をはじき出すサブマシンガンPAMが数分ごとに乱射音を轟かせ、その前後には四十五口径の銃や、戦場で威力を発揮する自動拳銃ルガーと思われる銃の発する発砲音が鳴り響いた。

あるときなど、犯人のひとりが、俺たちの威力を見せてやると叫びながら、十二発の弾丸を連射するマシンガンで威嚇射撃を行なった。耳をつんざく大音響は、大型の弾丸が発射されたことを物語っていた。

犯人たちが見せつける強力な武器を前に、ブエノスアイレス州の北部地区を管轄する警察の捜査官を務めるシルバは、彼らがアルコン〔アルゼンチン製の短機関銃〕を使っていることはまちがいなく、アルゼンチンの軍隊から盗み出したものだろうと口にした。ここで思い起こすべきは、犯行グループのなかに、（推測によると）アルゼンチン軍の元下士官が含まれているという事実である。そのことを考慮に入れることによって初めて、警察を容易に寄せつけない強力な武器を犯人たちが大量に所持している謎が解けるのである。

命知らずの若者たちがこれほど大量の武器を所持していることはまさに驚くべき事実であり、彼らがどのようにしてそれらをウルグアイに持ちこんだのか、そして、銃器のほかに何千発もの弾丸を携えながら、いったいどのようにしてモンテビデオのあちこちを動きまわることができたのか、警察は首をひねるばかりだった。

一歩もあとへ引こうとしない犯人たちの決然たる意志という点で注目に値するのは、建物の吹き抜けに面した八号室の窓から九号室にむけて催涙弾が撃ちこまれ、ガスが室内に立ちこめたにもかかわらず、彼らが予想に反して屋外へ飛び出さなかったという事実である。したがって彼らは防毒マスクを所持しており、失敗するはずのない催涙ガスによる攻撃を最後まで耐え忍ぶことができたのもまさにそのためだと考えるしかなかった。そうでないと、彼らアルゼンチンの若者たちは並外れた勇気の持ち主であり、だからこそあのガス地獄をものともせず、命は助けてやるからおとなしく出てこいという警察の命令にも逆らうことができたのだ、ということになってしまう。

要するに犯人たちは、何かを待ち望んでいるのではなく、もっぱら警察に抵抗することだけを考えているのだ。

「ここまで上ってきて俺たちと勝負したらどうなんだ」

勇敢さというものは――『エル・ムンド』紙の若手記者は、警察に包囲された建物の入口の正面に位置する別の建物の角に身を隠すようにして、現場の夜の光景をカメラに収めようとフラッシュのねじを締めながら考える――死を覚悟する気持ちに正比例するものだ。警察はいついかなるときも、ピストルを手にした犯人たちは自分たちと同じような人間にちがいないという思いこみにしたがって行動するものである。つまり、権威を象徴する制服と、拳銃はもちろん拳銃を用いる権限を与えられた彼ら警察官のようなごく普通の人間と同じように、犯人たちもまた、大胆さと用心深さの不安定なバランスのうえに身を置いているのだと決めてかかるのだ。ところが実際は、両者のあいだには深い溝が横たわっている。それはいわば、敵を打ち負かすために戦う人間と、敵に打ち負かされないために戦う人間とのあいだに横たわる溝である。

『エル・ムンド』紙の記者は、写真を数枚撮ると街角にむかって遠ざかり、街灯に照らされたベンチに寄りかかってメモ帳に素早く走り書きをした。

アパートに立てこもった犯人たちがいったいどのようにして部屋に充満した催涙ガスに耐えることができたのか、まったくもって謎だった。突撃作戦の拠点とされていた北側の角に待機していた警察官たちですら、風に乗って運ばれてくる催涙ガスに耐えられなかったほどである。専門家のなかには、犯人たちが防毒マスク（あるいは手製のマスク）を所持していると考える者もおり、さらに、顔の一部を覆い隠す特殊なゴーグルと酸素チューブの付いたマスクをかぶったドルダが、永遠と思われる一瞬のあいだ、怪物じみた昆虫のような顔を窓の外に突き出して銃を乱射し、海の底から聞こえてくるようなくぐもった声でつぎのように叫ぶのを目撃したと証言する者も現れた。

「ここまで来て俺たちと勝負したらどうなんだ、間抜け野郎め。なにをもたもたしてるんだ」

『エル・ムンド』紙の若い記者もやはり、ほんの偶然といってもいいだろうが、スナップ写真でも見るように、複雑な形状のガスマスクをつけた犯人の姿を目撃した。

実際のところ、犯人たちは酸素不足のために、高山病のような、酔いが回ったような状態に陥っており、脳の血流が滞っているせいで、その自暴自棄なふるまいもそれだけ助長されているようにみえた。ついさっきも、〈金髪ガウチョ〉ことドルダが上半身裸の姿で窓から身を乗り出し、街灯やサーチライト、警察車両のヘッドライトをことごとく粉砕せんとばかりに銃を乱射したばかりである。そして、とにかく新鮮な空気を多少なりとも肺に送りこむのが先決とばかりに窓から上体を突き出した。

ガスは天井にむかって上昇していく性質をもっているため、床を這うように移動すれば呼吸もそれほど困難ではない。ネネは、催涙ガスができるだけ早く上昇していくように、ガラステーブルの上にベッドのマットレスを積み重ねて火をつけ、部屋の空気を暖めようとした。炎が燃え上がる様子はまるで地獄のような光景を思わせ、立ち昇る煙が天井と壁を黒い煤で覆った。床の上にあおむけに寝そべった犯人たちは、一メートルほどの高さのところを雲のようにたなびいてゆく煙を眺めながら、落ち着いて呼吸することができた。そうやって一晩中、次第に間遠になっていく催涙ガスによる攻撃を無事に耐え抜いたのである。催涙ガスが期待したような効果を発揮しないことを思い知らされた警察は、この作戦を徐々に手控えるようになった。

現場を取り囲む誰もが、ガス攻撃によって犯人たちの闘争心が衰えるどころか、むしろそれまでよりも奮い立たされていることを感じとっていた。相手を挑発する犯人たちの叫び声がマシンガンの乱射音の合間にはっきりと聞こえた。ガス攻撃に詳しい捜査員たちは、犯人たちがアパートの室内に流れこむ外気に助けられて持久戦を持ちこたえることができているのだと考えた。つまり、ふたつの中庭に面した窓を通って新鮮な空気が流れこむため、室内に滞留した催涙ガスが外に押し出され、現場を取り囲む警察官ややじ馬たちのほうへ流れていくことになったのだ。

一時は手榴弾による攻撃も検討されたが、近隣の部屋に閉じこめられている住民の安全が脅かされる危険があった。というのも、犯行グループによる銃撃の射程内に収まる多くの部屋の住人たちは避難もままならず、助けを求めるその悲痛な叫び声が夜を徹してあちこちの窓から聞こえたからである。鳴り響く銃声を耳にしながら子どもたちといっしょに部屋に閉じこめられ、床にへばりつくように身を伏せながら警察による救出作戦を待ちわびていた彼らは、犯人たちと同じ危険に身をさらしているといってもよかった。

「ある意味において」——シルバは、凍りついたような肌の上の傷跡がいつもより白く浮かび上がった顔に疲労の色をにじませながら言った。「犯人たちは、同じ建物の住人を丸ごと人質にとっているようなものだ。したがってわれわれの行動もおのずから制限されることになる。罪のない人たちの命を危険にさらすことがないように、とるべき行動について慎重に検討する必要がある。このたびの掃討作戦を遂行するにあたって、四人の犯罪者たちを逮捕するのに予想以上の時間がかかっているのはそのためである」シルバはそのように説明した。

夜が更けると、犯人たちはふたたび玄関の外の通路に出て、脱出のチャンスを見つけ出そうと通りや付近の建物の屋上にむけて発砲した。激しい銃撃がひとしきりつづいたかと思うと、比較的静かな小休止が訪れる。

「まさかこんなところに犬みたいに閉じこめられるなんて思ってもみなかったぜ」

いまのは誰の声だ？　ヘッドホンを装着し、盗聴器が拾う室内の物音に耳をすませる。ところが、ヘッドホンから聞こえてくる音声は、建物のあちこちを乱れ飛ぶ電波にさえぎられたり、不意に途切れたりする。無数に入り乱れる狂ったような、苦しそうなうめき声や罵詈雑言に耳を傾ける無線技士のロケ・ペレスは、想像力をかきたてられ、混沌のなかに迷いこんでゆく。それらの声はいわば、地獄の業火のなかでもがき苦しむ魂の叫び、ダンテが描き出した同心円状の地獄に迷いこんだ魂の叫びだった。すべての希望を失い、地獄に堕ちた死者たちが、おのれの声をあの世から送ってくるのであり、耳障りな雑音となって電波のなかを運ばれてくるのだった。ロケ・ペレスは、無線に意識を集中することができるときは、短く乾いた物音や発砲音、叫び声、意味をなさない言葉などを聞きとった。近隣の住居の寝室に閉じこめられた犬がさかんに吠えたてていた。鼓膜から二センチのところに、雑多な音が入り乱れる密林が広がっていた。そのなかから、まるで狂気の糸のように、どこかの部屋のラジオで鳴り響くクラリネットのかすかな音色――それはバレエのオーケストラから聞こえてくるものだった――、比類のない甲高い音色が聞こえてきた。それに合わせて、か細いささやきのような声、夜の大音響のなかに吸いこまれてゆく言葉を思わせる声が聞こえてきた。

無線技士のロケ・ペレスは、ヘッドホン越しに聞こえてくる犯人たちの声に耳をすませながら、鮮明な音を拾おうと、音の高さを調節したりノイズを取り除くためのつまみを指先で操作したりしている。階段の近くの小さな防音室に閉じこもり、ノイズを除去する作業に没頭している彼は、包囲されたアパートから送られてくるばらばらの声を拾い、それらを録音するのに手間どっている。ふたつの盗聴器が仕掛けられていたが、そのうちのひとつは銃撃戦の最中に被弾して壊れてしまったのか、クラリネットの音色が聞こえてくるばかりである。まるで、都会のどこかに埋めこまれたラジオに取りつけられているのかと思われるほどだった。ロケ・ペレスは、一つひとつの声が誰のものなのか、全部で何人いるのかを特定しようと努めている。シルバが彼に語ったところによると、警察が期待しているのは、犯行グループの誰かが弱気になって迷いを感じるようになり、ついに投降する気になることだった。グループのなかで行き違いが生じ、メンバーのなかの誰かが刑の減免と引き換えに仲間たちを裏切り、投降に応じる、そんな筋書きを思い描いているようだった。ペレスが〈ナンバーワン〉と呼ぶ犯人は、絶えず独り言をつぶやいており、まるで盗聴器にむかってしゃべっているかのようだった。おそらくその男は暖房装置のそばに控えていて、その近くに盗聴器が仕掛けられているのだろう。それが誰なのか特定できないロケ・ペレスは、とりあえず〈ナンバーワン〉と呼ぶことにしたのだ（実際はドルダだった）。

「俺は」〈ナンバーワン〉がしゃべっている。「仮釈放されてカニュエラスに住んでいたここ何年かは、といっても家を出て資材置き場に住んでいたんだが、ヒワを捕まえては鳥小屋に入れて、毎朝一羽ずつ逃がしていたんだ。俺はよくこんなふうに考えた。鳥たちは、朝が来るたびに仲間が一羽ずつ解放されることに気づいているんだろうか、ピンのように小さなあの目のなかには、過去の記憶をしまっておく場所があるんだろうかってね。ヒワがさえずる。夜が来る。次の日の朝になると人間の手がにゅっと入ってきて、ヒワをつかんで外へ逃がす。するともう一羽が、たとえば逃がしてもらったヒワの弟が、鳥小屋のなかで何が起こっているのかを理解して急に元気になる。そして、こうつぶやく。一日中さえずってやろう、夜になったら眠ろう、朝の光が差しこんだら、人間の手が伸びてきてぼくを外に出してくれる、ぼくはついに大空へ飛び立つんだってね」ここで長い休止が、あるいは混信が生じる。「俺たちのように閉じこめられている人間ってのは、みんなそんなふうに考えるものなんだ。朝の光とともに何かいいことが起きるにちがいないってね」

「いつもそうとはかぎらないぜ」

「いつもそうとはかぎらない。そのとおりだ。あれをやるか？　ここにあるぞ。ついてるだろ？　たまたま買えたんだ。港でな。俺たちを乗せてきた密輸業者から買ったんだ。一キロ半も持ってやがった。最高級のブツだぜ。足りないよりは余っているほうがいいと思ったんだ」

　犯人たちは、ヒワの話を始め、とりとめのないことをしゃべっている。ドラッグのせいでハイになっている。でもいまはそんなことはどうでもよかった。ロケ・ペレスにとって重要なのは、聞こえてくる言葉の意味を考えることではなく、音をとらえること、一つひとつの声の調子や特徴、呼吸音をとらえ、声の持ち主を特定することだった。

「ガウチョ、夜明けになればきっとマリートが迎えに来てくれるぞ」

　すると〈ナンバーツー〉は〈カラス《クエルボ》〉ことメレレスじゃないわけだ、そう言いながらロケ・ペレスはメモをとる。メレレスは〈ナンバースリー〉か〈ナンバーワン〉ということになる。そしていましゃべったやつが〈ナンバーツー〉だ（それはネネ・ブリニョーネで、彼が〈ナンバーツー〉だった）。

「いまは亡き親父の墓に大理石の碑が立ってるんだ。それを手に入れるためにヒワを売り払わなきゃならなかった。それまで親父は何もない地面の下に埋まってたんだ。有刺鉄線に囲まれた狭い敷地にね。あるときお袋が碑を運んできた。駅の土手を下ったところに俺たちの小さな土地があってね、そこがちょうど墓地の端っこなんだ。カニュエラスの墓地で、そりゃ寂しいところだったな。墓が足りなくなるとそうやって端っこに追いやられるんだ。新しく越してきたやつらの小屋が死人に囲まれるようにして建っていたよ」

ラリってるな、ロケ・ペレスは考える。きっとヤク漬けになってるんだ。筋金入りの常習者だ。コカインはもちろん、手あたり次第に薬に手を伸ばしてるにちがいない。そうすりゃ誰だってこんな状況にも耐えられるってわけだ、ロケ・ペレスは言う、ウイスキーとかアンフェタミンですっかりハイになってるもんだから、大胆になれるんだ。ロケ・ペレスはかつて医学を専攻していた。ところが、無線通信が好きだった彼は警察官になった。そして盗聴の専門家となり、いまやこの狭い防音室に閉じこもって、電話でのやりとりや埒もない会話に耳を傾け、違法賭博の胴元や警察の内通者、取引に応じようとしない政治家たちの居場所を突きとめる仕事をしている。取るに足らない事案ばかりだ。ところが今度の事件をまかされた金曜日の夜からというもの、彼は大きなチャンスを手にしている。なにせモンテビデオの警察に包囲されたアパートの九号室の様子を探るという大仕事をまかされたのだ。話し声やうめき声、乾いた音、助けを求める声、散発的な叫び声、そんなものが聞こえてくる。いま話しているのは〈ナンバーッー〉だ。

「埋葬は火曜日だ。死んでから三日後に埋められるんだ。さもないと地上にはい出してきてミイラのように生き返るかもしれないからな。体じゅうに包帯を巻きつけたミイラが墓から出てくる話を覚えてるだろう……」

「たとえば浴槽の下に身を隠すんだ。そうすれば家宅捜索されても見つからない……」

「おい、テレビの調子がおかしいぞ」ネネは床の上のテレビを蹴りつける。すると、乱れていた画像が元通りになる。「見ろよ。どこもかしこも記者だらけだ。おとなしく出ていけば殺される心配はなさそうだな」

「馬鹿なやつだな。どっちにしたって殺されるさ」〈ナンバーツー〉が言う。「いくら大勢の記者がいるからって、ここで殺されて死体となって運び出されるだけさ。記者も結局はサツの同類だからな……」

〈不安に満ちた待機がつづいている。警察官たちの疲労は明らかだ。銃撃戦は以前ほど激しくはない。十五分から二十分ほど銃声が一発も聞こえないことがある。建物の一階や屋上に待機している警官が発砲すると、犯人たちは迷わずマシンガンで応戦する〉

　犯人の声がインターホンを通して鳴り響く。

「おい、シルバ！　そこにいるんだろう！　ゲス野郎、冷血漢、ブタ野郎。ここまで上がってこい……。全員で上がってきたらどうなんだ。俺たちとダイスをやろうぜ。勝ったやつはここから生きて帰れるが、負けたら万事休すだ。ここに五十万ドルある。一回の勝負に全部を賭けたっていいんだぜ。聞いてるのか？」犯人たちの手もとには、象牙のサイコロを振るとカラカラ音が鳴る革のカップが置かれている。

「冗談もほどほどにしろ。いましゃべってるのは誰だ。わたしはシルバだ」シルバは冷静な口調で答える。まぎれもないアルゼンチン人の声、酒焼けしたような濁った声だ。取り調べの最中に吸った煙草のせいでかすれた声をしている。コソ泥や売春婦、しみったれたキニエラ〔宝くじの一種〕売り、そんな連中を懐柔して口を割らせてきた声だ。何年も何年も同じことの繰り返し、椅子に縛りつけられた容疑者の腹に拳で一撃を食らわせ、耳障りな声で責め立てる。まるで、警察の望むような供述を頑固に拒みつづけるゾンビの耳に針を突き立てるような声だ。「お前らこそここまで下りてきたらどうなんだ？　いましゃべってるのは誰なんだ？　お前か、マリート、ここまで下りてこい。男同士で話し合おうじゃないか。判事の前で正々堂々と話し合おう。集団反逆罪で告発することはしないから安心しろ。約束する」

「早くこっちへ来いよ、あんたのかわいい娘のケツが犯されてるってのに、そこにバカみたいに突っ立ってるのか？　ホテルの風呂にあんたの娘が閉じこめられてるんだぞ。痩せ男のばかでかい一物を突き立てられてひぃひぃよがってるぞ。気持ちよすぎて糞まで垂らしてるぜ」

　犯人たちが口にする言葉は、囚人を徹底的に叩きのめす悪口雑言にかけては誰よりも経験豊富な刑事たちでさえかなわないほど容赦がなく、下品きわまりなかった。囚人の多くは、悪党のなかの悪党ともいうべき厄介な連中だったが、シルバにさんざん罵倒され、高電圧の棒《ピカーナ》で何時間も拷問されたあげく、ついに口を割るのが常だった。男たちや女たちが寝室や職場、浴室で口にする言葉の無惨な残骸。警察や悪党こそ（レンシは考える）、言葉を生きた物体に変えることのできる人間、肉に深々と突き刺さり、まるでフライパンの縁で割られる卵のように魂をいとも簡単に粉砕してしまう針に変えることのできる人間なのだ。

「金のためじゃねえ」ナンバーツーがしゃべっている。ペレスがそれを盗聴している。自分も何らかのかたちでそこに巻きこまれている他人の告白をたまたま耳にしてしまったときに感じる居心地の悪さをおぼえながら。というのも、誰もがペレスと同じように、シルバに語りかけるナンバーツーの声を、不安をおぼえながら聞いていたからだ。「ここまで上がってきたら金をくれてやるぜ。とにかく上がってこいよ。あんたには指一本触れないと約束する。でもな、俺たちをここから引きずり出すつもりなら、怖い思いをしてもらうぜ。いったい俺たちを誰だと思ってるんだ？　おい、シルバ、なにをもたもたしてるんだ、早く上がってこい。どうせ手錠をかけられたこそ泥ばかり相手にしてるんだろう。肝っ玉の据わった武装犯が相手だと怖くて仕方ないんだろう」

ふたりのやりとりはなかなか終わらない。まるで銃撃戦が別のかたちでつづいているかのようだった。会話に耳をすませている者たちは、ふたりのやりとりに眩惑されてしまったように、押し黙ったまま動かない。一方のシルバは、できるだけ会話を引き延ばそうとしている。ペレスが犯人たちの声を録音し、一人ひとりを特定することができるようにとの配慮からだ。シルバは、会話の相手（ネネか？）がインターホン越しに延々とがなり立てるように仕向けた。男娼でもある若者が発する錯乱した声は、壁を伝って、霧雨が降るなかを、包囲された建物の入口に群がっている人々の耳にまで達した。

今日（あるいは昨日）の午前三時半ごろ、犯人たちとの交渉のために警察がインターホン越しにつづけていた会話が途切れ、犯人たちの激しい叫び声が聞こえてきた。彼らは、空威張りのような口調で、これから外へ出て腰抜けのポリ公どもをぶっ殺してやると息巻いていた。実際のところ、その言葉に偽りはなかった。というのも、犯行グループのなかのひとりが——アパートの廊下を包みこむ暗闇に身を隠すようにして——階段の途中まで出てきて、通りにむかって機関銃を乱射したからである。

この出来事によって、犯人たちがなんとかして外へ出ようとしていることが推測された。銃撃戦はふたたび激しさを増し、降り注ぐ銃弾のカーテンがアパートの入口を覆った。

つづいて、建物のホールにいた警官が自暴自棄になったかのように通りにむかっていっせいに駆け出した。気がつけば男がひとり倒れていた。銃弾が貫通した四つの傷口から血がどくどくと噴き出していた。男の名はワシントン・サンタナ・カブリス・デ・レオン、ウルグアイ警察の署長である。敵の銃弾が降り注ぐなか、数分のあいだあおむけになったまま倒れていた。

「気の毒なやつだ。腰抜けども、そいつを助けてやったらどうなんだ」

上半身裸のガウチョ・ドルダが通路に姿を現した。そして、倒れている男の首に銃口をあてがうと、すさまじい銃声とともに口のなかへ発砲し、息の根をとめた。瀕死の警官と気のふれたドルダ——堕落した精神異常者であり、根っからの犯罪者であるドルダ——のふたりは、(警察に情報を提供していた者の証言によると) 永遠とも思われる一瞬のあいだ見つめ合い、とどめを刺す直前、ドルダは相手にむかって片目をつぶり、ほほ笑んだ。

「死ね、くそ野郎」そう言うとドルダはうしろへ飛びのいた。

男の顔は銃弾に吹き飛ばされ、まるで口から頬にかけての肉が切り裂かれ、血だらけの空洞があとに残されたかのようだった (目撃者はそう語った)。

驚きの瞬間が去ると、署長の体はパトカーに乗せられて病院へ運ばれたが、すでに事切れていた。

マリート率いる犯行グループの戦術の要諦と、それがもたらす悲劇的な輝きは (のちにレンシは、『エル・ムンド』紙の事件欄に寄せたルポルタージュのなかでそう書くことになる)、つぎのような確信に支えられていた。すなわち、絶体絶命の状況のなかで手にする勝利は、その一つひとつが敵の攻撃を耐え忍ぶ力を高めるものであり、いっそう敏捷かつ強力な行動にメンバー全員を駆り立てるものであるとの確信である。したがって、その日の夜に現場に居合わせた者ならばけっして忘れることのできないあの悲劇的な儀式は、起こるべくして起こったのだ。

最初に、建物の壁に人間の目のようにうがたれた浴室の小窓から白い煙が吐き出された。細い柱のような煙は、白いもやを背景にして立ち昇った。

「現ナマを燃やすってのはまったく罰当たりなことだよな。罪悪《エ・ペッカート》ってやつだ」狭苦しい浴室に閉じこもったドルダは、とあるいかれた女からくすねたロンソンライターを使ってアンフェタミンを吸入しながら、片手に千ペソ紙幣を握っている。そして、紙幣に火をつけ、鏡にむかってほほ笑む。ドアの脇に立ったネネがその様子を黙って見ている。

「この千ペソ札一枚を稼ぐために、たとえば警備員がどれくらい働かなければならないかちょっと考えてみろよ——あの仕事はキツいぜ。なにせ顔が割れてるからな。天窓から忍びこむやつらを取り押さえても、ラリった男が迫ってくるなんてこともある——、二週間は働かないといけない。銀行の会計係なら、勤続年数にもよるが、ひと月近くかかるかもしれない。明けても暮れても人の金ばかり数えながらひと月だぜ」

犯人たちはその反対に、人の金ではなく自分たちのものになった札束を黙々と数えている。アクテミンの錠剤を細かく刻んでカルシウム剤の小瓶のなかで溶かすと、牛乳のようになってちがった味がする。札束は狭苦しい浴室に置かれている。洗面台で燃やすためだ。ネネが笑みを浮かべる。ドルダも笑みを浮かべるが、自分がからかわれているような気がして不安になる。

やがて、サンフェルナンドの役場から強奪した七百万ペソのうち、手もとに残っていた五百万ペソの札束に犯人たちが火をつけていることが明らかになった。

そして、火をつけた何枚もの千ペソ紙幣を窓からばらまきはじめた。台所の小窓からまき散らされた現ナマは炎に包まれ、輝く蝶のように街の上空をひらひら舞った。

怒気を含んだささやき声が現場を埋めつくす野次馬の口から漏れた。

「火をつけやがったぞ」

「札束を燃やしてるぞ」

これまで何人もの命が失われたことを正当化する唯一のもの、それが現ナマだとしたら、そして、犯人たちのやってきたことすべてが現ナマを手に入れるためだったとしたら、それに火をつけるという行為は、彼らにモラルもなければ確たる動機もなく、ただ悪を好むがゆえに、もっぱら悪をなすために理由なき殺人と暴力に手を染めてきたことを物語るものであり、彼らが生まれながらの極悪人にして血も涙もない殺人鬼にほかならないことを暴き立てるものだった。怒りを感じながらその様子を眺めていた人々は、恐怖と憎悪の入りまじった叫び声をあげた。その様子は（新聞の表現を借りると）中世の夜宴《アケラーレ》を思わせた。野次馬たちは、目の前で五十万ドル近くもの大金が燃やされていくのを見ることに耐えられなかった。その恐ろしい光景は、全市民、全国民を恐怖に陥れ、永遠につづくかと思われる十五分——きっかり十五分——ものあいだ彼らの目を釘づけにした。天文学的な額に達する現金、権力の意向などまるでおかまいなしに燃やされていく現金——ウルグアイで〈パトナ〉と呼ばれるところの、バーベキューの炭火をかきまぜるのに用いるブリキ製の板の上で燃やされていく現金——が燃え尽きるのに要した十五分だ。犯人たちは〈パトナ〉に載せた札束を次々と燃やしていった。警察はあっけにとられ、身動きもできなかった。これほど常軌を逸したふるまいにおよぶ犯罪者を相手に、いったい何ができるというのか。憤慨した群衆は、生活困窮者やウルグアイの片田舎でその日暮らしを余儀なくされている人々、これだけの大金があればまっとうな未来が約束されるはずの孤児たちの境遇に思いをはせた。

たったひとりでもいいから、親のない子どもに救いの手を差し伸べたなら、あんな気のふれた連中といえどもこの世に生きている価値があるというもんじゃないの――見物人の女が口走る――。あいつらは根っからの極悪人さ、どうしようもない人間だよ、獣《けだもの》みたいなやつらさ、記者たちにむかって目撃者が口をそろえる。テレビカメラが現場の様子をとらえ、ニュース番組のレポーターを務めるホルヘ・フォイステルが〈カニバリズム的行為〉と名づけたところの儀式の様子が朝から晩まで繰り返し放送された。

「清浄無垢な札束に火をつけることはすなわちカニバリズム的行為にほかなりません」

犯人たちがこれだけの大金をどこかへ寄付していれば、あるいは、通りに群がる市民にむけて札束をばらまいていたとしたら、そして、警察と話し合った末に慈善団体への寄贈を申し出ていたなら、彼らにとってすべてがちがった展開をたどったことだろう。

「あれだけの大金なんだ。いずれ自分たちがぶちこまれることになる監獄の環境整備のために寄付すればよかったんだ」そんな声も聞かれた。

しかし、犯行グループの常軌を逸したふるまいが正面きっての宣戦布告、社会全体を敵にまわしての全面戦争の幕開けを告げるものであることは誰の目にも明らかだった。

「やつらを壁の前に並ばせて縛り首にすればいいんだ」

「いや、火炙りの刑にしてじわじわ殺すべきだよ」

たとえ死や犯罪によってもたらされたものであっても、お金というものは本来汚《けが》れをまぬかれた清浄なものである、そんな考えが見物人たちのあいだに広がっていった。金に罪はない、それはあくまでも中立的なものであり、一人ひとりが望む用途に応じてさまざまな効力を発揮するところの記号である、そう考えたのだ。

同時に、燃やされた現ナマが殺人的な狂気を物語るものにほかならないという考えも生まれた。気のふれた殺人鬼にして獣《けだもの》のような人間だけが、五十万ドルもの大金を燃やすという反社会的かつ犯罪的な行為に手を染めることができるのだ。犯行グループのふるまいは、（新聞の表現を借りると）邪悪さという点において、これまで彼らが引き起こしてきたあらゆる犯罪を凌ぐものだった。というのもそれは、ニヒリズムに染まった純然たるテロ行為とも称すべきものだったからだ。

ウルグアイの哲学者ワシントン・アンドラーダ氏は、雑誌『マルチャ』のなかで、犯行グループのおぞましい行為は、いわば邪気のないポトラッチ――もはやこの儀式がすっかり忘れ去られた現代社会におけるポトラッチ――、すなわち、それ自体はあくまでも無償の自律的な行為、純粋な消費や蕩尽の身ぶりを示す行為とみなすことができると述べたうえで、そうした身ぶりが、ある種の社会においては神々に捧げる犠牲と考えられていたことを指摘し、その理由として、至上の価値を有するものだけが神々に捧げられるに値すること、そして、われわれ現代人のあいだでは金銭こそが至上の価値を有するものであることの二点を挙げている。アンドラーダ教授のこの言葉はただちに判事によって引用された。犯行グループが現ナマを燃やすその手口は、悪辣さと狡猾さを如実に物語っていた。というのも、次から次へと燃やしていく千ペソ紙幣をこれ見よがしに群衆の目にさらしたからである。火を放たれた紙幣は、あたかもろうそくの炎に翅《はね》を焼かれ、全身を炎に包まれながらなおも羽ばたく蝶、虚空のなかで燃えつきるまでの一瞬、永遠とも思われる一瞬のあいだ宙を羽ばたく蝶のようだった。

衆人環視のなかで火の鳥を思わせる紙幣が燃えつきていくまでの数分間、果てしなくつづくかと思われた数分間が過ぎると、あとにはうっすら降り積もった灰、(目撃者のひとりがテレビカメラにむかって口にした言葉を借りれば)社会を支える価値体系の無残な残骸ともいうべき灰が残された。それは、大海原や山の上、森の上空に霧雨のごとくまき散らされる遺灰――しかしながら、都会の薄汚れた街路にまき散らされることのない遺灰(コンクリートのジャングルともいうべき都会の上空を遺灰が舞うことがあってはならないのだ)――のように窓から降り注いできた青い灰の、このうえなく美しい堆積だった。

群衆の視線を釘づけにした衝撃的な場面が終わりを告げると、警察はわれに返ったかのように激しい攻撃を開始した。まるで、ニヒリストたち――いまや新聞記者たちは犯人たちをそう呼んでいた――が自暴自棄なふるまいを完遂しようとする一方で、怒りに目がくらんだ警察が血で血を洗う最終決戦にむけた覚悟をいよいよ固めるにいたったかと思われた。

8

無益な命令を発することにも疲れた捜査官のシルバは、しばらく前から口を閉ざしていた。作戦の指揮をとっていた彼は、白いレインコートに身を包み、現場から少し離れたところで煙草をふかしていた。そして、明かりが消されたアパートの窓を見上げながら、執拗な抵抗を試みる悪党たちのぼんやりとした影を目で追っていた。連中が口を割る前に、全員を皆殺しにしなければならない。口を割る前に?

いったい何を？　取引があったのか？　シルバ捜査官――『エル・ムンド』紙の記者は手帳に質問を書きとめる――、噂によると、サンフェルナンドで発生した銀行襲撃事件の際、一部の警官が分け前をもらう約束のもと犯人たちの逃亡を手助けしたということですが、それは本当ですか？

シルバこそ、犯人たちの逃亡を許すことになった張本人であり、本来ならば、ウルグアイの警官がひとり殺されるたびに、彼の責任が厳しく問われなければならなかった。『エル・ムンド』紙の事件欄を担当している若い記者は、通りの真ん中からシルバの様子を、傷跡のある顔を、生気を欠いた両目の輝きに宿った不幸や孤独、邪悪さの影を観察した。若い記者は、シルバの視線に不安がよぎったかと思うとたちまち消え去ったのを見逃さなかった。捜査官は、ほんの少しのあいだ両目を指の腹で覆い、建物の正面を照らしているサーチライトの光を横目で見やっただけだった。そこには、非情な男が浮かべる冷酷な表情がうかがえたが、（レンシによると）故意に装われたにしてはあまりにも一瞬の表情であり、自然に浮かべた表情にしてはあまりにも意図的なものを感じさせた。取り繕われた不安を浮かべた表情を自分のものにするのに、いったいどれほどの月日と、どのような内面の苦闘をくぐりぬけてきたのだろうか？

若い記者は通りに立ったまま、日本の仮面を思わせるシルバの壊れやすい表情を眺めていた。左右の手はまるで「女性の手のように」小さく、左手に握られた拳銃――引き金に指がかかり、先端が地面に向けられている――は鉤爪か義手を思わせ、その不完全な体躯を際立たせている。シルバは、武器を手にすることでようやく外見を取り繕い、記者たちに対峙することができた。彼らはいまシルバを取り囲み、犯人たちが籠城する建物の半開きの窓を見上げている。『エル・ムンド』紙の記者は、シルバが口にする言葉を書きとめる。

「やつらは精神異常者ですよ」

「精神異常者を殺害することは、われわれジャーナリズムの世界ではよく思われていませんが」若い記者は皮肉を口にした。「彼らは精神病院へ送られるべきであって、殺されるべきではありません」

シルバは、疲れた表情を浮かべてレンシを見やった。またもや小生意気な青二才の登場だ。小さな眼鏡をかけたまぬけ面のこの巻き毛の若造は、現場の空気や現在の状況がはらんでいる危険とは無縁の、いわば招かれざる客であり、受刑者を乱暴に扱う警察を告発する国選弁護人、はたまた受刑者のいちばん下の弟といったところだ。

「では、健常者を殺すことはジャーナリズムの世界ではよく思われているわけですか?」シルバは、誰の目にも明らかなことをわざわざ説明しなければならないときのような、うんざりした口調で答えた。

「あなたがた警察は、話し合いによる解決を試みたのでしょうか?」

「連中のような悪党と話し合うことのできる人間なんてこの世にいますかね? あんたはこの現場に夜通し張りついていたんでしょう?」

「警察は怖くなったんでしょう」誰かが口をはさんだ。

「当然でしょう。われわれは連中が閉じこもっている部屋までわざわざ上がっていく気はありませんよ。殉職者を出すのはごめんですからね」シルバが答える。「たとえ一週間待つことになっても、われわれはこのままじっとしていますよ。あの御仁たちは精神異常者にしてホモです」シルバはレンシを見やった。「れっきとした臨床例ですな。人間の屑だ」

やつらは冷酷無比にして慈悲のかけらもない連中であり、死人も同然の男たち（シルバは心のなかでつぶやく）、いわば生きる屍だ。どれだけの人間を道連れにすることができるか、そんなことにしか興味を示さない連中だ。ミニチュア版の軍隊ともいうべき彼らは、アドレナリンの助けを借りて恐怖を克服している。まさにコカイン常習者にして殺人兵器だ。自分たちがはたしてどこまで行けるか、その限界を見届けようとしている。やつらは死んでも降参しないだろうし、危険をものともせず、こっちが倒れるまで戦いをつづけるつもりだ。やつらには殺人鬼の血が流れている。十五歳のときから何の考えもなく路上で人を殺してきた。アルコール中毒や梅毒を患っている親から生まれ、恨みを抱えている。立派な精神異常者であり、職業軍人よりも危険で自暴自棄な連中、いわばアパートの一室に追いつめられたオオカミの群れなのだ。

「これは戦争です」シルバが言い放つ。「戦争の掟を忘れてはいけません。つまり、たとえ誰かが倒れても、けっして戦いをやめてはならないという掟です。誰かが倒れたら、そのときこそ戦いをつづけなければならない。ほかに何ができますか？　戦場では、生き延びることこそ唯一の栄光なのです。わたしの言わんとすることをご理解いただきたい。われわれは待たなければいけないのです」

アパートに籠城している連中がどんなことを考えているのか、シルバには本能的にわかっていた。彼は明らかに、甘えん坊のお坊ちゃん、ヒーロー気取りの知ったかぶり、性根の腐った新聞記者たちよりも、アパートに閉じこもっている犯人たちのほうに自分と近しいものを感じていた。

「ところで、あなたは何をしている方なんです？」シルバは、だしぬけにレンシのほうに向きなおって訊ねた。

「ブエノスアイレスの『エル・ムンド』紙の特派員をしています」

「それはわかっているが、ほかに何をしてるんです？　ご結婚は？　お子さんは？」

不意を突かれたエミリオ・レンシは、傍らに身を寄せると、体をひねるようにして左足に体重をかけ、笑みを浮かべた。

「いいえ。子どもはいません。メドラーノ通りとリバダビア通りの角にあるアルマグロ・ホテルにひとりで滞在しています」そう言うと、まるで自分を逮捕しようとしている警官を前にしているかのように、上着のポケットを探って身分証を取り出そうとした。しかしその必要はなかった。シルバがすでにブエノスアイレスで開かれた記者会見の場でエミリオ・レンシの素性を見抜いていたことは明らかだった。

「私は記者をやりながら生計を立てている学生です。あなたが警察官として暮らしを立てているのと同じように。あなたに質問をさせていただくのは、事件についての正確な記事を書きたいからなんです」

シルバはさも愉快そうに、滑稽なピエロか気のふれた人間でも相手にするかのようにレンシを見やった。

「記事？　正確な？　あんたにそんな根性があるとは思えんがね」シルバはそう言うと、ウルグアイ警察が作戦会議を開いているテント小屋のほうへ歩み去った。

犯人たちを打ち負かす唯一の方法は、彼らと同じように考えることである。シルバは、排水溝のなかのネズミのごとく追いつめられた犯人たちが、意気阻喪に陥ることのないようにドラッグを摂取しながら英雄気取りで行動しているのはまちがいないと考えていた。

たとえば、〈カラス〉《クエルボ》ことメレレスについて言うと、その犯罪歴に通じていたシルバは、メレレスという人間をありありと思い浮かべることができた。メレレスがこれまで殺しに手を染めてきたのは、どうしようもない恐怖に襲われたからであり、人間というよりも血に飢えた木偶《でく》のようなこの男は、女たちに暴力をふるい、同棲していた女性からもたびたび告発されていた。度胸というものはいわば不眠症のようなものだ、シルバはそう考えていた。どんな不安が頭を悩ませ、あるいは勇敢な男としてふるまわせるのか、それは誰にもわからない。

犯人たちが戦争映画を観て時を過ごしてきたこと、そしていま、彼らがよその土地にいながら敵の後方に陣取って向こう見ずな戦いを繰り広げる遊撃隊にでもなったつもりで行動していることは明らかだった。壁の反対側の東ベルリンのアパートでロシア軍に不意を突かれて包囲されながらも、救援が来るまで執拗な抵抗を試みる。ドラッグをやりながら、メレレスはそんな場面を思い浮かべていた。敵地に潜入した部隊が脱出に成功するという筋書きの映画を彼はいろいろと観てきた。太平洋に浮かぶ島での生き残り作戦。催涙ガスが漂う室内、敵による挟み撃ち。そんなものはベトナムの海岸堡に比べればよっぽどましだ。

『硫黄島の砂』〔一九四九年に製作されたジョン・ウェイン主演のアメリカ映画〕じゃあな」メレレスはにわかに錯乱状態に陥ると、わけのわからないことを口走る。「男たちが穴のなかに飛びこんで戦車の突撃をやりすごすんだ……」

少し眠りたかったドルダは、時おり、子どものころの自分が野ウサギを捕まえるために地面を這っているところを夢に見ているような気がした。

「で、そのイオウジマの砂ってのはいったい何なんだ？」

部隊、生き残り作戦、不潔、孤独、孤立、差し迫る危険、穴に落ちてゆく男たち、罠にはまる兵士たち。

彼らは、独り言でもつぶやくようにうわの空で言葉を交わしたり大声で命令を伝え合ったりしていたが、明らかに疲労困憊しており、だからこそ頻繁にコカインに手を伸ばした。夕暮れ時や、街の彼方に顔を出した朝の太陽が川面をほんのり照らすとき、何とも言えない陶酔感が全身を駆けめぐる。

「体が熱くなってきたら、ヤクなんかやらずにとにかくつづけること。それが鉄則だ」いまのは〈ナンバーツー〉の声だ。

「家のなかに閉じこめられて、背中を壁に押しつけて、ときどき窓の外に顔を出してみる。そうすると、いくら頭で考えてもどうしようもないってことがわかるはずだ。いったい何を考えるっていうんだ? どんなに頭をひねっても、出口は絶対に見つからない。俺なら、とにかく駆け出して通路に飛び出すな。すると壁にぶつかってノックアウト、マットに沈んじまう。それでも何とかして起き上がるんだ。そしてしぶとく激しい攻撃を加える。だろ?」〈ナンバースリー〉が言う。「マリートが危機を脱して、俺たちのやってることを見ててくれたらいいんだがな」

部屋の床に置いてあるテレビの画面には、自分は何も知らなかったと主張する黒髪の少女が映っている。

「あたし、あの人たちが警察に追われてるアルゼンチン人だなんて知らなかったのよ。サバラ広場で偶然そのなかのひとりと知り合ったのよ。で、ふたりがかりで犯されたわ。でもあたし、彼を警察に突き出すことはしなかった」少女は真顔で、カメラを正面から見据えている。「警察に密告する人間なんて最低よ」

朝の光がじわじわと広がっていく。犯人たちが閉じこもっているアパートから聞こえてくる銃声は、いくぶん鳴りをひそめていた。現場に張りついた警官らは、新たな作戦を立てるために話し合いをつづけていた。寒さや雨から逃れようと現場を離れていたやじ馬がふたたび戻ってきた。犯行グループは攻撃の手を休めているようにみえたが、メンバーの誰かがつねに警戒にあたり、来るべき最終決戦に備えていた。時おり散発的な銃声が鳴り響いたが、それは警戒を緩めていないことを知らせる犯行グループのデモンストレーションだった。

このころから警察は、十分な武器を手にしてあらゆる事態に対処する気構えをみせている犯人たちが最後まで戦い抜くだけの力を蓄えていることを見てとり、当初の作戦に変更を加えはじめた。さまざまな可能性が検討されるなかで、爆発的な破壊力を備えているとはいえない小型の手榴弾を投げこむ案や、消火作業に用いられる化学物質――液状のゴムやナパームのように皮膚に張りつく化学物質――を犯人たちのいる室内にむけて噴射する案などが話し合われた。そういった手を使えば、犯人たちはまちがいなく外へ脱出せざるをえなくなるだろうというのである。さらに、彼らが閉じこもっている二階の部屋の天井に穴を開けて上階から攻撃を加える案や、隣の八号室との境になっている壁に穴をうがってそこから銃撃戦に打って出る案などが検討された。最終的な結論にいたるまで、話し合いは数分にわたってつづいた。

〈金髪ガウチョ〉ことドルダは、ドラッグを摂取している最中はいつもドラッグから足を洗うことを心に誓った。実際に足を洗えると信じることができたし、ヤクの売人を探し求めてあちこち走りまわることがばかばかしく思えたのだ。しかしいざドラッグが切れてみると、とても足を洗おうなどという気分にはなれなかった。そして、なんとしてもドラッグを手に入れなければという思いに駆られるのだった。彼はいま、最悪の瞬間を迎えていた。例の声が突然聞こえてきたのだ。思わずぞっとした。ここしばらく鳴りをひそめていたあのいまいましい声が、またもや目を覚まして自分を脅かそうとしている、そんな気がした。

「遅かれ早かれ」ドルダが言う。「コカインは底をつく。遅かれ早かれドラッグが底をついてしまう。このままアパートに閉じこめられていたら、遅かれ早かれドラッグが底をついてしまう。遭難者のように、量を決めて少しずつなんてことになりかねないぞ。もう何グラムも残っていないだろう。そういえば、小さなスプーンで水を少しずつ飲んで生き延びる無人島の男たちの映画を観たことがある」

「小さなスプーンで水を飲むのか?」

「ティースプーンでな」ドルダはそう言うと、肘を高くあげ、鳥のくちばしのような形をしたスプーンから水を飲む真似をした。

一晩じゅう窓のそばに控えていたメレレスがそれを見て笑う。床の上の新聞紙にばらまいたフロリノル剤を一錠ずつ一定の間隔をあけて口のなかに放りこんでは、ぼんやりした靄のなかを浮遊していた。

外に出るんだ。ドルダは神託のような声を耳にする。くぐもったいくつもの声が呼びかけてくる。聞こえるか聞こえないかの弱々しい声だ。銃声が鳴り響いているときは誰も話しかけてこない。

「ネネ、周りがうるさいときは誰も話しかけてこないんだ。何の声も聞こえない。あのふしだらな女たちはどこかへ消えてしまうんだ。ところが、あるとき突然舞い戻ってくる」

「マコニャがあるぞ」

「マコニャ?」

「前にも言ったろ？　俺はブラジルに行ったことがあるんだ。あっちではマリファナのことをマコニャというんだよ……もともとパラグアイから持ちこまれたものだ……例の娘が譲ってくれたんだよ……台所の缶のなかにしまっていたんだ」

そう言うと、ネネは目に見えない動線に沿って床を這うように進み、ドアをいくつか通って台所に入る。そして、調理台によじ登って手を伸ばし、缶をつかむ。マリファナの甘い香りが漂ってくる。〈ラ・クカラチャ、ラ・クカラチャ……〉ネネは鼻歌を口ずさみながら戻ってくる。〈……もう歩けない。後ろ足が欠けているから……〉無線技士のロケ・ペレスは、メキシコ革命のときにはやった流行歌《コリード》を建物のどこかで誰かが口ずさんでいるのを耳にしたような気がした〔「ラ・クカラチャ」はゴキブリの意。メキシコ革命の指導者で、のちに大統領を務めたアルバロ・オブレゴンを暗に指しているともいわれる〕。

「トイレがもう水浸しだな。このゴミ箱に小便をして、窓からポリ公どもの頭にぶちまけてやるか」

「どこでマリファナをくすねたんだ？」

「例のはすっぱ娘がもってたんだ。パラグアイから渡ってきたものらしい……」

彼らはマリファナを巻いたタバコに火をつけると、テレビに目をやる。部屋の出入口から離れずにじっとしていれば、銃弾を浴びる心配はない。アパートの部屋が静まり返っていることに不安をおぼえた警察は、空にむかって発砲した。

「おい、見ろよ。小型戦車まで来てるぞ。ざっと千人はいるな」

群衆や警察車両、歩道を埋める記者たちが、明け方の霧雨のなか、灰色の病的な光を放っているテレビ画面に映し出されている。

「俺たちをここから引きずり出すなんてことはさせないさ……いずれやつらは取引を持ちかけてくるだろう」

彼らはマリートの到着を待っていた。マリートがどこかの金持ちの御曹司を人質にとったというのはおそらく事実なのだろう。そして、いきなりテレビ画面に現れて、仲間たちを逃すよう要求する。マリートはきっと、リオ・グランデ・ド・スルあたりのブラジル人のごろつき連中を引き連れて救援にやってくるはずだ。悪党たちを率いるマリートは、いかれてはいるけれども頭脳明晰、いつも遠く離れたところにいて、何があろうとどこ吹く風、自分の仲間に対してはどこまでも忠実にふるまう。窮地に陥っているドルダたちを見捨てることはないはずだ。アパートに閉じこめられている仲間だって、その気になればマリートを窮地に陥れることができるからだ。インターホンの受話器を取り上げて、「七月十八日通りでマリートと会う約束になっている」とひとこと言えばいいのだ。あの黒髪の少女がご注進におよぶかもしれない。マリートに？　そもそもマリートは、彼女が市場の近くのアパートに住んでいることを知っているのだろうか？　アパートは厳重に監視されているはずだ。テレビカメラにむかってでたらめを並べ立て、自分は男たちに犯されたと言っては誰彼となく槍玉にあげている彼女の姿が何度も放送されていた。追及をかわすために嘘八百を口にする攪乱戦法だ。

「お姉ちゃんよ」ネネはつぶやくと、画面のなかの少女にむかって話しかける。「頼むからこれ以上余計なことは言わないでくれ」少女はネネを真正面から見据える。ネネは部屋の奥まで這っていくと、ヘッド・アンド・ボディのレコードをかける。

And if I can find a book of matches
I' goin' to burn this hotel down...

ネネは〈パラレル・ライブズ〉のハーモニーを口ずさむ。

夜のさまざまな物音や街の死んだ音楽が混ざり合う。メレレスの声だろうか？〈ナンバースリー〉の声なのか？　それとも〈ナンバーツー〉か？

「子どものころ井戸に落ちて、四日間も閉じこめられたことがある。いろんな虫が顔をはいずりまわるんだ。喉の奥に虫が飛びこんでくるんじゃないかと考えるとおちおち叫ぶこともできない。結局、井戸の周りを狂ったように嗅ぎまわっていた飼い犬のおかげで助かったんだ」

誰の声だ？　ロケ・ペレスが身を置いている世界はさらに縮まっていた。それは、盗聴器を操作している屋根裏部屋のような空間ではなく、建物の骨組みから伝わってくるとらえがたい音にまで凝縮された世界だった。時おり混信が生じるなか、街じゅうの亡霊と電波を介してつながっているようなものだった。さまざまな声が建物の内部に埋めこまれた回路をつたって聞こえてきた。というのも、蜘蛛の巣のように張りめぐらされたインターホンの回線のなかに警察がこっそりマイクを仕掛けていたからだ（あるいは、たったひとつのマイク、空中に設置したたったひとつのマイクだったのだろうか？）。もともとはキャバレーに出回っていたドラッグのルートを追跡するために警察が仕掛けたものだったが、いまやアパートに籠城する犯人たちの足取りを追うという別の目的がそこに加わっていた。もっとも警察は、ブエノスアイレス出身の犯行グループが隠蔽している秘密、グループのメンバーを皆殺しにする前に警察幹部が突きとめようと躍起になっている秘密を暴くために、ほかならぬペレスを十時間勤務の交替制でその小部屋に配置したのだろう。とはいえ、ペレスにも特定できない別の方角からもさまざまな声が押し寄せてきた。過去から聞こえてくる声だ、無線技士はそう考えた。おそらく地下に埋めこまれた配管を行き交う死者の声だろう。だからこそ、どこかのアパートのトイレに隠れて恐怖に震えているふたりの老婦人の会話を耳にすることもできるのだ。

「聖母マリア様、われら罪びとをお守りください」

この祈りの声はどこから聞こえてくるのか。ほかならぬ無線技士の記憶のなかから聞こえてくるのか。あるいは犯人の声かもしれないし、隣人の漏らした声かもしれない。ロケ・ペレスが雑多な声を録音する一方、その隣では別の誰かが氾濫する声のなかで方向を見定めようとしている、そんな感じだった。狭い空間のなかに閉じこめられたまま外に出ることもできないロケ・ペレスは、あたかも自分が戦時下のスパイ、日本軍の後方でさまざまなメッセージを送り届けるスパイにでもなったような気分だった。ラプラタ川の戦闘の真っただ中に身を置いているウルグアイ警察の無線技士、ロケ・ペレスといったところだ。犯人たちがロケ・ペレスのいる建物を占拠し、五メートルほど階段を上った屋根裏部屋のようなところに身をひそめている彼を見つけようものなら、まちがいなく彼は後頭部への一撃によって息の根をとめられることだろう。

犯人たちに心理的な圧力をかけるべく、警察はほぼ五分おきに拡声器で投降を呼びかけた。一方、ウルグアイ国家情報局本部の捜査班は、SODRE〔ウルグアイの国家機関のひとつである〈ラジオ・テレビ放送協会〉の略称〕の送信機を用いて、混線のなかから聞こえてくる犯人たちの声に耳をすませていた。彼らがアパートに籠城する数時間前に仕掛けられた三つの盗聴器から送られてくる声だった。

「この国に死刑はない」

「死刑か……サツに捕まって電気椅子で焼け死んでいく馬鹿なやつの気が知れねえよ……」

「捕まりたくなくても捕まることだってあるだろう」

「絶対にない」

「バレルガは寝こみを襲われたんだ。ベレッタに手を伸ばした瞬間に体ごとタックルされて万事休すさ」

「死刑には四つの種類がある。絞首刑と銃殺刑、それにガス室と電気椅子だ。死ぬまでに時間がかかる。一分から一分半かかることだってある……息を止めて想像してみろよ。電気椅子は悲惨だぜ。焼かれた皮膚から立ち昇る煙はまるで網焼き肉《アサード》のような、それこそ忘れられない匂いがするもんだ。頭と両足に電極を取りつけられるんだ。火が出るかわりに皮膚の色が紫から黒に変わっていくんだ」

「アルゼンチンの死刑がどういうものか知ってるか？　銃で睾丸を吹き飛ばされるんだぜ」

夜明けの時間が重々しくゆっくりと過ぎてゆく。冷えこんだ空気に加えて、ますますうっとうしくなっていく雨が降り注いでいる。銃声が断続的に鳴り響く。夜明けとともに動き出した警察は、細心の注意を払いながら二時間かけて、建物の正面にあたる部屋と低層階に取り残されていた住人を避難させた。その間、建物の吹き抜けに面した複数の地点から激しい援護射撃が加えられた。

消防隊が用意した巨大なはしごが三階部分のバルコニーに横づけされ、そこから恐怖に震える家族が通りに背を向けて次々と降りてきた。彼らは何時間にもわたって、極度の不安と緊張に耐えながら室内でじっと息をひそめていたのだった。恐怖のあまり顔が青ざめた婦人のなかには、飼っていたチンの救出を懇願する者もおり、無事に助け出された小型犬はマルドナード通りに停車していたパトカーに飼い主といっしょに乗りこんだ。

「私と娘は」ベレスという名の中年女性が〈ラジオ・カルベ〉の番組のなかで証言した。「台所の奥でじっとしていました。配管を通して犯人たちの叫び声や笑い声が聞こえてくるんです。彼らをネズミのように一網打尽にしようっていうんでしょう……なんだか気の毒になっちゃってね。キリスト教徒をそんなふうに殺していいわけがありませんよ……」

「もう全員死んでるんじゃないかな」九号室の隣の部屋に住むアントゥネス氏が言う。「しばらく前から犯人たちの笑い声も叫び声も聞こえてこないからね。私たちは元気だよ。それにしても、世界大戦がはじまったんじゃないかと思うくらいの騒動だったよ」

近隣の部屋から人がいなくなると、警察は最終決戦にむけた準備をはじめた。手始めに水道が止められ、つづいて電気も切られた。そして、いまや知らない者はいない〈モロトフカクテル〉を使った攻撃を試みようと、近所のバルから空き瓶が調達されてきた。九号室にむけて即席の火炎瓶を投げこみ、火を放とうというのである。ところがその作戦もうまくいかなかった。犯人たちが水を張った浴槽に毛布を浸し、次々と火を消してしまったからである。彼らは弱体化するどころか、休む間もなくさらに激しい一斉射撃を加えてきた。警察は敵の手をふさぐべくただちに反撃した。

襲撃犯たちはすでに危機的な状況に追いこまれていた。九号室の近くの三号室を占拠した警察は、採光窓からの攻撃ラインを確保した。捜査官のシルバと、トンプソン・サブマシンガンの扱いに長けている窃盗・強盗課所属のマリオ・マルティネスが採光窓のそばに陣取った。ふたりは交代で銃撃にあたった。九号室の寝室の一部を射程に収めたこの突破口は、しかしながらすぐさま犯人たちに狙われることになった。

午前八時、犯人たちは四十五口径の銃を撃ちつづけ、警察が撃ちこんでくる一発の弾丸にマシンガンの連射で応えた。アパートのごく一部を除いて、自由に動きまわれるスペースはほとんど残されていなかった。警察の狙撃班が完全に包囲していたからである。

同じ階の通路に面した隣室のドア――犯人たちの立てこもっている住居のドアから三メートルも離れていなかった――を守るために、第十二部隊に所属するアラングレンという男――彼は二十一歳の既婚者で、ふたりの子持ちだった――が、窃盗・強盗課の二十五歳の警官フリオ・C・アンドラーダとともに現場へ派遣された。犯行グループのなかのひとり（ドルダ）が通路まで這っていき、半開きになったドアからマシンガンを乱射したため、アラングレンは即死し、その死体は窓から降ろされることになった。一方、負傷したアンドラーダ――私服警官だった彼は、茶色のつなぎ服を着ていた――は、台所の床に這いつくばったまま流しの下に身を隠してドルダの銃撃をかわした。

警察はついに、建物の地図を見ながら別の方法を探ることになった。そして、消防隊の手を借りて、犯人たちが籠城する九号室の天井に上階から穴をうがち、そこから攻撃を加えることになった。

消防隊が驚嘆すべき正確さでもって窓に横づけしたはしごをつたって、数名の警官が三階まで上った。それに合わせて、十一号室の採光窓から援護射撃が行なわれた。同じように、犯人たちの立てこもる九号室の真上に位置する十三号室に警官が踏みこむときも、建物の吹き抜けに面した窓から援護射撃が加えられた。

午前十時に十三号室の床に穴を開ける作業がはじまった。そこから一酸化炭素を送りこもうという作戦である。鉄のつるはしを用いた突貫工事が開始されたが、思うようにはかどらなかったため、UTE〔〈事業者臨時組合〉の略称〕からコンプレッサーを調達することになった。

ロータリーエンジンで作動する空気ハンマーが持ちこまれた。空気ハンマーは建物の三階の通路に運ばれ、九号室の寝室の天井にあたる部分に据えられた。

空気ハンマーによる騒々しい作業がはじまった。数分後に穴がうがたれた。犯人たちは銃を乱射して作業を中断させようとした。しかし、吹き抜けに面した窓から飛びこんでくる銃弾に阻まれて、作業員に狙いを定める位置をうまく確保することができなかった。

これを機に、犯人たちの命運も尽きはじめた。天井の穴からはガソリンを満たした瓶が何本も投げこまれ、導火線によって火がつけられた。のちに明らかになったところによると、床板や家具、服をはじめ、多くのものが焼けた。部屋のなかは息もできないありさまだった。

天井の穴からは銃弾が浴びせられ、さらに隣の十一号室からも銃撃が加えられた。

何時間にもおよぶ激しい銃撃戦によって疲弊した犯人たちは、ふたたびアパートの部屋を飛び出して二階の通路へ出た。それと同時に、階段に通じる一階の通路に控えていた二名の警官も同じ行動に打って出た。しかし、建物の中央ホールに駆けこんで屋外へ脱出するしかなかった。銃を乱射しながら通路を横切った犯人たちは、通りに面した門から外へ飛び出そうとしていたミゲル・ミランダという警官に発砲し、さらに壁にぴったり身を寄せていたロチャという名の警官に銃弾を浴びせた。

建物の外では、仲間が倒れるところを目の当たりにした警察の部隊が前方に進み出た。ところが、負傷した警官は後ろを振り返ると、控えめながらも銃で反撃しながら正面玄関にむかって駆け出し、犯人たちを後退させた隙にミゲル・ミランダの体を通りに引きずり出すことに成功した。

その様子を目撃した大勢の人々は怒りの声をあげ、敵の反撃を封じようと、マシンガンを手にして建物のなかへ突入する許可を願い出る警官も現れた。

ウルグアイ警察とシルバの下した命令は、最終決戦に打って出る前に犯人たちをできるだけ消耗させなければならないというものだった。

ガスの吸入を防ぐために水に濡らしたハンカチを顔に巻きつけたドルダとネネのふたりは、まるで二体の亡霊のようなありさまだったが、ふたたびアパートの部屋を飛び出して数メートルほど通路を進み、銃を乱射するや急いで部屋に引き返した。

かすかな物音や配管を伝う鳥の羽ばたきのような振動音、果てしなくつづく犬の鳴き声、そんなものと混ざり合って、さまざまな声が遠くから聞こえてくる。メレレスは台所の窓の正面の扉に寄りかかり、ドルダとネネのふたりは、通りに面した窓にぴったり身を寄せ、並ぶようにして座っている。

「ここにこうやって閉じこもってからどれくらい経つんだ?」

正午を過ぎるとふたたび激しい銃撃戦がはじまった。それは犯人たちの決死の覚悟を物語るものだった。死ぬ覚悟、とはいえ、敵を道連れにして死ぬ覚悟である。そのころになると、犯行グループのなかの誰かがもう死んでいるか重傷を負っているにちがいないと考えられていた。警察は自家製の焼夷弾をアパートの室内に投げこみ、採光窓に面した部屋から犯人たちを遠ざけることに成功した。そのおかげで、新たな地点から銃撃を加えることができるようになった。こうして最終決戦の火ぶたが切られたのである。

数名の警官がフリオ・エレーラ通り一一八二番地のアパートの隣に位置する別のアパートの窓ガラスを何枚か割り、室内に踏みこんだ。それまでとはちがった角度から攻撃を加えることによって犯人たちを攪乱しようというのである。それと並行して、犯人たちが潜伏する部屋の壁に、隣室からドリルで穴が開けられた。それまでよりも効果的な水平射撃を可能にするために、穴は床に近い低い位置に開けられた。どんな反撃のチャンスも見逃さなかった犯人たちは、それを見るやすかさず攻撃を開始し、第十二部隊のネルソン・オノリオ・ゴンサルベスの胸めがけて発砲した。倒れたゴンサルベスは二階のバルコニーの床を引きずられて通りに降ろされ、救急車に担ぎこまれたが、病院に着く前に息を引きとった。

警察の攻撃が勢いを増すと同時に犯人たちも室内からの反撃を試みたが、耳をつんざくような激しい銃撃戦が三十分もつづくと、犯人たちの勢いは目に見えて衰え、銃声も次第に間遠になった。弾薬を節約するための作戦ではないかとの憶測がささやかれたが、本当はそうではなく、十五時間におよぶ戦闘で受けた傷のためにブリニョーネもメレレスも力を失いはじめていたのだった。

仲間のなかで意気軒昂なのはドルダただひとりで、負傷したふたりの仲間の面倒を交互にみながら時おりマシンガンで応戦した。警官がひとり通路に入りこんで窓から攻撃を加えていた。

〈カラス〉《クエルボ》ことメレレスは正面にいる敵を倒そうと立ち上がったが、引き金を引く前に銃の乱射を浴び、リビングへ吹き飛ばされた。敵に狙いを定めるべく台所に足を踏み入れたものの、一瞬にして息絶えたのである。窓から差しこむ光に近づこうとしたことが結果として命取りになったといってもよかった。

そう考えたのはネネだった。彼は、奥の窓が光り輝いているのを目にすると、部屋のドアを背にしてもたれかかっているメレレスがうめき声を漏らしているのを感じた。

「クエルボ」ネネが呼びかけたが、メレレスはすでに事切れていた。

ネネは床に座りこんで壁にもたれると、宙にむけてマシンガンを乱射した。警察が相変わらず空気ハンマーで天井を激しく乱打していたからだ。まるで頭上を電車が通過していくようなすさまじい音だった。

メレレスは、天井に穴がうがたれた寝室のそばに倒れていた。車や軽トラックの陰に身を隠していた警官たちは、犯人のひとりがどうやら死んだらしいとの知らせを受けとった。とはいえ、アパートの位置関係からすると犯人たちの姿を外から確認することは不可能であり、死亡のニュースが事実だと断定することはできなかった。

〈坊や《ネネ》〉ことブリニョーネが望んでいたのは、ドルダが採光窓から銃撃を加える一方、自分は台所に忍びこみ、そこから通路にむかって発砲するあいだ部屋の隅に身を寄せているドルダから援護射撃を受けることだった。ふたりとも警察が天井に穴をうがっていた中央の部屋から離れていた。穴はまさに、建物全体を揺らす空気ハンマーの衝撃によって開けられたところだった。

警察は天井の穴から低強度の手榴弾を何発か投げ入れたが、ついに強烈な破壊力を有する手榴弾の力に頼ることにした。慎重に扱わないと持ち運びの際に大きな危険がともなう手榴弾である。ウルグアイ警察の署長リンカーン・ジェンタは、九号室と十三号室をつないでいる浴室の採光窓からそれを滑りこませた。手榴弾は狙いどおりに炸裂した。ネネはリビングのほうへ駆け出したが、浴室のドアのところで機関銃の連射を浴びた。

廊下にあおむけに倒れたネネは両目を開いたままうめき声をあげることもなく、顔面蒼白になって苦しそうに息をした。ドルダは小さな声で、祈りのような奇妙なささやきをつぶやきながら床をはい、左手で機関銃を構えたままネネに近づいた。

ネネの傍らへやってくると、ドルダは敵の攻撃からネネを守ろうとその体を壁際まで引きずり、両腕で抱き起こして上半身裸の自分の体にもたせかけた。

ふたりはしばし見つめ合った。ネネはいままさに息を引き取ろうとしている。ドルダはネネの顔をきれいに拭いてやると、涙をこらえた。

「俺を撃ったやつは死んだか？　俺はやつを殺したのか？」ネネが訊ねる。

「もちろんさ」ドルダの声はやさしく穏やかだった。

ネネはドルダにむかってほほ笑んだ。ドルダはまるでキリストを抱きかかえるようにしてネネを両腕で支えていた。ネネはやっとのことで片手をシャツのポケットに入れると、ルハンの聖母像が刻まれた小さな護符を取り出してドルダに手渡した。

「頼んだぞ、マルキートス」ネネは生まれて初めて、〈ガウチョ〉の本当の名前を愛称で呼んだ。まるで慰めを必要としているのはドルダのほうだと言わんばかりだった。

ネネは心持ち起き上がると、肘で上体を支えながらドルダの耳元に口を寄せ、ドルダだけが聞こえるようにささやいた。それはまちがいなく愛の言葉、途中で消えてしまった愛の言葉、おそらく言葉にはならなかったものの、ドルダが感じとることのできた愛の言葉だった。ドルダは、息を引き取ろうとしているネネに口づけした。

ふたりはしばらくそのままの姿勢でじっとしていた。ふたりのあいだを血が流れ、完全な静寂が部屋を支配していた。天井にうがたれた穴から警官たちがなかをのぞきこんだ。すかさずマシンガンの連射が下方から浴びせられ、倒れたネネのうしろに身をひそめたドルダの叫び声が響きわたった。

「度胸があるならこっちへ来てみろ、くそ野郎ども……」

9

おそらく午後の時間がはじまろうとしているのだろう。破壊されたアパートのなかにひとり取り残された〈金髪ガウチョ〉ことマルコス・ドルダは、完全に目が覚めた状態で自信に満ちあふれている。脇にはコカインを詰めた小袋が置かれている。彼にはまだいくばくかの命が残されている。これほど大勢の人間に取り囲まれていることが不思議に思える一方、彼にはそれがいい兆候にも思われた。「俺を殺しに来る敵はただひとり、あのろくでなしのシルバ、凶暴にして臆病者のシルバだろう」無傷のドルダはほほ笑みながら、打ち捨てられたように床の上に腰を下ろしてドアにもたれ、湿っぽい光にぼんやりと目を凝らし、左手で自動小銃をなでている。死に支度をしているわけではない。どんな人間であろうと死に支度をする者なんていない。それでも死の覚悟を決めることはできる。「お前はきっとろくな死に方をしないよ」という予言を幼いころから刻印された人間のように。敵に包囲され、隠れ家に閉じこもり、死に取り囲まれ、動くこともままならないドルダは、死の覚悟を決めていた。死んだ母親の言葉が祈りの文句のようによみがえってくる。「お前はきっとろくな死に方をしないよ」つまり、だまし討ちを食らって背後から銃撃されるということだ。それでもいい死に方をしたと言えるのだ。五体満足のまま、誰をも裏切ることなく、誰に腕をねじ上げられることもなく。この言葉に熱くなったドルダは、まるで写真のなかの光景を眺めるように、カニュエラスにあるバルの敷地で開かれた腕相撲大会でねじ上げられた腕を、そして、『クロニカ』の表紙を飾るおのれの死体を目にした。〈極悪非道の殺人犯ドルダ、ついに斃れる〉来れるもんなら来てみろ、腰抜け野郎ども。ドルダはひとりごちた。そして、腕にゴムを巻きつけ、静脈を探った。

何もかもどうでもよかった。ドルダは窓の外の様子をうかがう。警官たちがまるで小さな人形のように、壁にぴったり身を寄せるようにして動きまわっている。サーチライトの光が午後の空気を照らしている。その向こうにはロドー公園が、さらにその向こうには川の流れが見える。通りの敷石の下には、下水管が秘密の通路のように走り、川につながっている。地下室を通って抜け出し、手でトンネルを掘り、そこから排水溝に潜りこみ、鉄の階段を上ってマンホールのふたを持ち上げ地上に出る。神父たちの運営する学校が野原のなかに建っていた。木々や家屋、高い塀があった。寄宿生になるのよ、お前は寄宿生になるのよ。ドルダの頭に最初に思い浮かんだのは、寝ている自分をこっそり観察するひとつの目だった。赤ら顔のハーラ、監視員をしている片目のハーラの白く濁った目。この男は体のあざが目立たないように生徒を痛めつけたものだ。ドルダはよくベッドでお漏らしをした。そんなときは、マットレスを引き出して列の先頭を歩くように命じられた。日向で干すためにマットレスを運んでいくドルダの姿を見てみんなおかしそうに笑ったものだ。ドルダは涙も見せずに中庭を横切る。やがてシャワー室に連れていかれ、水が顔の上を流れ落ちるのを感じると、誰にも気づかれずに泣くことができる。ドルダ、ホモじゃないんだぞ。お漏らしをするのはオカマの証拠だ。仲間たちがいっせいに笑う。ドルダは彼らに飛びかかり、地面を転げまわりながら派手に殴り合う。寄宿生なのよ。母がそう言いながら息子を引き離す。母の言葉は、まるで呪いのような奇妙な響きを帯びている。お前は寄宿生《プピロ》になるのよ。生前の母にそう言われると、彼は目《プピラ》を手術されるんじゃないかと、母の顔を見ることができないように、目にシミを入れられるんじゃないかと思ったものだ。それでも時がたつと、こっそり見られているのは村の売春宿の窓の向こうの若い娘たちだとわかる。屋根の上から、ドアの小窓から、娘たちが客とたわむれる様子を盗み見る男たち。白い足を宙に漂わせる娼婦たち。ドルダはそこに連れていかれたことがあったのだろうか？　そんなはずはない。女主人のイニゲスの店で働いている娘たちは、明け方になると人気のない村をそぞろ歩く。古い囲い場のうしろの三階建ての売春宿のなかに男の姿は見えない。女だけですべての仕事をこなすのだ。使用人の男がひとりいたが、じきに追い出された。マリア・フアナ駅の背後に建つその売春宿を切り盛りするのはもっぱら女たちだ。最初にドルダの相手を務めたのはラ・ルシータと呼ばれる女だった。スペイン語が不自由な彼女は、彼にむかってほほ笑みかけ、アルゼンチン訛りの奇妙な言葉を口にした。「あんた、かわいい《リンド》わね」、「百ペソ《ウン・カナリオ》払ってよ」、「ねえ、入れて」彼女はまるで計算でもするみたいに、あるいは記憶によみがえった夢のなかの言葉を繰り返すように、無関心な口ぶりでそんな言葉を発した。ラ・ルシータも彼も同類なのだ。自分が感じていることをうまく言葉にできないのだ。ドルダは彼女に会いに店に通った。彼女の隣に座って、彼女が自分の股間をまさぐるのを眺める。そのために彼は、稼いだ金を、別荘や駅舎、アラブ人のアバドが経営する店の奥から盗み出した金を費やした。ふたりは何もしゃべらなかった。そのころにはもうドルダは寡黙な人間だったのだ。十三歳か十四歳の金髪の少年で、ビスケットのような色の顔に澄んだ明るい目をしていた。ときどき脳のなかの細い管を通して、甘い音楽のようなラ・ルシータの混じりけのない声、名状しがたい彼女の声が聞こえてきた。彼に話しかける声、「あんた、かわいいわね」とささやきかける声だ。彼女は「あたしのかわいい金髪ガウチョちゃん」と呼びかけることを覚え、愛情に満ちた言葉をほかにも口にするようになった。それは、ふたりにしかわからない不可解な歌のようなもの、ドルダの心の奥底にしみこむ言葉だった。彼は、胸のなかを樹枝のように広がっているものについてなんとか彼女に説明しようと試みた。それは言ってみれば血液を養分とする蔓性植物のようなものだった。はたして彼女に理解することができただろうか？　ドルダは彼女にもわかるように説明しようと努力した。彼女は、ドルダが愛を、心を慰めてくれる愛を探し求めている相手が女性ではないことを知っていた。彼はそういったことや、いまは亡き母がよく聴いていた歌の話を、彼女に聞いてほしかった。しかし声が出てこない。彼女に話すことを声に出して練習してみても、いざとなると言葉がつかえてしまう。そんなとき彼女はやさしくほほ笑みながらドルダを見つめる。彼がほかの少年とちがっていることを、女っぽいわけではなく、むしろ男らしいけれども、ほかの少年とちがっていることを、そして、本当はホモではなく、田舎の人々が言う変態であることをよく理解しているとでもいうように。そして、裸でベッドに腰かけ、足の指の手入れをはじめる。ドルダは、アセトンのむっとするような匂いを嗅ぐと体が熱くなり、自分も爪にマニキュアを塗りたくなる。足の小さな指のあいだに脱脂綿をはさんでいる彼女を見ていると、床にひざまずいて口づけしたくなる。まるで処女に口づけするように。その勇気がない彼は、悲しげに黙りこんだままじっとしている。彼女は時おり笑顔を浮かべると、意味不明の言葉で彼にささやきかけたり、ポーランド語で歌を口ずさんだりする。そして彼の体に寄り添う。ドルダは、弛緩した体をこわばらせ、彼女の愛撫に身をまかせる。しかし挿入することができない。時には彼のほうからラ・ルシータの体を愛撫する。まるで人形を相手にでもするように、そして、ひそかに恋心を寄せていた少女を愛撫するかのように。五七年か五八年の思い出だ。そのころにはもう武器を持ち歩くようになっていた。彼がナイトテーブルの上にバジェステル・モリナ〔アルゼンチンの自動式拳銃〕を置くのを見ても、ラ・ルシータは驚きもせず、まるでそんなものは目に入らないとでもいうように、平然と、穏やかに、電気スタンドの光を浴びながら、奇妙な言葉で祈りでも唱えるようにしゃべりつづける。それからどうなったのか？　彼はもう覚えていなかった。ドルダは過去に二度、少年院に入れられたことがあったが、まだメルチョール・ロメロの監獄には送られていなかった。どこにでもいる普通の少年に生まれ変わるように電気ショックやインシュリン注射をほどこされて脳を空っぽにされることもなかった。小さな丸眼鏡をかけ、顎ひげの先をとがらせたブンへ博士こそ、普通の少年に生まれ変わるように彼を諭《さと》した最初の人物だった。博士は、女と所帯を持つようドルダに言い聞かせた。なぜなら、札つきの不良、盗っ人、人殺し、命知らずの若者だったドルダ、サンタフェ州のはずれの飲み屋で恐れられていたドルダは、生まれつき男が好きだったからだ。日雇い人夫や、夜明けにマリア・フアナの対岸めざして小川を渡っていく年配の馬方、そんな連中が好きだったのだ。橋の下に連れていかれたドルダはそこで男色《ソドミー》にふけった（これはブンへ博士が用いた表現である）。男たちに犯されながら屈辱と快楽の靄に包まれ、おのれの行為に恥じ入りながらも解放感をおぼえるのだった。何ものにも拘束されず、つねに怒りを内に秘めていた彼は、感じていることをうまく言葉にすることができなかった。頭のなかでは複数の声が鳴り響いていた。忠告を与える女たちの声、くだらないことをささやきかける女たちの声だ。ドルダの頭のなかにこだまするのはいつもきまって女たちの声であり、互いに矛盾する命令を口にしたり、罵りの言葉を投げつけたりする。だからこそ彼は、そんな声に悩まされることのないように、ソドミーの罪から解放されるように、病院で注射を打たれたり錠剤を飲まされたりしたのだ。彼はいま、収穫の仕事に雇われていたころに共同生活を送っていた労働者たちのことを、当時の自分がどんな目で彼らを見ていたかを思い出し、ほほ笑みを浮かべる。真夏の数カ月というもの、田舎の労働者たちとの共同生活を余儀なくされた。なにせ脳みそが干上がるほどの焼けつくような日射しだぜ。ある日の午後、ドルダは仲間たちと食料《アル》雑貨《マセン》店に居残ってサポ〔カエルの置き物の口にコインやメダルを投げ入れるゲーム〕をしていた。誰もが半分酔っぱらい、みんなで彼のことをからかいはじめた。ドルダをネタに冗談を飛ばしては笑うのだった。ドルダはうまくしゃべることができず、うつろな目に笑みを浮かべるばかりだった。古株のソトがドルダにしつこくからみだした。ドルダは、図に乗って挑発してくるソトに不意打ちを食わせた。へべれけに酔ったまま栗毛馬にまたがろうとして、鐙に届かない足をいたずらに宙に泳がせているソトに襲いかかり、あっという間にとどめを刺した。間の抜けたソトの見苦しいダンスを早く終わらせようと、武器を手にするやいなや一瞬にして彼を墓場送りにしたのである。こうして、延々と繰り返されることになる殺しの最初の犠牲者が生まれたのだった（ブンヘによると、ドルダはそう語った）。それが数々の不幸のはじまりとなった。ドルダは、道を踏みはずした盗っ人から立派な人殺しへと変貌したのである。シエラ・チカに移送された彼は、パンと水だけを与えられて監獄に閉じこめられ、いまや誰もが知っていることをすべて白状するよう迫られた。当時のことを鮮明に覚えていたドルダは、ブンヘ博士にすべてを語った。博士はドルダの話を白い手帳に書きとめた。

「このままだと、いずれろくなことにはならないよ、ドルダ」博士は言った。

「どうせろくでもないことになるんだ」ドルダは自分の考えをうまく言葉にすることができない。「ガキのころからそうだった。不運な人間なんだ。先生、俺は自分の考えをうまく言葉にすることができないんだ」

ドルダは身振りをまじえて自分の感じていることを伝えようとしたが、面と向かって笑われるのがオチだった。彼は激しい怒りに襲われた。お前はきっとろくな死に方をしないよ、いまは亡き母親はいつもそう言っていた。

そしてついにこのアパートに追いつめられた。死んだ〈双子〉の兄が横たわるアパートに閉じこめられ、通りにむかってマシンガンを突き出している。ドルダを殺すためにやってきた警官が通りを埋めつくしている。俺をとっつかまえて、チリ人のいるシエラ・チカの監獄へまた送りこむつもりだろう。チリ人は本当にひどいやつらだった。まるで動物のように扱われたものだ。あんなところに戻されてたまるか。シエラ・チカに逆戻りなんてごめんだ。ドルダは窓の外に目をやる。床の上にネネが倒れている。指のあいだには小さな護符が握られている。ドルダは、ネネが死んでいることをまざまざと感じた。ドルダを愛し、いつも守ってくれた唯一の男、まともな人間として扱ってくれたたったひとりの男、肉親の弟に対するよりも大切に扱ってくれた男、まるで女を相手にするように接してくれた男、ネネ・ブリニョーネ。ネネは、ドルダがうまく話せないときにはその心を理解し、ドルダが感じていることを、まるで彼の心を見透かすようにうまく言葉にしてくれた。そのネネがいま、きれいな顔のまま床の上に倒れている。血まみれの死体となって、あおむけに横たわっている。

ガウチョは窓から通りを見下ろす。奇妙な静けさが支配している。上から見ると、警官たちが地を這うように、なまこ板をひきずるようにしてうごめいている様子が聞こえてくる。

「来れるもんなら来てみろ、くそ野郎ども」ドルダが叫ぶ。「こっちには弾が二箱も残ってるんだぞ」

俺にはヤクが一包み、コカインが一袋ある。これがあれば眠らずにすむ。ドルダはそれを言葉にして言うことができた。そして、言葉にすることなく頭のなかで考えることができた。彼はそうやって何時間も耐え、朝が来て昼になってもまだアパートから引きずり出されることなく、しぶとく抵抗してきた。ドルダはコカインの入った袋を頭からかぶって息を吸いこむ。するとたちまち解放感に包まれ、すがすがしい空気が喉を満たしていくのを感じる。快い清涼感が広がり、そのおかげで頭が冴え、自分は窮地を脱することができるにちがいない、きっと助かるにちがいない、そう信じることができた。

できるだけ大勢の警官を道連れにするつもりだった。口に出すことこそなかったものの、ネネとドルダのふたりはそう誓いあった。近くの扉の枠にはナイフで小さな印が刻まれている。敵をひとり倒すたびにナイフで刻み目を入れていったのだ。いったい何人殺しただろう。ドルダは数えるのに難儀した。十人か十二人といったところだろう。爆弾かダイナマイトがあれば、それを腰に巻きつけ、彼が死ぬのを待ちわびている警官たちがひとり残らず群がっている通りにむかって飛び出していくことだろう。そして、敵もろとも粉々になって吹き飛ばされるだろう。

警察は、勇敢に立ち向かってくる犯罪者を相手にすることには慣れていなかった。腰抜けぞろいの彼らは、容疑者をベッドに縛りつけたり、高電圧《ピカーナ》の棒で拷問を加えてさんざん痛めつけたりすることには慣れている。ところが、かたくなに屈服を拒む相手を前にするとたちまち意気地がなくなる。もう二時間もまごまごするばかりで、いまだにアパートに踏みこむことができずにいる。

「シルバ、ここまで来てみろ。腰抜けのブタ野郎め」

街じゅうが静まり返るなか、ドルダの力強い声が響きわたる。まるで天から届く神の声、彼が田舎で聞いた神の声みたいだ。聖母マリア様、いまこのとき、そしてわれらが身罷《みまか》るとき、われら罪びとのために祈りたまえ、アーメン。ドルダは聖母マリアへの祈りを一息に唱える。何年ぶりだろう。祈りの文句を教えてくれたのはシスター・カルメンだ。孤児院の尼僧たちが祈りの文句を教えてくれた。ガウチョは時おり、頭のなかの声を追い払うためにそれを唱えた。いつも同じ文句を唱えては聖母マリア様に祈りを捧げるのだった。

「神父を呼んでくれ」彼は言った。「告解したいんだ」

馬に乗った男たちが敷石を並べた中庭に入ってきた。すると女が二連発銃を抱えて飛び出し、闖入者たちに自重を求めた。それにしてもいったいどこからこんな思い出がよみがえってきたのか？

「俺には神父を呼ぶ権利があるはずだ。洗礼を受けているんだ」

屋外で銃声が鳴り響き、遠くのほうから人声《ひとごえ》が聞こえてきた。彼はいま落ち着き払っている。警官たちが近隣の部屋を動きまわっていることが彼にはわかっていた。二連発銃を抱えた女が記憶によみがえった。それは母親なのか？　そのあとのことは何も覚えていなかった。まったくの空白、完全なる無だ。それが彼の人生だった。孤児院に入るまでの月日ははっきり覚えているのに、そのあとのことは何も覚えていない。気がつけばいつもネネといっしょだった。ドルダにとって一日一日は矢のように過ぎていくのに、ひと月ひと月の時間が過ぎることはけっしてない。監獄に閉じこめられていると、一日一日はゆっくり過ぎていくのに、一年一年はあっという間に過ぎてゆく、そんなことを言ったのは誰だったろう？　監獄を出た瞬間から、窓を背にしてアパートの床に腰を下ろし、警官が殺しにやってくるのを待っている今日という日が来るまでのあいだにいったい何が起こったのか、彼にはどうしても思い出せなかった。

ドルダにはもう祈りを唱える声は残されていなかった。かわいそうに、こいつはウルグアイ東方共和国で死んでいくんだ。いまは亡きドルダの父親はかつてそんなふうに言っていた。俺はエントレリオスとウルグアイ東方共和国に行ったことがあるんだ。ドルダの父は、荷車の一団を率いて旅に出てはたくさんの収穫を手にしていた。

採光窓から吹きこむそよ風が、燃やされて亡霊のようになったカーテンを揺らしている。近くにはネネの死体が横たわり、後方には中庭に面した窓がある。ドルダは不意に、まだら模様の馬にまたがった父が近づいてくる夜の光景を目にした。

「相棒、調子はどうだい？」

馬は、歩きはじめるとすぐに、生い茂る草をなぎ倒しながら進むコンバインのエンジン音、次第に回転速度を上げていくエンジン音を聞きわけることができるようになる。驚いた馬がいっせいに立ちどまり、エンジン音がやむとふたたび歩きはじめる。ドルダの脳裏には、タンディルでの収穫の場面が鮮やかな映像となって浮かんだ。十歳か十一歳のころの思い出だ。大人たちは収穫袋を手ぎわよく縫っている。一ヘクタールあたりの収量が三十袋分に達すると、急いで縫わなければならないため、着ているシャツの裾をうっかり袋に縫いこんでしまうこともしばしばだった。袋の口を絹糸で縫っていく。十字になるように糸を交差させるだけだ。ところがドルダは、袋の口をどうしてもうまく縫うことができない。この子は少し頭が弱いんだな。周囲の大人たちはよくそんなことを言っていたが、本当は頭が弱いのではなく、ただ話すことが苦手で、耳もとにささやきかけてくる女たちといつも格闘していたのだ。女たちがささやきかけてくる言葉は、油を塗った糸でもって彼の体に縫いこまれた。体内に入れ墨をほどこされるようなものだ。いまは亡き母親の言葉も、まるで木の幹に刻まれるようにして彼の体に彫りこまれていた。

「思い出というやつは稲妻みたいなもんだな」ドルダはつぶやく。「俺はここにいて、こうしてふんばっている」

身の回りにあるものすべてが破壊されている。壁はえぐられ、はがれ落ち、梁がむき出しになっている。信じられないほどたくさんの弾丸が、押しつぶされた形で、寝室やリビング、浴室、台所に散らばっている。それらは、もう何時間もつづいている銃撃戦の激しさを物語っている。かろうじて立っているのはもはや家具とは呼べないような代物だった。

「シルバの手下どもはきっと俺をここから引きずり出すつもりだろう。ろくでなしのクズどもめ、くたばりやがれ」

床には四十五口径の銃が二丁と、サブマシンガン、それに三十八口径のリボルバーが置かれている。がたがたになった二つの箱には、残り少なくなった弾丸が入っている。三人の若者が三百人以上もの警官による包囲網を十五時間にわたって耐え忍ぶために使われたささやかな兵器庫だ。

ドルダは床に腰を下ろしたままほほ笑む。頭のなかでいくつかの声がささやいている。いまは小さな声だ。ドルダは銃を乱射し、自分がたしかにそこにいることを敵に知らせる。

警官たちは暗闇のなかを、通路を通ってドルダを捕まえに来るだろう。そういえば、ダブルのスーツを着こんだ警官が黒い車体の二輪馬車に乗って町を走りまわっていた。彼らは駅前で馬車を降り、手錠をはめられた囚人たちを連行していく。気ちがいアンセルモが連行されたときは、町じゅうの人々が後を追いかけていった。アンセルモは二等列車に乗せられ、その両脇をふたりの警官が固めた。ラ・ブランケアーダ通りで盗みを働いているところを上役に見つかったアンセルモは、その首をナイフで刺して殺したのだ。イタリア系のアンセルモは盗みと追いはぎの常習犯で、警察に追われながら町や村を逃げまわっていたものの、ついに駅の敷地内で不意打ちを食ったのだった。上役が現れて、「このイタ公め」と言いながらアンセルモを口汚くののしった。アンセルモは刃物を相手の首に突き刺した。あのころドルダは何歳だっただろう？　十二歳か十三歳といったところか。覚えているのはそこまでだった。あとは空白が広がるばかりで、まるで内に抱えているものをきれいさっぱり消されてしまったかのようだった。彼の記憶はそこでストップし、覚えているのは子どものころのことばかり、あとは何もなかった。イタ公のアンセルモが四輪馬車から降ろされると、一行はピラ駅のがらんとしたホームに立って、南からやってくる電車を待つ。ふたりの警官に挟まれたアンセルモは、アルパルガータを履いてグレーの上っぱりを着ている。彼はずっと郵便局で働いていた。他人の手紙を開封し、中身をこっそり持ち出しては女たちに手紙を書くようになった。そして、彼女たちの家を訪れては強姦を働いたという噂だった。迷信深かった彼は、悪い知らせがしたためられた手紙しか持ち帰らなかったようだ。盗まれた手紙は彼の自宅から見つかったが、それらはみなきちんと分類されて保管されていた。隠れているところを見つかったアンセルモは、発砲しながら表へ飛び出した。やがて家畜の盗みと屠殺に手を染め、打ち捨てられた農場で田舎娘を犯すようになった。ドルダは窓に寄りかかりながらそんなことを思い出す。そして外の様子をうかがう。眼下の通りでは警官たちが動きまわっている。

手錠をかけられたアンセルモの両手は前に組まれ、腰の上あたりに置かれている。しかしその目は尊大な光を放ち、おのれが悪党であることを、反逆児であることを誇るかのように線路に向けられていた。口ひげを生やし、ポンチョをまとったふたりの警官は、おとなしく煙草を吸っている。これからアンセルモを連行して、バイア・ブランカからやってくる電車に乗りこみ、ラプラタまで行かなければならない。

「お前もあんなふうになっちまうよ」いまは亡き母親はその夜、ドルダにむかってそう言った。

アパートの三号室の採光窓を通して、三階の隣の住居の食堂の壁——それは寝室に面していた——にうがたれた穴から、スプリング付きのベッドの上で壁になかばもたれるように〈背臥位〉で倒れているメレレスの姿が見える。用心に用心を重ねれば、十一号室からネネの死体を見ることもできる。それは台所と玄関ホールのあいだに横たわっている。しかし、もうひとりの姿が見えない。

太陽の光がカーテンの隙間から差しこんでいる。手持ちのドラッグはあと二時間もすればなくなるだろう。

「ヤクをもってこい」ドルダが叫ぶ。

「いいかげんに降参しろ」ドルダの耳に叫び声が届く。

隣の住居との境にうがたれた穴を通して、蜂の巣になったふたりの若者の死体が横たわっているのが見える。ドアの支柱のところに投げ出された死人の足は、激しい銃撃によって窮地を脱しようとした最後のあがきを雄弁に物語っているかのようだった。食堂とリビングを兼ねた部屋の床を覆いつくす血の海のなかに、血まみれの死体があおむけに倒れている。その近くにも血まみれの死体が横たわっている。最初の死体はブルーのジーンズと白のTシャツを身につけ、その脇にトンプソン・マシンガンが投げ出されている。もうひとつの死体は青いズボンと茶色のTシャツを身につけている。そして若者がひとり、窓に背を向け、何もない床の上に座りこんでいる。ドルダだ。

警官らはまるでネズミのように通路をうごめいている。ドルダに祝福を与えるために神父がやってくることになっていた。

「ちょっと失礼してコカインでもやるか。来れるもんなら来てみろってんだ」

警察は用心のために、壁に開けられた穴からさらに銃弾を撃ちこみ、浴室の窓からガス弾を投げこんで追い討ちをかけた。ところが何の反応もなかった。警官が通路をのぞきこんで様子をうかがうと、たちまち銃の乱射を浴びて倒れた。

犯人たちの部屋の玄関扉は、まるで死体のように硬直した記章か何かのように蝶番からぶら下がり、無数の弾痕に覆われていた。通路には破片が散らばり、煙や火薬、血が混ざったような匂いが漂っている。

ドルダはいつも精神科医の注目の的だった。犯罪者として生まれ、幼くして道を踏み外した人間は、おのれの定めにしたがって死ぬことを運命づけられている。それは逃れられない宿命であり、南部鉄道の二等車に乗りこんだアンセルモがそうだったように、否応なくそこに引き寄せられていくしかなかった。ドルダは田舎が好きになれなかった。見渡すかぎり平坦な大地が広がり、昼寝の時間にこっそり抜け出してはコンバインの運転席によじ登ったものだ。穴のあいた小さな鉄の椅子にやっとのことで体を滑りこませる。驚くほど高く、脇にブレーキレバーがついている。彼はまた、荷車に結びつけられたペルシュロン種の馬に運よくまたがることができた。馬の腹帯には輪に通した革ひもが取りつけられていた。沼にはまった荷車を引き出すためのものだった。丘までやってくると、鉄条網の傍らでよく休憩したものだ。どこまでも伸びてゆく道が一望のもとに見渡せたからであり、丘にはビスカチャの巣がいくつもあったから、犬の助けを借りてそれらを捕まえることができたのだ。

やがてドルダはブエノスアイレスにやってきて、バラカスあたりの下宿に住み着いたが、それについて語ることはなく、そもそもほとんど覚えていなかった。

そしていま、催涙弾やマシンガンの乱射を浴びたアパートの寝室のダブルベッドは、粉々に粉砕され、木片の集積と化している。

いたるところから血がしたたり落ちている。

それはまるで、完膚なきまで破壊された一軒の家が丸ごとアパートのなかに移ってきたかのようなありさまだった。この廃屋のような建物のなかで無傷のまま残されているものはもはや何ひとつないといっても過言ではなかった。数えるほどの壁がかろうじて立っているばかりだ。

警察は室内に踏みこむ決心がつかなかった。若者たちがはたしてみずから命を絶ったのか、正面の扉にむけて乱射された機関銃の犠牲となって死んだのか、あるいはドリルで穴をうがたれた天井から投げこまれたとおぼしき手榴弾に吹き飛ばされて絶命したのか、いまとなってはわからなかった。

ドルダは手の届くところに武器を置いたまま、最後まで抵抗をつづけるための方法を考えていた。コカインをひとつまみ摂取したところだった。

ネネ、覚えているか？　子どものころ、鳩の卵を探すために道の真ん中を歩いただろう。ボリバルで過ごした夏の思い出だ。泥沼につかって、小さな卵をピンで刺しては次々と飲みこんだんだ。

田舎についての記憶は何もない。なにもかもが警察に監視されている。ドルダの頭にはいくつかのイメージが瞬間的に浮かび上がる。そして、武装した男たちを乗せた一台の車が一本道を走ってくるのが見える。いくつもの声がわけのわからないことをささやきかける。声は時おり、売春宿のポーランド娘が口にする甘い言葉をささやく。いったい何が言いたいのか。憐れな彼女ははたしてどれほど苦しんだことか。あんなにもかわいい女なのに。彼女は、地位も身分もある男と結婚させられるために騙されて連れてこられた。ところがすぐに船に閉じこめられて内陸部へ連れていかれ、チリ人のマダム・イニゲスの店で働かされた。田舎で生まれ育った彼女は、縫い物もできたしグラーシュを作ることもできた。戦争や飢えから遠く離れたところで家庭をもつことができるようにと連れてこられたのだ。ドルダは、眠っているようなぼんやりとした頭で、まるでそう言う声が本当に聞こえてきたかのように、彼女を殺すのがいちばんいいのではないかと考えたことがあった。あたしを殺してと懇願する彼女の声を耳にしたのだ。そんなことはしたくなかった。ドルダはその考えを頭から追い払おうとしたが、女の声は、たちの悪いダニか何かのようにまとわりついてきた。ドルダは目を閉じた。彼女が裸のままベッドの足元に座りこんでいたからだ。その赤い髪は腰のところまで伸びている。頭のなかで電線のようなものが音を立てている。ひとつの声が彼女を殺すように促し、この地方の人間にはおよそ理解することのできない彼女の言葉で語りかけてくる。ところが、それらの言葉は、お願いだから彼女を救ってやってほしい、近隣の州(《近隣の州》)からやってくる野卑な田舎者たちの相手をしなければならない苦しみから彼女を解放してやってほしいと語りかけてくる。彼女がじつはポーランドの王女であること、そして、彼女が孤独と苦しみ(《苦しみ》)にこれ以上耐えることができないことを理解している人間はひとりもいない。彼女は幼い娘のナディアから無理やり引き離された。チフス(《チフス》)を患っているからと言って、医者が無理やり娘を連れ去ってしまったのだ。医者は百ペソを母親に渡すと、ショールにくるまれた小さな娘を連れ去った。母親はそのまま荷車に乗せられ、チビルコイの売春宿に連れていかれた(ドルダはブンヘ博士にそう語った)。ドルダは、囚われのポーランド娘が口にする言葉を、あたかも符丁かなにかのように理解することができた。彼女は、荷車に乗せられてサンタフェ州に連れていかれ、刈り入れに従事する日雇い人夫たちを相手に働かされたこと、あちこちの作業場を転々とさせられたこと、そしていま、小さな部屋に閉じこめられ、堕落した生活を強いられていることなどを語った。赤みを帯びた髪のヨーロッパ娘は、黒人たちのお気に入りだったのだ。彼女はいま死ぬことを望みながら、ドルダにかしずかれ、両足を撫でられていた。全裸姿で鏡を見つめ、王女のような瞳でドルダを眺め、殺してほしいと口にする。ドルダは、自分がやるべきことをやさしく語りかけてくる声に耳をすませ、ブーツのベレッタ銃に手を伸ばすと、彼女の両目に狙いを定める。その瞬間、彼女は、ドルダの記憶に永遠に刻まれることになる驚きと恐怖に満ちた表情を浮かべる。おそらく彼女は、自殺を決意した人間が最後の瞬間になって後悔の念に襲われ、生きたいという気持ちに駆られるように、驚愕のあまりふとわれに返ったにちがいない。ドルダはそんな確信にとらえられる。それは彼の心に消えることのない痕跡を残す。全裸姿の彼女は、ドルダの手で頭を吹き飛ばされる瞬間、ほどいた赤毛を背中に垂らし、こんなふうに、まるで慈悲を乞うように、そしてあっけにとられた表情で手を挙げる。

ドルダは精神病院に入れられ、死ぬほど殴られ、馬を眠らせるための注射を打たれ、薬物を注入されて死んだようになり、骨という骨がずきずきと痛み、無防備な女性ばかりを狙った殺人犯として、朝から晩までベッドに縛りつけられ、拘束衣を着せられて身動きもままならず、戦争や宝くじの話をしている狂人たちの部屋に入れられた。彼は押し黙ったまま物思いに沈み、頭のなかのいくつもの声に、自分を殺してほしいと頼みこむラ・ルシータの声に耳をすませる。ある日の午後、いかれガルベスという男が、医務室から盗み出した金切りばさみを手にして現れ、猛り狂った狂人たちを次々と解き放った。一九六三年のクリスマスの出来事だ。誰もがクリスマスの準備にあくせくしていた。ゴネット駅で電車に乗りこんだドルダはコンスティトゥシオン駅で下車し、それからは駅に寝泊まりするようになった。そこで知り合ったのがネネだった。スーツケースを手にしたネネは、カジノで大儲けしたマル・デル・プラタからの帰りだったが、ドルダの姿を目にすると、どこかで見たことがある顔だと思った。それもそのはず、ふたりはかつてバタンの少年院でいっしょだったのだ。ネネ・ブリニョーネはさっそくドルダを自宅に連れていった。ドルダの脳裏に刻まれたネネのイメージは、スーツケースを手にして愉快そうにホームを歩いてくる姿で、まるでドルダを迎えに来たとでもいうような様子だった。一方のドルダは、ホームの突き当たりにある壁際のベンチに横になっていた。ネネは彼に近づくとこう話しかけた。

「俺はお前のことを知っている。たしかサンタフェの出で、金髪ガウチョといったたな。バタンでいっしょだった」

ドルダの記憶は定かでなかったが、明け方の靄に浮かぶ陽気でエレガントなネネの顔を目にすると、相手の言葉にまちがいがないことを確信した。駅を包みこむ光を背にしたネネは、まるでキリストのようだった。

捜査官のシルバは、ドルダのいる二階の部屋の前まで潜入することに成功した。そして、マシンガンを四方に乱射しながら、めちゃくちゃになった玄関扉を抜けて室内へ身を躍らせた。最後の生き残りである〈金髪ガウチョ〉ことドルダは、ふらつく足で立ち上がり、もはや力尽きていたものの、最後の力をふり絞ってマシンガンの引き金を引いた。しかしシルバを倒すことはできなかった。衰弱のあまり、午後の光を浴びたシルバの姿があまりにも遠くに感じられた。そしてついに、まるで徹夜のあとの眠りに落ちるように、床に倒れこんだ。

警官たちは、しかるべく用心しながら室内に足を踏み入れると、奥へむかって進んだ。そして、ふたりの若者〈カラス《クエルボ》〉ことメレレスとネネ・ブリニョーネ)が床に倒れて息絶え、重傷を負ったもうひとりの若者が瀕死の状態にあることを見てとった。

まもなく、通りにむかって叫ぶ警視の声が鳴り響き、犯人たちがもはや無抵抗の状態にあるから攻撃をやめるよう指示した。警視が立っている場所からは、扉のそばに倒れている若者の両足が見えた。

現場に張りついていた例の若手記者がアパートのなかで目撃したものは、まさに身の毛のよだつ地獄のような光景だった。ほかに適当な言葉が思い浮かばなかった。あたりは血の海で、三人の若者たちがこれほど壮絶な英雄的戦いを繰り広げてきたことはまさに驚きだった。たったひとりの生き残りであるドルダは、無残に破壊されたベッドの背もたれに寄りかかりながら、まるで人形を抱きかかえるようにしてネネにしがみついていた。

担架を運んできたふたりの男がドルダを担ぎ上げた。ドルダは相変わらず笑みを浮かべて両目を見開き、意味不明の言葉をつぶやいていた。担架が階段から一階に下ろされると、現場を埋めつくすやじ馬や近隣の住民、警官たちがいっせいにドルダに飛びかかり、気を失うまで殴りつけた。キリスト――『エル・ムンド』紙の若手記者は手帳にそう書きつける――、贖罪のヤギ、すべての人間の苦しみを背負わされた愚かな若者。

犯行グループの生き残りが建物の外へ運び出されることを知った警官らが騒ぎを起こしたのだった。「人殺し」、「殺しちまえ」といった叫び声をあげながら担架に襲いかかり、瀕死のドルダに殴りかかった。

血まみれのドルダが運び出されると――あちこちの骨が折れ、片目を負傷し、腹部が切り裂かれていたが、まだ息をしていた――、驚きを宿した沈黙が現場を支配した。群衆がドルダを取り囲むと、担架を運んでいたふたりの男が立ちどまった。

この若者こそ、犯行グループのなかで最初に、しかも生きたまま運び出された人間であり、十六時間にわたって英雄的な戦いを繰り広げた恐るべき犯罪者たちのなかで、最初に群衆の目に触れた人間だった。衰弱した体、ボクサーのような外見、生贄に捧げられた人間。そんなドルダの姿が公衆の面前にさらされるや、たちまち憎悪の渦が沸き起こり、最初のひとりが殴りかかるとまるで堰《せき》を切ったような騒ぎになった。

制御不能の狂熱の嵐が憐れなドルダに襲いかかった。
四、五人の警官と記者たちが拳銃やカメラでドルダに殴りかかった。傷を負ったドルダは真っ赤な血に染まりながら、ぴくぴくと体を動かしていた。そして、相変わらず笑みを浮かべ、何事かをつぶやいているようにみえた。聖母マリア様、われら罪びとをお守りください。ドルダは祈りの文句を口にしていた。彼の目には、教会が、彼を待つ神父の姿が映っていた。もし告解がかなうなら、神の許しを得ることができるだろうし、少なくともなぜ赤毛の女を殺したのかを釈明し、頭のなかから聞こえてくるさまざまな声が、彼女はもうこれ以上生きることを望んではいないとささやきかけてきたのだと言うこともできるだろう。いまの彼は、彼女とは反対に、生き延びることを望んでいた。もう一度、どこかの田舎のうらぶれたホテルのベッドのなかで、裸のネネと抱き合いたかった。
猛り狂った群衆がドルダを取り囲み、その死を求める無数の声が午後のうっとうしい太陽めがけて昇っていった。

「こいつを殺せ！　殺すんだ！」

こうした光景はいまだかつて見られたことがなかった。群衆をのみこむ集団的熱狂は、ある者に言わせると、健全な社会とその規範に対して加えられた、犯罪者集団による恐るべき暴虐によって正当化されるものだった。

復讐の念——おそらくそれは、傷つけられた人間の心に閃光のように差しこむ最初の火花である——が一瞬にして人々のあいだに広がった。押し寄せる群衆のなか、老若男女ありとあらゆる人々が口々に復讐を叫んでいた。

　こうなってはもう現場の規制線もまったく役に立たなかった。そして、血まみれの肉塊と化したドルダめがけて、ありとあらゆる方角から拳や足蹴、唾、悪口雑言が降り注いだ。

　ようやくのことで密集する人だかりから引き出されたドルダは、そのまま救急車に運びこまれ、マシエル病院にむかった。時刻は午後二時十五分、救急車は群衆のなかにのみこまれた。

　アルゼンチン警察の捜査官シルバが話しはじめると、やじ馬の熱狂は火に油を注いだように激しくなった。

　シルバは静粛を、司法による裁きのための平静を求め、亡くなった人々のためにしばしの黙祷を呼びかけた。

「わたしはあの男に最後の一撃を加えました」シルバは語った。

　そして、午後の蒸し暑いさなか、群がる人々の頭上に血に染まった右拳《こぶし》を突き出した。

　シルバの肉付きのいい丸顔を、涙がとめどなく流れ落ちた。それは、汗と午後の熱気、樹冠にものうげにまとわりついているようにみえる催涙ガス、建物の入口で命を落としたふたりの警官の血が発するすえたような匂い、そんなものと混ざり合っていた。

　カネロネス通りを走る救急車は、サイレンを響かせながら全速力でマシエル病院めざして南に進んだ。やつらはこの俺を殺すことができなかった。これからだってそうだ。ドルダは唇にこびりついた血の味と折れた歯の痛みを感じ、曇った視界を通して午後の白々とした光を眺めていた。お袋は、息子が誰にも理解されない運命にあることを知っていた。実際のところ、誰も俺のことを理解してくれなかった。

でも時には俺のことを愛してくれる人間がいた。ああ、父さん、ドルダは遠いこだまのような声で言った、まだら模様の馬が俺をここから連れ出してくれるさ。ドルダはいま、ネネ・ブリニョーネとの再会を果たすつもりだった。広々とした野原で、小麦畑で、静かな夜のなかで。救急車のサイレンが次第に遠ざかり、エレーラ通りの角を曲がると何も聞こえなくなった。通りから人影が消えた。

エピローグ

1

この小説に描かれているのは実際に起こった出来事である。事件欄の片隅を占めるさして重要でない出来事、すでに忘れられた出来事にすぎないものの、わたしにとってこの事件は、調査を進めるにしたがって、伝説の光と悲哀《ペーソス》を帯びたものとなった。事件はふたつの都市（ブエノスアイレスとモンテビデオ）を舞台に、一九六五年九月二十七日から十一月六日にかけて起こった。わたしは、物語の連続性はもちろん、登場人物や事件の目撃者たちが口にする言葉を（可能なかぎり）忠実に再現しようと努めた。小説のなかに織りこまれているもろもろの対話や見解は、それが実際に発せられた場所にかならずしも対応しているとはかぎらない。しかし、わたしはつねに、現実に存在する材料に依拠しながら彼らの言動を再現した。そして全編を通じて、非合法的な暴力をテーマにした社会小説にみられる文体上の言語《レジ》使用域《スター》、さらには（ブレヒトの言う）〈隠喩的身ぶり〉が失われることのないように留意した。

事件に関する資料は、小説の筋立てが要求する程度に応じて用いるようにした。つまり、ある出来事についての直接的な裏づけが得られない場合、それを小説に盛りこむことを避けたのである。それゆえに、犯行グループのリーダーであるエンリケ・マリオ・マリートの不可解な失踪は、本書の最大の謎（あるいは幻想的な情況）として残されることとなった。犯行グループがアパートに籠城してからというもの、いったい彼の身に何が起きたのか、それを知る者はいない。この点についてはいくつかの仮説が存在するが、わたしはあくまでも、登場人物たちが紡ぎ出す事件の展開に重きをおいたのである。

ある者に言わせると、マリートは、スチュードベーカーのナンバープレートを取り換えている現場を警察に押さえられたときグループから離れ、警察との銃撃戦がはじまる前にマルマハラ通りから遠ざかっていったヒルマンに乗っていたとのことである。翌日にネネ・ブリニョーネと落ち合うことになっていたが、仲間が次々と倒れ、アパートが封鎖されたために連絡が途絶えてしまった。もっとも信憑性が高いのは、連絡を断たれて孤立無援を余儀なくされたにもかかわらず、マリートはブエノスアイレスに逃げ帰ることに成功し、一九六九年にフロレスタ地区で発生した銃撃戦のなかで命を落としたという説である。突飛きわまりない説によると、マリートは、警察が現場に到着するや否や建物の屋根をつたって逃亡し、貯水タンクに身を隠して二日間を過ごしたということである。その後、パラグアイに落ちのびて一九八二年に癌でこの世を去るまで、（複数の情報筋によると）アニバル・ストッカーと改名してアスンシオンに暮らしていたそうだ。

一方の〈金髪ガウチョ〉ことドルダは、傷が癒えると同時にブエノスアイレスへ強制送還され、その翌年、カセーロスの監獄で発生した四人暴動のさなかに殺された（どうやら警察のスパイの手で消されたらしい）。彼がまだウルグアイの病院と刑務所に収容されていた一九六六年の一月と二月、ブエノスアイレスの『エル・ムンド』紙の特派員によってインタビューが行なわれた。ドルダの発言の一部は、一九六六年三月十四日と十五日の二回にわたって同紙に掲載された。わたしはさらに、事件に関する雑多な文書のなかに含まれていたドルダへの尋問調書の写しと、アマデオ・ブンへ博士の手になる精神鑑定書を参照することができた。それらの閲覧の便宜をはかってくれた第一審裁判所検察官を務めるわたしの友人アニバル・レイナル氏に厚くお礼を申しあげたい。モンテビデオ第十二法廷の検事ネルソン・サッシア氏のご支援もたいへん貴重なものだった。というのも、証人尋問の記録ならびに事件に関する裁判記録の閲覧を許可してくれたからである。そのおかげで、事件にかかわった人物のうち、マルガリータ・タイボ、ナンド・エギレイン、ジャマンドゥ・レイモンド・アセベドらの証言に目を通すことができた。また、ブエノスアイレスでは、ラウル・アナージャ弁護士のご厚意で、ブランカ・ガレアーノ、フォンタン・レジェス、カルロス・ニノ、その他の被告人たちの尋問調書を参照することができた。そして、予審におけるカジェタノ・シルバ捜査官の弁明および供述を閲覧する機会にも恵まれた。彼は収賄の疑いで取り調べを受けたのである（その審理は途中で打ち切られた）。

さらに、本書の執筆を助けてくれた重要な資料として、エレーラ・イ・オベス通りのアパートの盗聴記録に触れないわけにはいかない。わたしはサッシア氏の特別のはからいによって、機密文書ともいうべき盗聴記録を目にすることができたのだ。一九六五年の十一月には、モンテビデオで発行されている週刊誌『マルチャ』に、カルロス・M・グティエレスの手になる長大なインタビュー記事が掲載された。これは、盗聴を担当したウルグアイの無線技士ロケ・ペレス氏に話を聞いたものである。

ほかにも、当時の新聞、とりわけブエノスアイレスで刊行されている『クロニカ』、『クラリン』、

『ラ・ナシオン』、『ラ・ラソン』、モンテビデオの新聞『エル・ディア』、『アクシオン』、『エル・パイス』、『デバテ』などにも目を通した。執筆に大いに寄与したという点で特筆に値するのは、アルゼンチンの『エル・ムンド』紙の特派員として現場に張りつき、事件を取材した人物――E・Rという署名を用いる人物――の手になる報道記事である。わたしはそれらの資料を気の赴くままに本書のなかに取りこんだが、それらの助けがなかったら、本書が扱っている出来事を忠実に再現することはおよそ不可能だったろう。

わたしはまた、エレーラ・イ・オベス通りを舞台としたあの衝撃的な事件が起きた当時モンテビデオに住んでいた友人――彫刻家のカルロス・ボッカルド氏――の寛大な協力にも感謝しなければならない。というのも、彼のおかげで、事件をめぐるさまざまな臆測を本書に盛りこむことを可能にしてくれた詳細な情報や資料を手に入れることができたからである。

2

本書に語られている出来事との最初の出合いは(作り話ではない物語がみなそうであるように)、まったくの偶然によるものである。一九六六年の三月末か四月初旬のある昼下がり、ボリビア行きの長距離列車のなかでわたしはブランカ・ガレアーノと知り合ったのだ。当時の新聞に強盗犯メレレスの「愛人」として紹介されていた女性である。年は十六だったが、すでに三十くらいに見え、逃避行の最中だった。彼女が語り聞かせてくれた物語はいかにも常軌を逸していたため、話半分に耳を傾けていたわたしは、これはきっと食堂車でわたしに食事代を払わせるための（実際にそうなったのだが）戦略にちがいないと考えた。彼女は二日におよぶあの長旅を通じて、刑務所から出たばかりであること、サンフェルナンド銀行の襲撃犯たちとの関係ゆえに半年ものあいだ収監されていたこと、逃亡先のラ・パスで暮らすつもりであることなどを語った。こうして彼女は、数カ月前に新聞で読んだことが漠然とわたしの記憶に残っていたあの事件に関する最初の、そして混沌としたストーリーを聞かせてくれたのである。

人生の裏面をかいま見させてくれたギャング、十五時間にわたる英雄的な戦いのすえに蜂の巣にされてあの世へ旅立ったギャングの思い出を語ったこの少女こそ、当の事件に興味を抱く最初のきっかけを与えてくれたのだった。「三百人ほどのサツがいたんだけど、あの人たちは部屋のなかに閉じこもったまま最後まで戦ったのよ」そう語る少女の言葉には、敗北を語る言葉が往々にしてそうであるように、憎しみがこめられていた。少女は中学を退学し、コカイン中毒になり（彼女と電車で知り合ってまもなく、わたしもそのことに気づかされた）、彼女の言うところによると父親は裁判官で、〈カラス《クエルボ》〉ことメレレスの子どもを身ごもっているとのことだった。そして、〈双子〉のネネ・ブリニョーネと〈金髪ガウチョ〉ことドルダ、マリート、〈がに股〉バサンについて語ってくれた。それに耳を傾けていると、まるでギリシア悲劇のアルゼンチン版でも耳にしているような気分になったものだ。英雄たちは、不可能なことに敢然と立ち向かい、徹底抗戦を心に誓うが、避けられない運命に従うかのように、最後に死を選ぶのである。

わたしはサン・サルバドール・デ・フフイで下車した。聖週間《セマナ・サンタ》に行われる聖体行列を見るためにジャビーまで行くつもりだったからである。車輪幅の変更のために電車が三十分間停車しているあいだ、わたしたちは駅に隣接するトタン屋根のバルに入り、そこでブラジル産のビールを飲んだ。バルで別れたあと、少女はふたたび電車に乗ってラ・パスまで一人旅をつづけた。それが彼女の姿を見た最後である。わたしは、電車や駅、ホテルのなかで、彼女から聞いた話をノートに書きとめた（当時のわたしは、作家たるものどこへ行こうとノートを携行するべきだと考えていたのだ）。それからしばらくして（一九六八年か六九年のことだが）、わたしは事件について調べはじめ、本書の最初のバージョンとなる原稿を書きあげた。

しかるべき時がやってくるまで何年ものあいだ語られることを拒みつづける物語というものがある。その理由はわたしにとって永遠の謎である。一九七〇年に執筆を中断したわたしは、それまでに集めた資料や書きためた草稿を兄の家に送った。その後、引っ越しのどさくさのなかで、下調べや最初の執筆のおもな成果ともいうべき資料や原稿の入った箱が出てきた。そして一九九五年の夏、わたしは執筆を再開し、事実にどこまでも忠実であることを心がけながら本書を仕上げた。小説のなかで語られるのは、いまや遠い過去となった出来事、しかも完全に閉ざされている出来事であり、したがってそれは、生《なま》の経験にまつわる記憶、それもすでに失われた記憶のようなものだった。わたしはそれらの出来事をほとんど忘却していたのであり、三十年以上もの歳月を経たいま、それらはわたしにとって新しい出来事であり、未知の出来事といってもよかった。こうした時間的な距離のおかげで、わたしは本書を、夢の物語のような作品に仕上げることができたのだ。

わたしにとってその夢は、ひとつのイメージとともにはじまる。そのイメージにまつわる記憶によってこの物語を閉じようと思う。すなわち、ボリビア行きの電車の窓から顔を出し、別れの仕草ひとつ見せずに真剣な面持ちでわたしを見つめていた少女、遠ざかっていく電車を見送りながら誰もいないホームに立ちつくすわたしをじっと見つめていた少女にまつわる記憶である。

ブエノスアイレス　一九九七年七月二十五日

訳者あとがき

現代アルゼンチン文学を代表する作家リカルド・ピグリア（一九四〇〜二〇一七）の小説『燃やされた現ナマ』（*Plata quemada*, 1997）は、プラネタ・アルゼンチン賞を一九九七年に受賞、その三年後にはマルセロ・ピニェイロ監督により映画化され、大きな話題を呼んだ。日本でも二〇〇一年、東京国際レズビアン&ゲイ映画祭に『逃走のレクイエム』のタイトルで出品されたことをご記憶の方もおられよう。警察と犯行グループの緊迫した攻防をジャーナリスティックな文体によって小気味よく切り取っていく手法は、いまなお多くの読者をひきつけている。一九六五年にブエノスアイレス郊外で発生した現金輸送車襲撃事件にヒントを得て書かれた本作は、のちに詳しくみるように、フィクションとノンフィクションの融合を追求した野心的な作品としても注目に値する。

スピード感あふれるストーリー展開と畳みかけるような文体によって幅広い読者層を獲得してきた『燃やされた現ナマ』には、従来のピグリア作品におなじみの巧妙な仕かけが随所にほどこされている。

それがこの作品を凡庸なハードボイルドとはひと味もふた味もちがった上質のエンターテインメントに仕上げていることはまちがいない。まずは作品のあらすじを簡単に振り返っておこう。

一九六五年のブエノスアイレス郊外。さまざまな犯歴をもつ若者グループが現金輸送車の襲撃を計画する。月に一度、決められた時間に決められたルートを通って銀行から現金が運び出されるところを急襲しようというのである。命知らずの若者たちの無謀な計画の裏には、背後で糸を引く行政当局や警察をも巻きこんだ底知れない汚職の構図が透けて見える。計画どおり、襲撃は白昼堂々と決行され、現金輸送に携わる者や警官らが銃殺される。粗暴をきわめた犯行の手口は、「殺しのための殺し」を至上命題とする若者たちの自暴自棄な行動原理を雄弁に物語るものだった。

物語の焦点は次第に強盗団の主要メンバーであるメレレス、ブリニョーネ、ドルダ、マリートの四人に絞られていく。幼年時代の思い出や娼婦との出会い、殺人、強姦、投獄、男色を仕込まれた獄中生活、セックスとドラッグへの耽溺といった過去が、フラッシュバックの手法をまじえて語られる。これと並行して、警察の追跡をあざ笑うかのような四人の逃走劇がブエノスアイレスとモンテビデオを舞台に繰り広げられる。捜査官のシルバは、手だれの刑事としての経験を生かしながら犯人追跡に心血を注ぐ。若者グループの犯歴からは、ペロン主義を掲げる非合法組織との浅からぬ因縁も浮かび上がってくる。

息をのむ追跡劇はやがてモンテビデオを舞台とした銃撃戦にもつれこむ。三百人を越える警官隊に包囲されながら、犯行グループのメンバーはアパートの一室に籠城し、徹底抗戦を試みる。多勢に無勢の圧倒的不利をものともせぬ向こう見ずな若者たちは、やがて強奪した札束につぎつぎと火を放ち、それをアパートの窓からばらまくという行為におよぶ。貨幣経済の論理を愚弄するかのような彼らのふるまいは、「光り輝く蝶」のように空中をひらひら舞う紙幣のイメージと相まって、読む者に強烈な印象を与える。

作品の成立事情を明かした巻末の「エピローグ」には、本作が実話をもとにした作品であることが明かされている。作者ピグリアとおぼしき「エピローグ」の語り手は、当時の新聞記事や裁判記録、警察の通信記録、精神鑑定書などを綿密に下調べしたうえで、事実の忠実な再現を何よりも心がけたという。そして、執筆に際して協力を仰いだ関係者の名を列挙しながら、E・Rというイニシャルの新聞記者に言及する。銃撃戦の一部始終を目撃したE・R氏の手になる取材記事がなければこの作品を完成させることはおそらくできなかっただろうと紹介されるこの人物は、興味深いことに、新聞記者エミリオ・レンシ(Emilio Renzi)として本編のなかに登場する。エミリオ・レンシという名前は、じつはピグリアの本名であるリカルド・エミリオ・ピグリア・レンシに由来するもので、デビュー作以来ピグリアの小説に繰り返し登場する作中人物にほかならない。

読者へのこの〈めくばせ〉の裏には、語りをめぐる作者の鋭い問題意識が隠されている。架空の人物であるエミリオ・レンシを、あたかも実在の人物であるかのように、しかも確実な情報源と偽ったうえで「エピローグ」のなかにすべりこませることで、伝統的なジャーナリズムの手法に揺さぶりをかけようとする。事実に即した客観的な描写を事とするジャーナリズムあるいはルポルタージュの作法にフィクションという風穴を開けることによって、ピグリアは何よりもまず、社会を震撼させた衝撃的な事件をひとつの文学作品として提示したかったにちがいない。『燃やされた現ナマ』はいわば、フィクションとノンフィクションのせめぎ合いから生まれた作品であり、それがこの小説に独特の緊張感を与えているのである。

こうした観点から作品を読み返すと、語りをめぐるさまざまな仕かけがちりばめられていることに気づかされる。第一に、「語り手は誰か」という問題がある。事件（とりわけ最後の銃撃戦の場面）を語っているのはいったい誰なのか。読者であるわれわれは、つい全知の語り手を思い浮かべたくなるが、じつはエミリオ・レンシが書いた取材記事からの引用という可能性も捨てきれない。「エピローグ」でも言及されているこの人物は、銃撃戦の模様を間近で見守りながら、事件の経過を取材記事にまとめてゆく。その取材記事の内容が作品の随所にさりげなく取りこまれているとも考えられるのである。語りをめぐるこの種の謎解きは、作品を読む楽しみをいっそう深めてくれるものといえるだろう。

つぎに、語りの信憑性の問題があげられる。たとえば、ドラッグの過剰摂取による混濁した意識のなかで繰り広げられるドルダの独白は、妄想や強迫観念による事実の歪曲や捏造の可能性を示唆するものであり、フィクションという形式ならではの不確実性をこの作品に与えている。若い女を相手にしたブリニョーネの語りも同様である。読者は、真実と虚構、現実と非現実の境界が取り払われた主観的な語りに導かれながら、狂気に満ちた登場人物たちの内面をかいま見ることになる。

複数の視点の導入も見逃せない。犯行グループの若者たちの独白や周辺住民の臆測をまじえた証言、事件をめぐる専門家の論評、新聞記事や警察調書からの引用、銃撃戦の模様を伝えるテレビ中継、医師の所見や盗聴記録の抜粋、ドルダの頭を悩ます幻聴など、さまざまな〈声〉が入り乱れるなかで、事件の輪郭が断片的に示されてゆく。われわれ読者は、想像力の助けを借りながら物語を再構築し、現金強奪事件の背後にひそむ闇に目を凝らすことを迫られる。

ところで、フィクションとノンフィクションの要素をあわせもつ作品であるためか、本作はしばしば裁判沙汰となって世上を騒がせることになった。その発端となったのは、二〇〇三年、ブランカ・ガレアーノという女性がピグリアと出版社を相手取って提訴し、巨額の損害賠償を請求するという〈事件〉だった。この女性は、犯行グループのメンバーである〈カラス《クエルボ》〉ことメレレスの情婦として本作に登場している。実生活においてもメレレスの愛人だった彼女は、この小説に描かれている現金強奪事件に連座して刑務所に収監され、メレレスとのあいだにできた子どもを獄中で出産している。彼女が提訴に踏み切ったのは、知られたくない自身の過去が小説のなかで暴かれたことによって身内との不和を強いられ、父親の素性について何も知らなかった息子との関係も大きく損なわれたという理由からである。しかし、プライバシーの侵害を申し立てた彼女の訴えは最終的に棄却される。小説の発表よりも前にメディアを通じて事件の詳細が大々的に報じられ、メレレスとの愛人関係もすでに〈公然の秘密〉となっていたこと、ブランカ・ガレアーノの申し立ては文学作品の表現の自由を制約するに足る正当な根拠とはなりえないこと、以上二点が裁判所の示した司法判断の理由である。

つづいて二〇〇八年、心理学者のクラウディア・ドルダという女性が同じくピグリアと出版社を相手に訴訟を起こした。彼女は本作に登場する〈金髪ガウチョ〉ことドルダの実の娘にあたる人物で、父親のロベルト・フアン・ドルダが同性愛者や薬物常習者として描かれたことにより家族の名誉が著しく汚されたと主張した。現実の父親は同性愛者でもなければ薬物常習者でもなく、事実を捻じ曲げられたことによって精神的な苦痛を受けたというのが彼女の言い分だった。第一審は作品のもつフィクション性を根拠に原告の訴えを退けたものの、小説の裏表紙に記載された作品紹介文のなかに「この小説に描かれていることはすべて事実である」という一文が含まれていたことを問題視し、出版社に対して損害賠償を命じた。ところが第二審では、原告側の申し立てが全面的に却下され、出版社に対する損害賠償命令も取り消された。作品のなかで用いられている〈金髪ガウチョ〉や〈ガウチョ・ドルダ〉等々の呼称からは、原告がただちにこの人物の娘であると同定される可能性はかならずしも高いとは言えないというのがその理由である。

これらの法廷闘争が示唆しているのは、現実の出来事に立脚した文学作品につきまとう普遍的な問題、すなわち、表現の自由とプライバシーの尊重という二律背反にもとづく根本的なジレンマにほかならない。『燃やされた現ナマ』が発表された当初、ピグリアと出版社は、この作品が事実にもとづく〈実話〉であることを積極的に謳う販売戦略をとった。しかし、司法の場での争いを余儀なくされてからは、作品のもつフィクション性を強調する防衛策に転じた。フィクションとノンフィクションの要素を兼ね備えた作品のあり方に起因する〈揺れ動き〉がうかがえるようで興味深い。

ところで、小説に描かれている現金強奪事件について綿密な調査を行なったウルグアイのジャーナリスト、レオナルド・アベルコルンは、『リベライヒ――〈燃やされた現ナマ事件〉をめぐる真相』と題された本を二〇一四年にスダメリカーナ社から発表した。事件当時の新聞報道をはじめ、膨大な数にのぼる資料を精査したうえで事件の忠実な再現を試みたこの本は、ピグリアの小説の〈脱神話化〉を試みた作品として大きな話題を呼んだ。事件関係者へのインタビューも同書に盛りこまれているが、そこには先に触れたクラウディア・ドルダへの聞き取りも含まれている。

アベルコルンによると、調査の副産物として、ピグリアの小説の一節がウルグアイで発行されていた当時の新聞『アクシオン』の記事のなかの文章に酷似していることが明らかになったという。彼はあるテレビ番組のインタビューに答えて、剽窃をあげつらうことが執筆の本来の目的ではなかったと断りつつも、両者のあいだに表現上の類似が認められる事実を伏せておくことはジャーナリストとして公平性を欠く態度だと考え、その点に言及しないわけにはいかなかったと述懐している。ちなみに、この『アクシオン』という新聞は、小説を執筆する際に参照した資料として『燃やされた現ナマ』の「エピローグ」に挙げられている刊行物のなかにも含まれている。

興味深いのは、アベルコルンの本のタイトルに見られる「燃やされた現ナマ事件」という表現である。この種のルポルタージュ作品では、たとえば「三億円事件の真犯人」とか「ロッキード事件の真相」などのように、実際に起こった事件の名称（あるいは通称）をタイトルに掲げるのが普通である。ところがアベルコルンの本では、実際の事件を下敷きにして書かれたフィクションの題名が用いられている。ピグリアの小説の〈脱神話化〉をもくろむ作者の意図は明らかだが、一方で、『燃やされた現ナマ』をフィクションとしてではなく、事実を記録したノンフィクションとして手にとった読者が少なくなかった事実を物語っている。ピグリアと出版社を相手取った二件の訴訟も、同じく虚構と現実の同一視にもとづく異議申し立てであったことは言うまでもない。

それではここで、『燃やされた現ナマ』の執筆をめぐる経緯を簡単にまとめておこう。それを明らかにする有力な手がかりを与えてくれるのが、二〇一五年から一七年にかけて刊行された三巻本のピグリアの日記である。千ページを超える大部の日記には、一九五七年から八二年まで、すなわちピグリア十七歳から四十二歳までの日々の出来事や折々の所感などが収められている。この日記については、ピグリアによる部分的な書き換えの可能性が指摘されており、事実の正確な把握のためには、彼が長年教鞭をとったプリンストン大学の図書館に保管されている日記の原本との突き合わせが必要だが、ここではとりあえず上記の刊行本に依拠しながら『燃やされた現ナマ』の執筆をめぐるプロセスを追ってみたい。『燃やされた現ナマ』に関連する記述が多く見られるのは日記の第一巻である。なかでも一九六六年から六七年にかけての日記には、六五年にブエノスアイレス郊外で発生した現金輸送車襲撃事件のニュースに触発されたピグリアが、さまざまな資料に当たるなかで次第に作品の構想を固めてゆく様子が記されている。ピグリアは当初、現金輸送車襲撃事件を縦糸にした〈カチョ〉という名の窃盗犯をめぐる物語を考えていたようだ。しかし、遅くとも六七年には、作品の構想が現在のかたちに落ち着いたものと思われる。六七年といえば、ピグリアが作家としてデビューした年であり、九七年に『燃やされた現ナマ』が刊行されるまでさらに三十年の歳月を要したことになる。

コロンビアの作家フアン・ガブリエル・バスケスとの対談によると、六八年に着手した第一稿は、七〇年か七一年には一応の完成をみたものの、第二稿の執筆にとりかかる前に、第一稿を収めた箱を兄の家に送って保管を託したという。それから何年もたったある日、自宅の改修のために荷物の整理をはじめた兄からくだんの箱が送り返されてきた。自分でもほとんど忘れかけていた原稿に出くわしたピグリアは、さっそく第二稿の執筆に着手、それ以降も何度か執筆と中断を繰り返した。小説のタイトルが『強奪』から『男同士』、そして『燃やされた現ナマ』に変遷してゆく過程も日記からたどることができる。『男同士』というタイトルは、作品に登場するブリニョーネとドルダの同性愛的な関係を踏まえたものである。

ピグリアによると、六五年にブエノスアイレス郊外で発生した現金輸送車襲撃事件に興味を抱くきっかけとなったのは、事件の直後に新聞『ラ・ラソン』の記事をたまたま目にしたことだった。以来、事件の関係者や目撃者への聞き取りをはじめ、アパートに籠城した犯人たちの会話の盗聴記録を参照するなど、綿密な下調べを進めた。小説に描かれている事件の推移は、実際の経過をほぼ忠実になぞったものである。犯人たちが立てこもったアパート（リベライヒ館）や街路、広場などの名前もそのまま作品に登場し、犯行グループのメンバーの名前も、一部の例外を除いて本名が用いられている。本作はその意味で、事実の枠組みを借りながら想像力の働きによって細部を膨らませた小説と言うことができるだろう。

ピグリアによる〈創作〉の例としては、「エピローグ」で語られる長距離列車内でのブランカ・ガレアーノとの出会いがあげられる。犯行グループのメンバーである〈カラス《クエルボ》〉ことメレレスの情婦として物語に登場するブランカは、先にも触れたように、ピグリアを相手に訴訟を起こすことになる女性である。ピグリアは、フアン・ガブリエル・バスケスとの対談のなかで、ブランカ・ガレアーノとの出会いの場面が完全なフィクションであることを認めている。火をつけた札束がアパートの窓からばらまかれるシーンについても、『リベライヒ――〈燃やされた現ナマ事件〉をめぐる真相』を書いたレオナルド・アベルコルンによると、それを裏づける確たる目撃証言を得ることはできなかったと述べている。これもやはりピグリアによる創作と考えたほうがいいだろう。

事実の枠組みを借りながら虚構を織りまぜてゆくこうした手法がたんなる想像力の戯れと一線を画するものであることは言うまでもない。ありえたかもしれない過去を提示することによって、事件をめぐる公の言説を相対化し、隠された真実をあぶり出す。ピグリアは、文学者としての視点から、彼なりの方法で事件の〈脱神話化〉を試みたのだと言えるだろう。メキシコの詩人オクタビオ・パスのことばを借りれば、「真の文学は、フィクションや嘘を通して隠れた真実を語るもの」であり、「文学は現実の発明」にほかならないということだ。フィクションという「嘘」を通してのみ到達することのできる真実があるということ。パスの指摘は、通説の陰に隠された真実を明るみに引き出そうとする『燃やされた現ナマ』の手法にもそのまま当てはまるものだろう。

現実に立脚しながら想像にもとづく虚構をちりばめてゆくピグリアの手法は、作中に挿入された〈ヘッド・アンド・ボディ〉という名前の音楽グループをめぐるエピソードからもうかがえる。登場人物のひとりであるブリニョーネは、モンテビデオで知り合った少女の部屋で繰り返し〈ヘッド・アンド・ボディ〉のレコードを聴く。これはピグリアの考え出した架空の音楽グループである。ところが、同じ場面に挿入された〈ヘッド・アンド・ボディ〉の曲の英語の歌詞は、アメリカの著名なシンガー・ソングライターであるトム・ウェイツの《ミスター・シーガル》から借用されたものである。実在する曲の一部をなんの断りもなく引用し、しかもそれを作中の音楽グループの〈所有物〉として提示しているのだから、借用というよりはむしろ盗用というべきかもしれない。知的所有権あるいは著作権の侵害として訴えられてもおかしくはなさそうだが、幸いにしてそのような事態にはならなかったようだ。

現実と虚構をないまぜにする語りの手法は、じつは本作に限られた話ではなく、ピグリアの多くの作品に共通するものである。現代アルゼンチン文学が生み出した最高傑作との呼び声が高い『人工呼吸』(一九八〇)にしても、さまざまな先行テクストからの引用のなかにピグリアによる創作とおぼしき記述がさりげなく紛れこんでいることも珍しくない。それればかりか、物語の後半で語られるヒトラーとカフカの出会いなど、過去の歴史そのものが創作あるいは捏造の対象とされている例にも事欠かない。

読者を翻弄するこの種の仕かけは、ピグリアに少なからぬ影響を与えたボルヘスの作品にもみられるものだ。「トレーン、ウクバール、オルビス・テルティウス」や「アル・ムターシムを求めて」、『『ドン・キホーテ』の著者、ピエール・メナール」といった短編を想起するまでもなく、現実の要素を取りこみながら、その一方で架空の書物や作家に関する註釈をまことしやかに並べていく手法は、まさにボルヘスのお家芸ともいうべきものである。ボルヘスはそれを「文学的いたずら」と称しているが、この種の「いたずら」が随所に仕かけられているのもピグリアの作品の特徴のひとつなのである。この点については、ピグリアやボルヘスの独創とのみ考えるのではなく、アルゼンチンの歴史や文化を背景としたある種の知的態度の表れとみなすことも可能だろう。

たとえばボルヘスは、「アルゼンチン作家と伝統」と題された有名なエッセーのなかで、「思うに、われわれ(アルゼンチン)の伝統は西欧文化のすべてである。のみならず、われわれはその伝統に対して、西欧のある国の人々がもちうるよりも大きな権利を手にしている」と述べている。西欧文化圏のいわば周縁に位置するアルゼンチンは、その周縁性ゆえに、特別な感情やしがらみによって西欧文化の伝統に束縛されることがない、つまり、西欧文化の伝統の重みに押しつぶされることなく、自由な発想と独自の視点を生かしながらその果実を自在に取りこみ、〈王道〉とは異なる方法で新たな文化を編み出すことができるというのである。ボルヘスはこの点について、「われわれは、ありとあらゆるヨーロッパ的なテーマを扱うことができる。あれこれの迷信にとらわれることなく、ある種の不敬——幸運な結果をもたらしうる、そして現にもたらしているところの不敬——でもって、それらのテーマを扱うことができるのだ」と述べている。

西欧文化圏に属するさまざまな先行作品からの引用を織りまぜながら、想像にもとづく架空の記述を随所に忍びこませてゆく『人工呼吸』の語りも、まさに「不敬」という表現がぴったりの、きわめて大胆な作為と言えるだろう。架空の音楽グループの曲の一部に実在の曲の歌詞を取りこむ『燃やされた現ナマ』の場合も同様である。架空の人物であるエミリオ・レンシを、あたかも実在の人物であるかのように、しかも確実な情報源と偽ったうえで物語のなかにすべりこませる手法も、やはり「不敬」と呼ぶに値する「文学的いたずら」といえるかもしれない。ハードボイルドを思わせる文体と作風によって読者を牽引する『燃やされた現ナマ』は、驚嘆すべき博識を武器に観念的な世界を織り上げてゆく『人工呼吸』とは対照的な作品である。しかし、虚実をないまぜにする独特の語りという点で両者は明らかに軌を一にしているのである。

ピグリアの日記に話を戻すと、『燃やされた現ナマ』の執筆にあたり、トルーマン・カポーティの『冷血』やアメリカの文化人類学者オスカー・ルイスの『サンチェスの子供たち』といった作品から少なからぬヒントを得たことが述べられている。人類学的調査にテープレコーダーを導入し、証言者の生の声を取りこもうとしたオスカー・ルイスの手法は、盗聴器から聞こえてくる犯人たちの声が無秩序に入り乱れる場面や、複数の目撃者の声が記録される場面など、本作のいくつかの場面にも生かされている。

カポーティに関して言うと、〈ノンフィクション・ノベル〉の確立に寄与したといわれる『冷血』への言及がピグリアの日記には散見される。『冷血』に刺激を受けた〈ニュー・ジャーナリズム〉を含め、ピグリアが当時の北米文学の動向を視野に入れながら作品の構想を練っていたことがうかがえる。「どのような事実を語るべきか」よりも「事実をいかにして語るべきか」に心を砕いた作品こそ『燃やされた現ナマ』という小説だったのである。

ピグリアと北米文学の関係についてはすでに多くの研究者が論じている。若いころのピグリアが北米文学に熱中したというのもよく知られた話である。ブエノスアイレスの南方に位置するリゾート地、マル・デル・プラタで十代後半の多感な時期を過ごしたピグリアは、暇さえあれば近所のバルに入り浸り、ボヘミアン的な生活を送る詩人や万年大学生といった奇矯な人物たちと交わった。その一方で、ヘミングウェイやフォークナー、フィッツジェラルドをはじめとするアメリカ文学の作品に親しんだ。

その後、ティエンポ・コンテンポラネオ社で編集の仕事に携わるようになった六〇年代末になると、〈暗黒シリーズ〉と銘打たれたハードボイルド推理小説コレクションの編纂を手がけている。チャンドラーやハメット、マッコイ、チェイスといった作家たちの作品を広くアルゼンチンの読者に紹介した功績は大きい。『燃やされた現ナマ』の銃撃戦の場面などにハードボイルドタッチの描写がみられるのも異とするに足らない。手に汗を握るストーリー展開は、ハードボイルドの骨法をのみこんだピグリアの面目躍如といったところだろう。読者はまさに、現在進行形の出来事を間近にしているような臨場感と緊迫感を味わいながら事件の成り行きを見守ることになる。俗語や隠語、卑語の多用も、犯罪世界のリアルな空気を伝えるものとして見逃せない。

ピグリアの死の直前の二〇一六年には、〈ニュー・ジャーナリズム〉の旗手として知られるトマス・ウルフをはじめ、コールドウェル、カポーティ、アップダイク、ヘミングウェイなどを俎上に載せた若き日の文学エッセーを収録した『北米の作家たち』が刊行されている。


以上、『燃やされた現ナマ』の執筆をめぐる経緯を駆け足で見てきたが、最後に、文学賞をめぐる〈事件〉にも触れておかなければならない。

一九九七年、アルゼンチン・プラネタ社が主催する〈プラネタ・アルゼンチン賞〉（賞金は四万ドル）の受賞作に『燃やされた現ナマ』が選ばれた。ところが、同作がプラネタ社から刊行されるにおよび、選考の公平性をめぐる疑義が呈された。声を上げたのは、『病的な愛』という小説で同じくプラネタ・アルゼンチン賞の最終候補に残ったグスタボ・エンリケ・ニールセンという作家である。本業は建築家というニールセンは、小説家としてはほぼ無名に近かった。訴えを受理したアルゼンチンの裁判所は二〇〇五年、一九九七年のプラネタ・アルゼンチン賞の選考について、ピグリアへの授賞がはじめから想定されていたいわば〈出来レース〉だったとの判決を下し、ニールセンへの慰謝料の支払いをピグリアとプラネタ社の双方に命じた。

判決はさらに、ピグリアが当時、プラネタ社の傘下にあったエスパサ・カルペ社と印税をめぐる特別契約を結んでいたことを指摘し、密接な利害関係を有する出版社が主催する文学賞へ応募したピグリアと、応募を強く後押ししたプラネタ社の露骨な販売戦略を断罪した。文学賞の公平性を保証する〈善意の原則〉がないがしろにされたとの理由からである。この〈出来レース〉により、二六四におよぶ応募作品のほとんどは審査員に読まれることもなくボツにされたという。審査員のメンバーには、マリオ・ベネデッティやトマス・エロイ・マルティネス、アウグスト・ロア・バストスといった有名作家のほかに、プラネタ社の有力編集者も含まれていたというから、選考の公平性が疑われたとしても致し方ないと言うべきだろう。

むろん、訴訟をめぐるいざこざは、作品自体のもつ文学的価値をいささかも損なうものではない。提訴したニールセン自身、問われるべきは文学賞の公平性を顧みない商業主義の悪弊であり、ピグリアの小説がすぐれた文学作品であることに疑いの余地はないと断言している。とはいえ、賞をめぐる法廷闘争がピグリアに多大な精神的負担を強いたであろうことは想像に難くない。アルゼンチンの作曲家ヘラルド・ガンディーニに宛てた書簡のなかでピグリアは、一連の裁判について「意気消沈すると同時に激しい憤りを感じる」と真情を吐露している。

ともあれ、われわれ読者としては、そうした〈産後の苦しみ〉を経て読み継がれてきた本作をまずは虚心に楽しむべきだろう。『燃やされた現ナマ』が文学的にも優れた上質のエンターテインメント作品であることは疑うべくもないが、モンテビデオと並んで作品のおもな舞台となっているブエノスアイレスという都市空間が果たしている重要な役割も見逃してはならない。

十九世紀後半以降、多くのヨーロッパ移民を受け入れてきたブエノスアイレスは、南米随一の国際都市として急速な発展を遂げた。〈南米のパリ〉と称されるまでに成長した巨大都市ブエノスアイレスには、イタリアやスペインなど西欧からの移民やユダヤ人、東欧からの亡命者をはじめ、第二次大戦後になるとナチスの残党や他のラテンアメリカ諸国からの移住者など、さまざまな理由で祖国を後にした人々が陸続と流れ着いた。そして、華やかなコスモポリタン都市という〈表〉の顔の裏側には、雑多な人種がうごめく猥雑な世界が形成された。素性の知れない胡乱《うろん》な人物たちが行き交う闇の街ブエノスアイレスは、満たされぬ欲望を抱えた人間たちの無秩序なエネルギーを吸収しながらどこまでも膨張していくのである。

『燃やされた現ナマ』は、まさにそうした世界を背景とした小説である。犯行グループを手引きする謎のポーランド人や日本人のボクシング・トレーナー、あるいはウルグアイやブラジル、パラグアイへの逃亡計画など、国境を越えた人物設定やストーリー展開は、喧騒渦巻く国際都市を舞台としたアンダーグラウンド小説の趣をこの作品に与えている。

　現代アルゼンチン文学を牽引する重要な作家でありながら、リカルド・ピグリアの作品は残念ながら日本ではあまり知られていない。平易な文体とわかりやすいストーリー展開によって読者を飽きさせることのない『燃やされた現ナマ』は、ピグリア文学に足を踏み入れるための格好の入門書といえるだろう。少しでも多くの方にピグリアの作品のおもしろさを伝えることができたとしたら、訳者としてこれにまさる喜びはない。

　翻訳に際しては、底本として Ricardo Piglia, *Plata quemada*, Editorial Anagrama, Barcelona, 2005 を用いた。訳稿が完成するまでにはさまざまな方のお世話になった。〈フィクションのエル・ドラード〉

の責任編集者である寺尾隆吉氏からはこのたびも貴重な翻訳の機会をいただいた。原稿の細かなチェックをしてくださった水声社の井戸亮氏には、表現上の有益な助言を多々仰いだ。また、巻頭のエピグラフに掲げられたブレヒトの『三文オペラ』の一節は、岩波文庫版の岩淵達治訳を使わせていただいた。記して感謝を申し上げる。

二〇二二年一月

大西亮

著者／訳者について

リカルド・ピグリア
Ricardo Piglia

一九四〇年、アルゼンチンに生まれる。
早くからスペイン文学やアルゼンチン文学、北米文学に親しむ。
国立ラプラタ大学では歴史学を専攻する一方、短篇小説や評論の執筆を手がける。
デビュー作となった短篇集『侵入』（一九六七年）から
代表作『人工呼吸』（一九八〇年）を経て『イダの道』（二〇一三年）にいたるまで、
創作と批評の融合にもとづく独特の作風は内外から高い評価を得ている。
ボルヘスをはじめとするアルゼンチン作家に関する評論やエッセーも数多く発表。
『夜の標的』（二〇一〇年）でロムロ・ガジェゴス賞やマヌエル・ロハス賞を受賞。
ボルヘスをテーマにしたテレビ公開講座に講師として出演するなど、
活躍の場を広げていたが、晩年に筋萎縮性側索硬化症を患い、
二〇一七年に死去。

大西亮
おおにしまこと

一九六九年、神奈川県生まれ。
神戸市外国語大学大学院博士課程修了（文学博士）。
現在、法政大学国際文化学部教授。
専攻、ラテンアメリカ文学。
主な訳書には、
リカルド・ピグリア『人工呼吸』（二〇一五年）、
アドルフォ・ビオイ・カサーレス『英雄たちの夢』（二〇二一年、以上水声社）
などがある。

Ricardo PIGLIA, Plata quemada, 1997.
Este libro se publica en el marco de la "Colección Eldorado", coordinada por Ryukichi Terao.

Este libro ha recibido una ayuda a la traducción del Ministerio de Cultura y Deporte.

本書の出版にあたり、
スペイン文化・スポーツ省の助成金を受けた。

フィクションのエル・ドラード

燃やされた現ナマ

二〇二二年二月二〇日　第一版第一刷印刷
二〇二二年三月一日　第一版第一刷発行

著者　リカルド・ピグリア
訳者　大西亮
発行者　鈴木宏
発行所　株式会社 水声社
東京都文京区小石川二―七―五　郵便番号一一二―〇〇〇二
電話〇三―三八一八―六〇四〇　FAX〇三―三八一八―二四三七
［編集部］横浜市港北区新吉田東一―七七―一七　郵便番号二二三―〇〇五八
電話〇四五―七一七―五三五六　FAX〇四五―七一七―五三五七
郵便振替〇〇一八〇―四―六五四一〇〇
http://www.suiseisha.net
印刷・製本　モリモト印刷
装幀　宗利淳一デザイン

ISBN978-4-8010-0622-5

フィクションのエル・ドラード

襲撃	レイナルド・アレナス	山辺 弦訳	二二〇〇円
英雄たちの夢	アドルフォ・ビオイ・カサーレス	大西 亮訳	二八〇〇円
気まぐれニンフ	ギジェルモ・カブレラ・インファンテ	山辺 弦訳	三〇〇〇円
バロック協奏曲	アレホ・カルペンティエール	鼓 直訳	一八〇〇円
時との戦い	アレホ・カルペンティエール	鼓 直／寺尾隆吉訳	二三〇〇円
方法異説	アレホ・カルペンティエール	寺尾隆吉訳	二八〇〇円
吐き気	オラシオ・カステジャーノス・モヤ	浜田和範訳	二二〇〇円
対岸	フリオ・コルタサル	寺尾隆吉訳	二〇〇〇円
八面体	フリオ・コルタサル	寺尾隆吉訳	二二〇〇円
境界なき土地	ホセ・ドノソ	寺尾隆吉訳	二〇〇〇円
ロリア侯爵夫人の失踪	ホセ・ドノソ	寺尾隆吉訳	二〇〇〇円
夜のみだらな鳥	ホセ・ドノソ	鼓 直訳	三五〇〇円
ガラスの国境	カルロス・フエンテス	寺尾隆吉訳	三〇〇〇円
僕の目で君自身を見ることができたなら	カルロス・フランツ	富田広樹訳	（近刊）

案内係	フェリスベルト・エルナンデス　浜田和範訳	二八〇〇円
ライオンを殺せ	ホルヘ・イバルグエンゴイティア　寺尾隆吉訳	二五〇〇円
場所	マリオ・レブレーロ　寺尾隆吉訳	二三〇〇円
別れ	フアン・カルロス・オネッティ　寺尾隆吉訳	二〇〇〇円
犬を愛した男	レオナルド・パドゥーラ　寺尾隆吉訳	四〇〇〇円
帝国の動向	フェルナンド・デル・パソ　寺尾隆吉訳	五〇〇〇円
人工呼吸	リカルド・ピグリア　大西 亮訳	二八〇〇円
燃やされた現ナマ	リカルド・ピグリア　大西 亮訳	二四〇〇円
圧力とダイヤモンド	ビルヒリオ・ピニェーラ　山辺 弦訳	二三〇〇円
レオノーラ	エレナ・ポニアトウスカ　富田広樹訳	三五〇〇円
ただ影だけ	セルヒオ・ラミレス　寺尾隆吉訳	二八〇〇円
孤児	フアン・ホセ・サエール　寺尾隆吉訳	二三〇〇円
傷痕	フアン・ホセ・サエール　大西 亮訳	二八〇〇円
グローサ	フアン・ホセ・サエール　浜田和範訳	（近刊）
マイタの物語	マリオ・バルガス・ジョサ　寺尾隆吉訳	二八〇〇円
コスタグアナ秘史	フアン・ガブリエル・バスケス　久野量一訳	二八〇〇円
廃墟の形	フアン・ガブリエル・バスケス　寺尾隆吉訳	三五〇〇円
証人	フアン・ビジョーロ　山辺 弦訳	（近刊）